KB012219

에코 리플렛

조그마한 고양이 수인. 겉모습과 다르게 힘이 세다.
항상 웃음을 잃지 않고 기운이 넘친다. 근육승려 타입.

실비아 버지니아

기사 가문의 차녀. 말단 여기사이며,
정의감이 강하고 고지식하지만,
약간 얼간이. 마궁술사 타입.

유카리

전직 암살자이자 노예 다크 엘프.
대장장이를 찾던 세컨드가 구입한다.
대장장이 타입.

세컨드
(사토 시치로)

느닷없이 자신이 하던 온라인 게임과
꼭 닮은 이세계에 전생한다.
원래 세계에서는 인생 그 자체를 투자하며
온라인 게임 세계 랭킹 1위 자리를 지켜왔다.
이세계에 와서도 「세계 1위」가 되기 위해
힘쓰는 중.
올라운더 타입.

《정령 소환》으로 불러낸 것은,

아니나다를까 정령 대왕!!

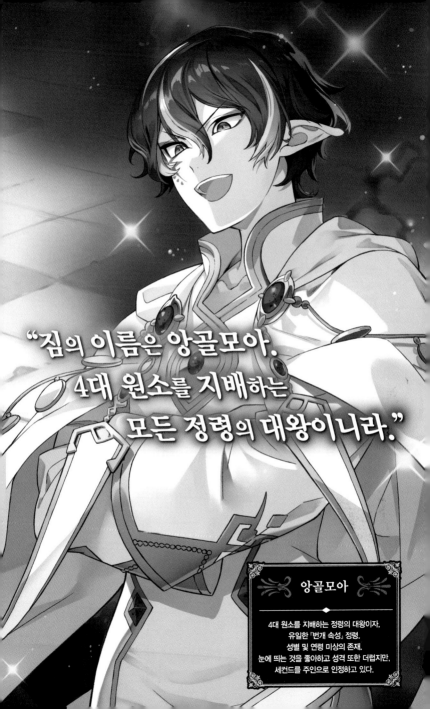

"짐의 이름은 앙골모아.
4대 원소를 지배하는
모든 정령의 대왕이니라."

앙골모아

4대 원소를 지배하는 정령의 대왕이자,
유일한 『번개 속성』 정령.
성별 및 연령 미상의 존재.
눈에 띄는 것을 좋아하고 성격 또한 더럽지만,
세컨드를 주인으로 인정하고 있다.

"서두르자!"

"어이쿠, 위험해 보이는구나."

셰리, 절체절명!
세컨드는 그녀를
구할 수 있을 것인가?!

셰리
럼버잭

백작 가문의 영애.
흙의 대정령, 테라를 사역하고 있는
천재 정령술사.
자존심이 강하고 모난 성격이라
친구가 없다.

테라

진짜 이름은 노미데스.
흙의 대정령이며,
셰리의 계약 정령.
서글서글하며
종잡을 수가 없다.

전·세계 1위의 서브 캐릭터 육성 일기

~폐인 플레이어, 이세계를 공략 중!~

사와무라 하루타로
Harutaro Sawamura

일러스트 **마로**

2

★ ★ ★

contents

프롤로그 세계 1위, 현재 준비 중

세계 1위.

지금도, 과거에도, 나는 항상 그것만을 목표로 삼아왔다.

VRMMORPG 『뫼비우스 온라인』 세계 랭킹 제1위. 내 인생의 결과, 내 인생의 모든 것.

나는 한 번 죽었지만, 그 영광은 잊을 수가 없다. 운이 좋게도, 나는 게임이 현실 그 자체가 된 듯한 최고의 이세계에서 다시 살아가게 됐다. 이곳에서 나는 또 세계 1위가 되자고 결의했다.

인생을 건다. 말만이 아니다. 그 꿈을 이야기할 때, 나는 항상 진심이었다. 지식이 있고, 기술을 지녔으며, 다시 세계 1위가 될 구체적인 방법도 암기하고 있다. 그렇다. 이제 행동으로 옮기기만 하면 되는 것이다.

뫼비우스 온라인, 줄여서 뫼비온은 『경험치』 없이는 아무것도 할 수가 없다. 그래서 나는 우선 효율적으로 경험치를 벌기 위해, 동료를 구하기로 했다.

경험치 벌이에는 던전을 반복해 도는 것이 가장 손쉽다. 그리고 혼자서 던전을 도는 것보다 전후위와 팀을 짜서 도는 편이 몇 배는 효율이 좋으며, 안전성도 매우 높아진다. 그래서 나에게는 동료가 필요했다.

그런 점에서 볼 때, 실비아를 동료로 삼은 것은 매우 도움이 됐다. 기사단에서 버려지다시피 한, 쓸데없이 정의감만 강한 얼간이 여기사가 마궁술사 적성을 지닌 것을 알았을 때는 정말 놀랐다. 안성맞춤이라 해도 과언이 아닌 이상적인 후위다. 그 빌어먹게 성실한 성격도 마음에 쏙 들었다.

다음으로 【마술】을 익히기 위해 들어갔던 왕립 마술 학교에서 에코와 만난 것도 운이 좋았다. 그녀의 성장 타입은 명백하게 『근육 승려』다. 마술사로서는 낙제생이지만 전위로서는 충분히 1류가 되고도 남는다.

실비아가 후위, 에코가 전위, 그리고 내가 적절히 전후위를 지원하는 유격 담당. 그야말로 이상적인 팀이 구성됐다. 경험치 벌이에 있어서는 한동안 이대로 운용하며 추이를 살펴봐도 괜찮을 것이다. 나는 그렇게 생각했다.

하지만 딱 하나, 장비에 있어서는 불만이 존재했다. 무기와 방어구의 제작 및 강화를 위해서는 대장장이가 필요하다. 그러니 솜씨 좋은 대장장이를 동료로 삼아야만 한다. 내가 【대장장이】 스킬을 올려도 되겠지만, 현재는 그것보다 우선하고 싶은 스킬이 셀 수 없을 만큼 많다. 그러니 가능하면 【대장장이】 스킬은 타인에게 맡기고 싶었다. 그럴 때, 나는 노예 상점에서 재미있는 녀석을 발견했다.

처형된 여성 공작의 휘하에 있던 전직 암살자 다크엘프…… 범죄 노예인 그녀는 대장장이에 뛰어난 적성을 지니고 있었다.

가격 또한 겨우 1600만CL 밖에 안 되었다. 정말 쌌다. 안 살 수가 없었다. 나는 즉시 구입했다.

하지만 내 오산은…… 유카리라고 이름을 붙인 이 다크엘프가 우리와 친해지려는 의지가 전혀 없다는 점이다.

이래서는 구입한 의미가 없다. 이런 녀석에게 내 장비를, 세계 1위의 장비를 맡길 수는 없다.

어떻게든 손을 써야겠기에, 현재 작전을 한창 짜고 있다. 아직 적당한 아이디어는 생각나지 않았지만, 그래도 포기할 수는 없다. 모처럼 1류 대장장이가 될 소질을 지닌 자를 찾은 것이다. 내 꿈을 위해서라도, 어떻게든 서둘러 친해지고 싶다.

……뫼비온은 그저 경험치 벌이만 하는 게임이 아니다. 재미있는 건 그 다음 단계다.

모든 스킬을 습득하고, 모든 스킬을 9단까지 올린다. 이것만이라면 누구라도 시간을 들이면 해낼 수 있다.

전제 조건이다. 만렙은 전제 조건이다. 거기서부터 세계와의 싸움이 시작된다. 자신과의 싸움이 말이다. 극한까지 갈고닦은 플레이어 스킬의 격돌. 모든 것을 건 승부가 시작되는 것이다.

경험치를 벌고, 스킬을 익히고, 만렙을 찍고, 궁극의 장비를 얻어서, 온갖 준비를 마친다. 그렇게 모든 준비를 마친 후, 나와 같은 길을 걸어온 강자들과 만나는 것이다.

그들을 능가하지 못한다면, 세계 1위가 될 수 없다.

가깝게 느껴지지만, 아직 멀다. 경험치도, 스킬도, 대장장이도, 아직 만족스러운 수준과는 거리가 멀다.

그 준비는 아직 끝날 기색조차 보이지 않았다.

제1장 인간은 그렇게까지 강해질 수는 없다

불가사의한 사람이었다.

그가 나를 처음 보고 한 말은 「암살자? 흐음」이었다. 그것도 딱히 관심이 없는 듯한 목소리로 말이다.

실비아라는 전형적인 기사 느낌의 여성, 그리고 에코라는 귀여운 수인 여자애를 거느린 절세의 미남은 나를 노예로 삼았다.

『공격 불가』가 계약에 추가된 전직 암살자. 그런 아무 짝에도 쓸모없는 자를 사서 어디에 쓰려는 건가 했더니, 그는 나에게 대장장이가 되어줬으면 한다고 말했다.

성노예도, 가정부도 아니라, 대장장이 말이다.

……영문을 알 수가 없었다.

폐호 마을로 향하던 도중, 그는 나에게 계속 말을 걸었다.

가족은 있느냐, 취미는 뭐냐, 휴일에는 무엇을 하느냐, 특기는 무엇이냐.

그런 다양한 질문에, 나는 제대로 답하지 못했다.

루시아 님 지금은 이 세상에 없는 여성 공작에게 거둬진 고아가 바로 나다.

이름 같은 건 없다. 나를 가리키는 호칭은 『그림자』였다. 어릴 적부터 암살자로 길러졌으며, 루시아 님의 수족이 되어 온갖 더러운 일을 도맡아왔다.

가족은 없다. 취미도 없다. 휴일도 없다. 특기는 암살이다.

도저히 이렇게 말할 수는 없다.

유카리란 이름을 받았으니, 나는 이제 일개 노예에 불과하다. 지금의 나는 그런 과거와 상관없다 여기며, 그저 침묵할 수밖에 없다.

"유카리. 네 과거를 물어봐도 될까?"

저녁 식사 전, 나는 그의 질문을 듣고 무심코 동요하고 말았다.

밝히고 싶지 않다. 반사적으로 그렇게 생각했다.

과거에 무슨 일이 있었는가. 왜 루시아 님만 처형되고, 나는 목숨을 부지했는가. 그것을 밝힌다면 그들이 나를 보는 눈이 달라질 것이다. 어쩔 수 없는 일이라는 것은 안다. 마음속에 사라지지 않는 응어리가 남고, 직면한 거대한 불합리에 대해 고민에 잠기게 된다.

말해봤자 소용없다. 그렇다면 말하지 않는 편이 낫다.

그래서 나는 숨겼다. 그리고 또 가면을 썼다. 그들과 거리를 두며, 일반적인 노예로서 사무적으로 생활을 이어갔다.

내 생각과 감정 같은 것은 존재해봤자 아무런 소용이 없다고 여기며 마음을 계속 죽여 나갔다.

"팀을 편성할까."

페보 마을에 있는 여관 1층의 술집에서, 네 명이 한 테이블에 둘러앉아서 저녁 식사를 마쳤을 때의 일이다. 나는 당당한 목소리로 그렇게 말했다.

"드디어 팀을 편성하는 건가."

"와아!"

실비아와 에코는 기합이 가득 들어간 목소리로 그렇게 말하며 고개를 끄덕였다.

"팀, 이라고요?"

유카리는 고개를 갸웃거렸다. 그러고 보니 유카리에게는 우리의 목적을 아직 이야기하지 않았네.

"나는 세계 1위를 목표로 삼고 있어. 여기 있는 실비아와 에코는 그런 나를 도와주는 동료야. 유카리, 너도 나를 도와줬으면 해."

"저는 주인님의 노예입니다. 제가 할 수 있는 일이 있다면 물론 돕겠습니다만…… 세계 1위라고요?"

유카리의 의문은 깊어져만 갔다.

"그래, 세계 1위야. 의미는 알지?"

"예."

"농담이 아니라고."

"그렇군요."

이 녀석, 내 말을 전혀 믿지 않아.

유카리의 차가운 표정과 미심쩍은 눈길이 내 마음속에 깊숙이 박혔다.

하지만 그 덕분에 「어처구니없다」라는 감정을 유카리가 드러냈다.

이렇게 조금씩 감정을 겉으로 드러내게 한다면, 언젠가 서로를 이해할 수 있게 될지도 모른다. 차근차근 해나가자. 차근차근⋯⋯.

"세컨드 님. 전부터 궁금했는데, 그 세계 1위라는 꿈은 어떻게 하면 이뤄지지?"

내가 약간 풀이 죽어 있을 때, 실비아가 나를 달래주려는 듯이 그렇게 물었다.

"좋은 질문이야, 실비아 버지니아."

"왜 풀 네임으로⋯⋯."

"어지니아."

"버지니아다, 에코."

"어지니아."

"⋯⋯버."

"어지니아!"

"그냥 됐다."

그렇게 넘어가도 되는 거냐⋯⋯ 참, 세계 1위가 되는 방법에 대해 이야기하고 있었지.

뭐, 방법은 여러 가지지만— 그 중에서도 **그것**이 가장 이해하기 쉬우리라.

"세계 1위가 되는 방법은 단순해."

"단순하다고?"

"그래. 모든 스킬의 타이틀을 획득한 후, 타이틀을 계속 지키는 거지. 즉, 타이틀전에서 지지 않는 거야."

"……뭐?"

실비아는 얼이 나간 것처럼 입을 쩍 벌린 채 굳어버렸다.

『타이틀』— 그것은 각 스킬의 정점이다.

【궁술】을 예로 들어서 설명해보자. 【궁술】이란 대(大) 스킬에는 《보병궁술》부터 《용왕궁술》까지 총 아홉 종류의 소(小) 스킬이 존재한다. 【궁술】의 타이틀을 획득하기 위해서는 우선 아홉 개의 소 스킬을 전부 9단까지 올려야만 한다. 그것이 첫 번째 조건이다.

두 번째 조건은 1년에 두 번, 여름과 겨울에 개최되는 『타이틀전』에 출전해서 우승하는 것이다. 타이틀전이란 첫 번째 조건을 통과한 자들이 타이틀 획득을 위해 참가하는 토너먼트 형식의 PvP 대회다.

<small>플레이어 버서스 플레이어</small>

그리고 두 번째 조건을 충족시키면, 현 타이틀 보유자에게 도전할 권리를 얻게 된다. 그리고 현 타이틀 보유자에게 승리한다면, 당당히 【궁술】의 타이틀 「귀천장(鬼穿將)」을 탈취하게 된다.

그것 외에 타이틀을 획득할 방법은 「서버 안에서 누구보다 먼저 첫 번째 조건을 충족시킨다」 혹은 「타이틀 방어전에서 승리한다」다. 그러니 동일한 타이틀을 여러 명이 동시에 보유하는 건 불가능하다.

즉, 타이틀이란 그 스킬의 최고봉이라는 의미이며, 명실공히 최강의 칭호라 할 수 있다.

그리고 모든 스킬의 타이틀을 획득한다면— 명백하게 정점에 섰다고 할 수 있을 것이다.

물론 「전 타이틀 제패」는 충분히 세계 1위를 자처할 수 있는 요소지만, 그것만으로는 「진정한 세계 1위」라 할 수 없다고 나는 생각한다. 뫼비온의 세계 랭킹에는 그것 말고도 다양한 기준이 있으며, 그 모든 것을 합쳐서 서열이 매겨지는 것이다.

　하지만 우선적으로 내가 노릴 명확한 목표는, 역시 전 타이틀 제패라고 생각한다.

　"타이틀전은 알지?"

　"무, 물론이지! 세, 세컨드 님은 그 무대에 설 생각인 것이냐?! 그것도 모든 스킬로⋯⋯?!"

　실비아는 흥분했는지 자리에서 벌떡 일어서며 그렇게 말했다.

　"세계 1위가 될 거라면, 그 정도는 당연하지 않아?"

　"그, 그건―."

　"불가능합니다."

　나와 실비아가 그런 대화를 나누고 있을 때, 유카리가 끼어들었다.

　그녀는 얼음장 같은 목소리로 그 짤막한 목소리를 단호하게 입에 담았다.

　"방금, 뭐라고 했어?"

　"불가능하다고 말씀드렸습니다, 주인님."

　내가 되묻자, 유카리는 담담한 어조로 그렇게 말했다. 그러자 긴장된 분위기가 이 주위를 감쌌다.

　"왜 그렇게 생각하는데?"

　"당연한 일이니까요. 인간이 그 정도로 강해질 수 없어요."

"그건 이유라고 할 수 없어. 왜 그렇게 생각하는 거야?"

"……그러니까, 인간은 그 정도로……."

"근거가 뭔데?"

"……."

내가 캐묻자, 유카리는 입을 다물었다.

이유는 모르겠지만, 딱 하나 확실한 것은 그녀가 분노했다는 점이다.

"그런…… 경박한 발언은 입에 담지 않는 편이 좋지 않을까 합니다."

"논점을 흐트러뜨리지 마. 그렇게 생각한 이유를 말해보라고. 어째서 강해질 수 없다는 건데?"

"어째서, 라니……."

"인간은 그 정도로 강해질 수 없다. 왜 그렇게 생각하는 거야?"

"그, 그게 당연하니까요."

"그러니까, 그렇게 생각한 이유가 뭐야?"

"그건, 제가……!"

유카리는 언성을 높이려다—.

"……아무것도 아닙니다. 먼저 실례할까 하는데, 괜찮을까요?"

"아, 그래."

곧 미옴을 진정시키더니, 도망치듯 방으로 돌아갔다.

그녀가 하려다 만 말은 뭘까. 암살자 출신이라는 점과 이름을 가지지 못했던 처우를 생각해보면, 어렴풋이 그 답을 알 것 같았다.

아마 유카리는 어릴 적부터 『인간』으로서 길러지지 않았으리라.

암살자란 그 정도로 가혹한 존재다. 그래서 알고 있는 것이다. 「강해진다」는 것이 얼마나 괴롭고 힘든지를, 그리고 「인간에게 이긴다」는 것이 얼마나 어렵고 덧없는지를……

그래서 「경박하다」고 여기며 화를 냈다.

나도 그 의견에는 동감이다. 나 이외의 누군가가 그런 말을 했다면 말이다.

"유카리는 위험한걸."

실비아가 말했다. 확실히 위험하다. 유카리는 아까 언성을 높였지만, 그 직후에는 다시 삼켰다. 이것이 무엇을 의미할까. 그것은 쌓여있던 감정의 폭발, 그리고 그것을 억누를 수 있을 정도의 어마어마한 자제심이다.

"정신적으로 불안정해. 내가 구입할 때까지 노예 상점에 계속 갇혀 있었으니 당연할지도 모르지만…… 그래도 저 정도로 스스로를 억누른다는 게 가능할까?"

"뭔가를 말하고 싶어 견딜 수 없지만, 그것을 억누르고…… 있는 거겠지."

"말하고 싶어 견딜 수 없다?"

"나에게는 그렇게 보였다. 세컨드 님은 어땠지?"

"나는…… 무서워하는 것 같았어. 비밀이 들통 나는 것을 말이야."

내가 그렇게 말하자, 실비아는 유쾌하다는 듯이 「후훗」 하고 웃었다.

"왜 그래?"

"아, 미안하다. 딱히 세컨드 님을 바보 취급한 건 아니다."

실비아는 사과한 후, 「하지만」 하고 말을 이어갔다.

"여자란 때때로 상반된 두 가지 감정을 지니는 법이지."

어쩌면 그 두 의견이 전부 옳은 걸지도 모른다.

실비아는 시원시원한 목소리로 그렇게 말하더니, 반쯤 졸기 시작한 에코를 업고 방으로 돌아갔다.

이 순간, 나는 처음으로 실비아가 멋지다고 느꼈지만…… 멀어져 가는 그녀의 엉덩이에 정전기로 붙어 있는 종이 냅킨을 보고 생각을 바꿀 수밖에 없었다.

다음날 아침. 우리는 페호 마을에서 동쪽으로 15분가량 나아간 곳에 있는 병(丙) 등급 던전 『아시아스파른』으로 말을 몰았다.

왜 이제 와서 병등급 던전으로 향하는 것이냐면, 『팀』 결성을 위해서다.

팀 결성을 위해서는 팀 결성 퀘스트를 완수해야만 한다. 그 내용은 「팀 결성 희망 멤버 3인 이상이 함께 병등급 던전을 두 시간 안에 완전히 클리어할 것」이다. 병등급 던전이라면 어디라도 괜찮기에, 매우 간단한 퀘스트다.

현재 가상 효율직인 경험치 벌이법이 린프트파트 던전을 도는 것이라서, 한동안은 페호 마을을 벗어나지 않을 예정이다. 그래서 『이 근처에서 해결하자』라는 생각으로 아시아스파른 던전에 향하게 된 것이다.

그리고 우리는 도착했다. 숲 속의 바위산에 존재하는 커다란 입 같은 거대 동굴 앞에 말이다.

오랫동안 병등급 던전에는 들어가지 않았다. 특히 아시아스파른 던전은 한참 전에 딱 한 번 가봤을 뿐이다.

……그래서, 나는 까맣게 잊고 있었다.

『날림 던전』— 이곳, 아시아스파른의 별명을 말이다.

아시아스파른 던전은 평평한 잿빛 바위로 된 동굴이다.

이 동굴 안에서 처음 마주친 마물은 고블린이었다. 갈색 피부를 지닌 원숭이 혹은 인간 같은 마물이며, 우리를 발견하자마자 손에 쥔 곤봉을 휘두르며 돌진해왔다.

"하앗!"

선제공격은 실비아의 【마궁술】, 《보병궁술》과 《불 속성·1형》의 복합이었다.

고블린은 「꾸웩」 하고 흉측한 비명을 지르더니, 일격에 쓰러졌다.

"아하……."

내 뒤편에 있던 유카리가 중얼거리는 목소리가 들렸다. 【마궁술】이 【마술】과 【궁술】의 복합이라는 점을 납득한 것이다.

"여유롭겠는걸."

실비아가 그렇게 말했다. 병등급 던전이니 당연하지.

"여유~!"

에코는 「여유~ 여유~」 하고 말하면서 고블린 무리를 향해 돌진했다.

"주인님. 괜찮을까요?"

"그렇게 생각하는 게 당연하겠지만…… 뭐, 일단 두고 봐."

에코의 앞에는 열 마리가 넘는 고블린이 있었다. 그런 고블린들을 향해 수인 여자애가 돌진한 것이다. 지켜보는 입장에서는 불안을 느끼는 게 당연한 광경이지만, 그녀는 전문 탱커인『근육승려』다. 그런 걱정은 필요 없다.

에코는 고블린들을 향해 돌진하면서 《금장방패술》을 썼다. 그러자 고블린은 차에 치인 것처럼 그대로 튕겨져 날아갔다.

《금장방패술》의 넉백 효과에 의해 고블린들이 지면에 쓰러졌다. 그리고 실비아가 쏜 화살에 의해 차례차례 숨통이 끊겼다.

"아니……."

"전위와 후위의 능력이 뛰어나고, 그 둘의 호흡이 맞으면 이렇게 손쉽게 나아갈 수 있어."

단둘이서 던전을 공략할 때의 이상적인 형태 중 하나다. 빈틈이 적을 뿐만 아니라, 후위가 화력을 발휘하기도 쉽다.

그런 이야기를 나누는 사이, 스무 마리 정도 되던 고블린이 전부 소탕됐다.

아무래도 내가 끼어들면 저 두 사람의 연계 훈련에 방해가 될 것 같았다. 나는 적의 기습을 경계하면서 유카리의 호위에 전념하기로 했다.

"경험치도 얼마 안 되니까 빨리 클리어하자."

내 지시를 들은 실비아와 에코가 고개를 끄덕이더니, 성큼성큼 안쪽으로 나아갔다.

유카리는 아무 말 없이 내 뒤를 따랐다. 무표정 그 자체였다. 그녀가 마음을 열려면 시간이 좀 더 걸릴 것 같았다.

"벌써 보스네."

"빠르군. 아직 한 시간 밖에 지나지 않았는데 말이다."

"병등급 던전은 쉽거든."

아시아스파른의 보스는 고블린 케이오라는 마물이다. 키가 4미터나 되는 거대한 마물이지만, 움직임이 느릴 뿐만 아니라 방어력도 낮기 때문에 그다지 어렵지 않은 보스다. 하지만 마술을 쓸 수 있는 고블린 메이지란 마물이 열 마리 정도 주위에 있기 때문에, 보스뿐만 아니라 부하들도 신경을 써야 하는 점이 성가시다.

그래도 지금의 우리 수준의 화력이라면 케이오는 두 방, 메이지는 한방에 해치울 수 있다. 그러니 딱히 고전할 일은 없다.

"작전은 뭐야~?!"

에코가 물었다. 이유는 모르겠지만, 이 녀석은 「작전」을 좋아하는 건지 보스와 싸우기 전에는 항상 이렇게 작전이 뭔지 물었다. 하지만 이번에는 딱히 작전이랄 것…….

"……!"

……으으. 기대에 반짝이는 눈길로 쳐다보고 있다.

"으음…… 에코는 한가운데에 있는 커다란 녀석의 표적이 된 후, 각행으로 계속 버텨. 그 사이에 나와 실비아가 마무리 짓겠어."

"와아~! 알았어!"

내가 대충 짠 작전을 말해주자, 감탄한 것처럼 입과 눈을 크게 벌린 에코가 환한 미소를 지으며 고개를 끄덕였다. 왠지 에코를 속이는 것 같이 좀 미안한 마음이 들었지만, 본인이 엄청 기뻐하는 것 같으니 됐다.

"실비아는 평소처럼 하면 돼. 유카리는 내 곁을 벗어나지 마."

"알았다."

"예."

마지막으로 그런 대화를 나눈 후, 우리는 에코를 앞장세우며 보스가 있는 광장에 들어섰다.

"엄청 큼지막해~!!"

에코가 깜짝 놀란 목소리로 그렇게 외쳤다.

확실히 고블린 케이오는 컸다. 그리고 뚱뚱했다. 딱 봐도 건강과는 거리가 멀어 보일 정도였다. 그에 비해 고블린 메이지는 작고 홀쭉했다. 나뭇가지 같았다. 키는 1미터도 안 될 것 같았다.

"시작하자~."

내 말에 맞춰, 우선 에코가 고블린 케이오를 향해 돌격했다.

그 순간, 실비아가 고블린 메이지 한 마리를 해치웠다. 실비아는 「별것 아니군」 하고 중얼거리며 한 마리 더 해치웠다.

"……어라~?"

에코가 고블린 케이오의 일격을 《각행방패술》로 막아내더니, 그렇게 말했다. 받은 대미지가 3포인트밖에 안 된 것이다. 린프트파트 던전의 갑옷리저드보다도 약했다.

"나, 나이스야, 에코."

나는 일단 칭찬을 한 후, 에코에게 주의가 쏠린 고블린 케이오를 향해 《비차궁술》을 펼쳤다. 크리티컬은 터지지 않아서 6680 대미지였다. 무난한 수준이다.

"……윽."

유카리는 눈을 치켜떴다. 대미지를 보고 놀란 걸까.

나는 《계마궁술》과 《은행궁술》의 복합한 공격을 두 방 더 날려서 고블린 케이오를 해치웠다.

부하인 고블린 메이지는 실비아가 전부 해치웠다.

"끝났나?"

나는 에코에게 다가가서 주위를 둘러보았다. 마물은 없었다.

…….

"…………어어?"

이상하다. 팀 결성 퀘스트가 완수되지 않았다.

내 기억에 따르면, 보스와 부하를 다 해치운 순간에 팀이 결성되는데―

"―윽!!"

큰일났다!

나는 너무 늦게 눈치채고 말았다.

몸집이 4미터나 되는 고블린 케이오의 시체가 일정시간이 경과하자 소멸되기 시작했다. 그 뒤편에 고블린 메이지 한 마리가 숨어 있었다.

빈사 상태인 고블린 메이지는 필사적인 표정으로 마술을 영창하고 있었다.

그리고, 그 발동의 타이밍은 「고블린 케이오의 시체 소멸」과 일치했다.

우왓! 최악이야!!

"젠장!"

고블린 메이지가 표적으로 삼은 건 바로 유카리였다.

나는 유카리의 손을 잡고 내 쪽으로 당긴 후, 고블린 메이지를 향해 《불 속성·1형》을 날렸다.

다음 순간이었다.

고블린 메이지의 숨통이 끊어지더니──…….

……──내가 서있는 장소가, 「바다가 보이는 모래사장」으로 변모했다.

『날림 던전』.

아시아스파룬이 왜 그렇게 불리는가.

그것은 고블린 메이지가 빈사 상태에서 사용하는 《랜덤 전이》라는 【마술】이 원인이다.

《랜덤 전이》란 「타깃을 현재 위치에서 4킬로미터 거리의 어딘가로 전이시키는」 마술이다.

즉, 「던전 외부로 강제적으로 쫓겨나는 것」을 의미한다.

그래서 『날림 던전』……이라고 불리는 건 아니다. 그렇게 불리게 된 것은 어떤 점이 『발견』됐기 때문이다.

어느 날의 일이다. 뫼비온 공략의 최전선으로 이름 높은 정보 공유 사이트 『뫼비온 woki』에 어떤 보고가 올라왔다.

그 보고의 제목은 「아시아스에서 캐황당 전이 당함」.

그 내용은 충격적이었다. 《랜덤 전이》로는 4킬로미터만 전이되어야 하는데, 그 보고자는 255킬로미터나 전이되었다는 것이다.

곧 그 보고에 대한 검증이 시작됐다.

그리고 도출된 결론은 충격적이었다. 아니나다를까, 「고블린 케이오의 시체가 소멸되는 순간, 그 시체에 닿아있는 고블린 메이지가 《랜덤 전이》를 발동시킬 경우, 이동 거리가 4킬로미터가 아니라 255킬로미터가 된다」라는 매우 불가사의한 현상이었던 것이다. 꽤 기적적인 조건이기 때문에, 지금까지 판명되지 않았던 새로운 사실이다.

플레이어들은 이것을 버그 취급하며 난리를 피웠다.

……하지만, 사실 이것은 버그가 아니라 원래 사양이었다.

전이 계열 마술은 「그 자리에서 소모되는 MP 양」에 따라 이동거리가 결정된다. 그래서 먼 곳으로 이동할수록 MP를 대량으로 소비하는 시스템이다.

이번 경우에는 「고블린 케이오의 시체가 소멸되는 순간, 고블린 케이오의 총 MP가 그 자리에서 소모된 것으로 판정」된 것이다. 즉, 고블린 메이지의 《랜덤 전이》가 전이 장소를 지정하지 않고, 전이 거리에 고블린 케이오의 모든 MP가 가산되면서 결과적으로 255킬로미터라는 장거리 전이가 이뤄진 것이다.

이 「빌어먹을 날림 사건」 덕분에 아시아스파른 던전에는 『날림 던전』이라는 별명이 붙게 됐다.

나는 이 사건을 까맣게 잊고 있었다. 초보자나 갈 병등급 던전은 상위 플레이어와 그다지 인연이 없기 때문이다.

"……아아."

뒤늦게 그 일이 생각났다.

눈앞에는 넓은 바다, 푸른 하늘, 새하얀 구름. 발치에는 모래사장. 그리고 옆에는…….

"아니……?!"

상황이 상황인지라 경악을 금치 못하고 있는 유카리가 있었다.

확실히 순식간에 해안으로 이동됐으니 놀라지 않는 게 이상했다. 그 모습을 보니, 유카리에게도 나와 마찬가지로 빨간 피가 흐르고 있다는 생각이 들어 조금 안심됐다. 지금까지는 오일로 움직이는 기계라고 해도 납득이 될 정도로 무표정했으니까 말이다.

"걱정하지 마. 아까 그 고블린에게 전이됐을 뿐이야."

"……전이, 인가요?"

대단하다. 벌써 마음을 진정시켰다.

"그래. 아마 아까 아시아스파른에서 255킬로미터 떨어진 장소일 거야."

"……"

유카리는 미심쩍은 눈길로 나를 쳐다보았다. 아니, 믿기지는 않겠지만 그게 엄연한 사실이라고…….

"어? 오오! 팀이 결성되어 있네."

유카리의 시선을 피하듯 스테이터스 화면을 본 나는 그 사실을 눈치챘다. 역시 그 고블린 메이지가 마지막 적이었던 것 같았다.

"으음……"

나는 스테이터스 윈도우의 오른쪽 아래에 있는 『팀 한정 통신』을 기동시켜서 실비아에게 연락을 취했다. 아무리 거리가 떨어져 있더라도 팀 멤버 간에는 마음껏 통화가 가능한 편리 기능이며, 팀 결성을 통해 얻을 수 있는 이득 중 하나다.

"아~, 아~ 어이, 내 말 들려~?"

"바, 바보!! 지금 어디냐?! 무사한 거지?!"

우와아아앗?! 귀청 떨어질 뻔 했네!

"괜, 괜찮아. 전이 마술로 먼 곳에 보내졌을 뿐이야. 이제부터 돌아갈 테니까, 실비아와 에코는 페호 마을에서 기다리고 있어."

"그, 그렇게 된 건가! 이제야 안심이 되는구나. 얼마나 걸리지? 가능한 한 빨리 돌아와라."

"으음…… 한 6, 7일은 걸릴 거야. 그 동안은 휴가니까 느긋하게 지내."

"……뭐?"

"그럼 끊는다~."

"어이! 잠깐 기다—."

나는 통신을 끊은 후, 유카리를 쳐다보았다.

"……진짜로 그렇게 먼 곳인 건가요?"

"물론이야. 이 상황에서 거짓말을 할 이유가 없잖아?"

"……예, 그렇죠."

유카리는 내키지 않은 듯한 기색을 보이며 고개를 끄덕였다. 그러고 보니 이제부터 일주일 동안은 유카리와 단둘이 지내야 한다.

이 기회에 그녀와 친해지고 싶다— 나는 그렇게 생각하면서, 해안선을 따라 북쪽으로 나아갔다.

◇◇◇

해안, 그리고 아시아스파른에서 255킬로미터 떨어진 지점이라는 점을 통해 이곳이 남동쪽 해안이라는 사실을 알았다. 그렇다면 해안을 따라 북상하면 항구 마을『쿨러』에 도착할 것이다.

쿨러에서 페호까지는 말로 하루거리다. 그리고 여기서 쿨러까지는 걸어서 닷새 정도 거리다.

"잘 아시는군요."

내 생각을 말해주자, 유카리는 표정 하나 바꾸지 않으며 빈정거리는 듯한 투로 그렇게 말했다.

"내 말이 믿어지지 않는 거야?"

"아, 그런 건 아닙니다."

"그럼 왜 그렇게 냉담한 건데?"

"태어날 때부터 이랬습니다만……."

"……."

유카리 녀석, 「아, 예. 믿어 드릴게요」라는 식의 태도를 취하면서도 「눈곱만큼도 믿지 않지만요」라는 본심을 숨기려 하지 않았다. 무리다. 더는 못 참겠다. 나는 방침을 바꾸기로 했다.

유카리의 속을 마구 긁어줘서 감정을 드러내게 한다— 이 방법뿐이다.

이대로는 무기물과 이야기를 나누고 있는 것 같아서, 내가 미쳐 버릴 것만 같았다.

"유카리. 그렇게 미심쩍으면 네가 다른 아이디어를 내봐."

"저는 주인님의 노예입니다. 주인님의 말을 의심하지 않아요."

"여기가 어디인지 알겠어?"

"아뇨, 모르겠습니다."

"너라면 어떻게 폐호로 돌아갈 거지?"

"주인님의 생각이 가장 적절한 방법이라 생각합니다."

"그래. 같은 의견이구나. 그럼 왜 그렇게 의심하는 거야?"

"그러니까, 의심하고 있지 않습니다."

"거짓말하지 마."

"거짓말이 아닙니다만……."

"……."

이, 이 녀석…… 아냐, 진정해. 이럴 때는 상대방의 급소를 공격해서 무너뜨리는 게 정석이야.

"……너는 처음 만났을 때부터 이랬지. 항상 가면을 쓰고 있어."

"그런가요."

"뭔가를 숨기고 있는 거지? 그 뭔가가 들통 나는 게 그렇게 싫은 거야?"

"누구에게나 알려지고 싶지 않은 과거가 있을 텐데요?"

"네 주인인 나한테도 알려지는 게 싫은 거야?"

"물론이죠."

"그럼 앞으로도 쭉 연기를 하며 과거를 털어놓지 않을 셈이야?"

"예……, ……윽!"

좋아! 이 녀석, 드디어 말실수를 했어!

"어라~? 방금, 연기를 한다는 걸 인정했지~?"

"아뇨. 무심결에 수긍했을 뿐입니다."

"어라라~? 말이 좀 빨라졌네? 동요한 건가요~?"

"……그렇지 않습니다."

"흐음~, 헤에~, 호오? 어라, 입가가 떨리고 있는뎁쇼~?"

"……."

먹힌다, 먹혀. 유카리의 감정이 점점 드러나고 있다. 슬슬 본론에 들어가 볼까.

"……어차피 이야기해봤자 소용없다. 그러니 입 다물고 있자. 그

렇게 넘겨짚으며, 앞으로도 쭉 나와 선을 그은 채로 살아갈 생각인
거지?"

"……윽……."

"내 경험에 따르면…… 그냥 털어놓는 편이 여러모로 편할 거야."

왠지 취조하고 있는 형사가 된 기분이다.

사실 유카리가 숨기고 있는 비밀이 뭔지 얼추 짐작이 됐다. 어젯
밤, 조사를 해보니 알 수 있었다. 처형된 여성 공작 루시아 아이신—
나는 그 이름을 알고 있는 것이다.

"그냥 털어놔. 편해지라고. 숨겨봤자 아무 소용없어."

"내가……!"

"응?"

"내가, 누구를 위해 숨기고 있는 건데……!"

누구를 위해?

"나와…… 루시아 님의 상냥함을……!"

상냥함. 입 다물고 있는 것이, 휘말리게 하지 않는 것이, 그녀 나
름의 상냥함인 건가. 오호라.

"잘 모르겠지만, 나한테는 그저 자기만족에 지나지 않아 보여."

"……윽!"

내가 그렇게 말하자, 유카리는 화난 표정을 지으며 돌아섰다. 그
리고 앞장서서 걸음을 옮겼다.

작전은 일단 성공했다고 봐도 될 것이다. 그녀의 감정을 이끌어
내는 것에 성공했으니 말이다. 좀 지나쳤다는 느낌도 들지만, 이렇

게라도 하지 않으면 유카리의 방어벽을 무너뜨릴 수 없으니 어쩔 수 없다.

자아, 슬슬 해가 질 것이다. 어디서 야영을 할까…….

저열한 남자다. 나는 그렇게 생각했다.

세계 1위가 된다— 그런 이루지도 못할 어이없는 꿈을 이야기해서 관심을 끌려 하는 경박한 남자는, 내 주인에 걸맞지 않다.

그는 금세 본성을 드러냈다.

우수한 마궁술사 여성과 아직 어린 수인 여자애를 앞에서 싸우게 하고, 자신은 뒤에서 꼼짝도 하지 않았다. 그런 식으로 모든 일을 남에게 떠넘기는 남자가 「세계 1위」가 되겠다니, 정말 어처구니없다.

보스와 싸울 때 드러난 그의 궁술 솜씨는 확실히 1류였다. 그렇다면 왜 던전을 이동할 때는 그 실력을 발휘하지 않은 것일까? 자신만 안전한 장소에서 편하기 위해서다. 그런 생각이 드니, 이 남자가 더 싫어졌다.

랜덤 전이? 255킬로미터 떨어진 지점? 페호까지 일주일? 어떻게 그런 것을 아는 걸까. 그 한순간에 거기까지 파악할 수 있을 리가 없다. 거짓말이 틀림없다.

아마 이 남자는 나와 단둘이 있기 때문에 더러운 수를 썼을 것이다. 나를 산 목적도 대장장이가 필요해서가 아니라 성노예로 삼기 위해서다. 자신의 체면이 손상되지 않도록, 이렇게 타인의 눈길이 닿지 않는 곳에 끌고 와서 덮치려는 것이다.

슬프게도, 나는 저항할 수 없다. 아아. 이 남자와 잠자리를 가져야 한다니, 구역질이 날 것 같다. 만약 그 순간이 찾아온다면, 차라리, 목숨을 끊―.

―하지만 나는 곧 생각을 바꿨다.

루시아 님께서 주신 이 목숨을 함부로 버릴 수는 없다. 그렇다. 왜 잊고 있었던 걸까! 내 목숨은 루시아 님께 받은 것이다. 나는 어떻게든 저항해야만 한다.

……이 세컨드란 남자는 끈질길 정도로 내 과거를 파내려 한다. 무엇이 목적인지는 모르겠지만, 내가 입을 다물고 있는 건 너를 위해서가 아니다. 너의 동료인 그 무고한 두 소녀가 휘말리지 않도록 입을 다물고 있는 것이다.

그런데 자기만족이라고? 역겹다.

이 남자에게 빈틈을 보일 수는 없다. 나는 각오를 다지며 걸음을 서둘렀다.

첫날이 지나가고, 둘째 날 아침이 찾아왔다.

그는 나를 건드리지 않았다. 그 뿐만 아니라, 밤을 새며 혼자 불침번을 섰다. 그렇게 나를 방심시킬 속셈일 것이다.

나는 밤새도록 그를 경계하느라 거의 눈을 붙이지 못했다. 이런 나날이 이어지다간, 머지않아 한계를 맞이할 것이다. 어떻게든 해야겠지만, 수단이 없다. 나는 노예다. 도망칠 수도 없다. 어떻게 하면 좋을지 알 수가 없다.

"어이, 이제 그만 포기해. 그냥 다 털어놓으라고."

이러지도 저러지도 못하는 처지를 한탄하며 걷고 있을 때, 그가 또 내 과거를 캐기 시작했다.

"끈질기군요."

나는 짜증이 난 나머지, 무심코 시비를 거는 듯한 투로 대답했다.

"그렇게 내가 신용이 안 되는 거야?"

"예, 전혀 믿음이 안 갑니다."

"그럼 어떻게 하면 나를 믿어줄 건데?"

"……글쎄요. 지금 바로 죽어준다면 신용해드리죠."

스스로도 불가사의할 만큼, 그에게 공격적인 말을 건넸다. 그는 내 폭언을 듣더니, 이마에 힘줄이 돋았다. 아무래도 화가 난 것 같았다.

"꽤 세게 나오는걸. 응? 어이."

"주인님, 왜 그러시죠? 노예에게 폭력을 휘두를 건가요?"

"시끄러워! 너, 확 굶겨주마."

"윽!"

정말 비열한 남자다!

"그것은 계약 위반 아닌가요?!"

"계약 내용에는 충분한 식사를 제공하라고 되어 있어. 하루 두 끼면 충분해! 나는 그렇게 생각한다고!"

이 남자, 자기 입으로 수십 킬로미터는 걸어가야 된다고 말했으면서……!

"어때? 사과 안 하면 밥 굶길 거라고."

"큭……!"

굴욕적이다! 이 남자에게 사과할 바에야, 나는…… 하지만…….

"……뭐, 농담이야."

그는 훗하고 웃으며 그렇게 말했다. 마치 「선심 써서 다퉈주고 있다」 하고 말하는 것처럼 여유로운 표정이다. 나에게는 그것이 조소처럼 보여서 참을 수가 없었다.

"필요 없어요."

"뭐?"

"점심은 필요 없습니다."

"어이, 그러다 확 쓰러질 거야."

"필요 없다고 말씀드렸을 텐데요? 됐어요."

"자, 잠깐만! 미안해, 내가 잘못했어! 제발 먹어!"

"됐어요!"

나는 걸음을 서둘렀다. 머릿속은 서서히 식었다. 하지만 짜증과 혐오감은 늘어만 갔다. 아아, 꽤나 감정에 흔들리고 말았다. 하지만 더는 억누를 수가 없었다.

……나는 대체 뭐가 하고 싶었던 걸까?

셋째 날 아침이 됐다. 어젯밤에는 졸음과 격렬하게 싸웠다.

……발이 후들거렸다. 이틀 연달아 밤샘을 하고, 하루 종일 걸었으며, 어제는 점심도 먹지 않은데다, 저녁도 조금만 먹었다.

아무리 암살자 출신이라 해도, 나는 살아있는 존재다. 한계가 다가왔다는 것을 알고 말았다.

그는 어제도 나를 건드리지 않았다. 아마 내가 완전히 의식을 잃은 순간을 기다리고 있을 것이다. 정말 비겁한 남자다.

오늘 이동할 때도, 어제와 마찬가지로 툭하면 다퉜다. 우리는 입만 벌렸다 하면 다퉜다.

아침 식사를 가지고 다퉜다. 누가 앞장을 설지를 가지고도 다퉜다. 점심 식사를 가지고 다퉜다. 휴식을 취할지 말지를 가지고 다퉜다. 어디서 야영을 할지로도 다퉜고, 저녁 식사를 가지고도 다퉜다. 불침번을 누가 설지를 가지고도 다퉜다.

어느새 주종 관계 같은 것은 잊고 말았다. 졸음과 피로 때문에 제대로 된 판단을 내리지 못했다. 아무튼 빈틈을 보이지 않도록, 나는 신경을 곤두세웠다. 그 결과, 툭하면 그와 다퉜다.

하지만 이날 밤, 나는 결국 곯아떨어지고 말았다…….

정서불안. 그것은 명백했다.

유카리의 언동에는 모순이 몇 개나 존재했다. 나를 필요 이상으로 경계하는 탓에 지리멸렬한 상태다. 피로 탓에 점점 더 심해지고 있었다.

왜 그렇게 된 것일까. 나는 그 이유를 이미 눈치챘으며, 아까 확신에 도달했다.

예상이 된 것은 아시아스파른으로 향하기 전날 밤의 조사를 통해 그녀의 예전 주인인 여성 공작의 이름을 알았을 때였다. 확신한 것은 해안으로 전이된 날 밤, 내가 자신을 덮치지 않을까 두려워하는 모습을 봤을 때였다.

―유카리는 『세뇌』를 당했다.

아마 새 주인에 대해 매우 강렬한 경계심을 품도록 말이다.

범인은 뻔했다. 고유 스킬 《세뇌 마술》을 지닌 여성 공작 루시아 아이신이다. 뫼비온에서는 「세뇌 할망구」로 유명한 NPC였다.

_{논플레이어 캐릭터}

세뇌 마술을 푸는 방법은 딱 하나다. 「생명의 위기에 기인하는 강렬한 감정의 발로」뿐이다.

뫼비온의 스토리상에는 「루시아 공작에게 세뇌된 NPC가 눈앞에서 연인이 살해당하는 것을 보고 겨우 세뇌가 풀린다」라는 어두운 전개가 존재한다.

그런 스토리 전개를 위해 의도적으로 준비한 고유 스킬이란 느낌이 드는 세뇌 마술도, 현실 세계에서라면 이야기가 달라진다. 정말 성가시기 그지없는 것이다.

……골치 아픈걸. 그녀의 감정을 겉으로 드러내게 해야 해. 그것도 생명이 위험에 처하는 형태로, 강한 감정을 불러내야만 한다고.

젠장, 너무 어렵다. 그저 단순히 다투기만 해서는 효과가 없는 것 같았다. 확 유카리에게 칼을 겨눌까? 아니, 그럴 수는 없다. 그래서는 세뇌가 풀린 후에 돌이킬 수 없는 상처가 남을 것이다.

어떻게 하면 좋을까. 어떻게 하면, 어떻게 하면…….

"……윽!"

큰일 날 뻔 했다. 꾸벅꾸벅 졸았다.

이틀 후면 항구 마을 쿨러에 도착한다. 이렇게 되면 기합으로 어떻게든 해보는 수밖에 없다.

나는 인벤토리에서 『상태 이상 회복 포션++』를 꺼내 단숨에 들이켰다. 나는 이 포션이 졸음에도 약간 효과가 있다는 점을 발견했다. 물론 한계는 존재하지만 말이다.

자아, 이제 어떻게 할까. 나는 모닥불 앞에서 팔짱을 낀 채, 고민을 하며 조용히 밤을 보냈다.

◇◇◇

"—윽?!"

극심한 통증을 느끼고 정신이 번쩍 들었다!! 가슴에 뭔가가 꽂혀있다……?!

"꺄앗!"

"하하하! 이거 끝내주는 계집인걸!"

"어이, 여자는 죽이지 마라!"

유카리의 비명이 들렸다. 주위에는 다섯 명 가량의 남자들이 있었다.

방심했다! PK다!!

"……."

나는 이를 악물며 고통을 참은 후, 쓰러진 채 자신의 HP를 확인했다.

……5분의 1도 줄지 않았다. 말도 안 돼. 장검으로 심장을 꿰뚫렸다. 그런데도 겨우 그 정도 대미지밖에 입지 않았다. 상대의 스테이터스가 빌어먹게 낮은 걸까. 아니면 내 스테이터스가 어처구니없게 높은 걸까. 아마 후자일 것이다.

PK들은 내가 이미 죽었다고 생각하는 건지, 완전히 무시하고 있었다.

당연하다. 심장을 찔렸는데도 죽지 않는 인간이 있을 거라고는 상식적으로 생각 못 할 테니까 말이다. 나도 그렇게 생각한다. 밤샘을 연이어 하며 이동을 하느라 지칠 대로 지친 바람에 졸던 바보를, 등 뒤에서 장검으로 찔러버렸다. 그런 멍청이가 죽지 않을 리가 없는 것이다. 하지만 나는 멀쩡히 살아있다.

……일단 반성은 나중에 하자. 아무튼 운이 좋았다. 이건 좋은 기회다.

"묶었냐?"

"그래. 빨리 돌아가자고."

"얼마 정도 할 것 같아?"

"암시장이면 4천만CL은 받을 수 있을걸?"

43

"와하하하! 웃음을 참을 수가 없군."

머릿속이 점점 차분해졌다. 아무래도 유카리가 표적인 것 같았다. 아, 그렇다. 맞다. 이 세상에서 이런 자들을 PK라고 부르지 않는다. 도적이 적절한 표현일까.

도적 다섯 명은 꽁꽁 묶인 유카리를 들쳐 매더니, 바다와는 반대쪽에 있는 숲으로 들어갔다.

좋았어! 저 녀석들, 4천만이나 되는 보물에게 온통 정신이 팔린 나머지, 시체의 인벤토리를 털지 않았다! 모험가 따위의 소지품은 변변치 않을 거라고 생각한 거겠지만, 그 탓에 자기들의 목숨이 위험해질 거라고는 생각도 못했을 것이다.

"……용서 못해."

유카리가 끌려갔다…… 하지만, 이것은 기회다. **전멸**시킬 기회 말이다.

나는 포션으로 HP를 회복한 후, 도적들의 뒤를 쫓으며 숲속으로 들어갔다.

◇◇◇

"꺄앗!"

여성스러운 비명을 지른 것이 대체 얼마만일까. 처음에는 그 남자가 자기를 덮쳤다고 생각했다.

하지만 그렇지 않았다.

남자 여럿이 나를 둘러싸고 있었다. 익숙한 손놀림으로 나를 묶었다. 나는 전혀 저항하지 못했다. 그렇다. 공격 불가— 그 끔찍한 제약 때문이다.

"빨리 돌아가자고."

나를 걸치게 들쳐 맨 남자들이 숲 속으로 들어갔다. 나는 그제야 이 남자들이 도적이라는 사실을 이해했다.

모닥불 옆에는 가슴에 검이 꽂힌 그 남자가 쓰러져 있었다.

허무했다……. 정말 허무했다. 세계 1위가 되겠다고 떠들던 이 남자는, 어제까지 그렇게 말다툼을 벌였던 상대는, 이렇게 간단히 죽음을 맞이했다.

그리고 나도 마찬가지다. 저들에게 유린당한 후, 성노예로 남자들에게 능욕된 끝에 쓰레기장에서 생을 마칠 것이다. 원래 쓰레기장에서 시작된 목숨이니, 이것이 운명일지도 모른다는 생각이 들었다.

……하지만.

아아…… 싫다.

정말, 싫다. 이딴 놈들보다야, 차라리 그 남자가 낫다……!

왜, 왜, 나만 이런 꼴을 당해야 하는 거야?!

이런 거, 이제, 싫어! 싫어!! 싫어!!!

"뭐, 뭐야?!"

도적이 고함을 질렀다.

"……어?"

그 순간, 내 이마에서 뜨거운 열기 같은 것이 느껴졌다. —그리고……

모든 것이 생각났다.

"너는 오늘부터 『그림자』야. 나를 부를 때는 루시아 님이라고 부르렴."

"알았습니다, 루시아 님."

"너는 참 착한 아이구나."

어릴 적.

루시아 님이 머리를 쓰다듬어주면, 손에 잔뜩 낀 반지에 머리카락이 엉켜서 약간 아팠다. 하지만, 나는 그 따뜻한 손을 좋아했다.

나의 주인님이자, 나의 어머니 같은 사람. 그 사람이 바로 루시아 님이다.

"잘 들으렴. 너는 일을 해야만 한단다. 나에게 도움이 되는 거야. 이 아이신 가문에서 살아남기 위해서는 그럴 수밖에 없어."

"알았습니다."

"착한 아이구나."

루시아 님의 휘하에 있는 그림자 부대에서 암살에 관한 영재 교육을 받은 나는 루시아 님의 숨은 오른팔로서 암약했다. 할 줄 아는 것이라고는 암살뿐인, 그런 여자였다.

그리고, 마지막 날. 그녀의 마지막 말.

왜, 잊었던 걸까. 똑똑히 기억하고 있다. 똑똑히…….

"아, 왔구나. 이마를 좀 내밀어 보렴."

"루시아 님, 대체 뭘⋯⋯."

"네가 행복해지게 해주는 가호를 걸어주려는 거란다."

주름투성이인 얼굴로 미소를 지은 루시아 님이 반지를 잔뜩 낀 손을 내 이마에 살며시 댔다.

다음 순간, 나는 의식을 잃었고―.

―정신을 차려보니, 모든 것이 끝나 있었다.

루시아 님은 모반을 꾸몄다는 죄로 처형을 당했다. 하인도, 그림자 부대도, 전부 죽었다.

나만이 노예로서 모리스 상회에 넘겨져서 목숨을 건졌다. 아니, 루시아 님이 내 목숨을 구해주신 것이다.

내가 존경해마지 않는 주인님. 나의 상냥한 어머니. 그런 사람이 바로 루시아 님⋯⋯.

"⋯⋯윽."

정신이 들었다.

아아, 그렇다. 나는 세뇌를 당했던 것이다. 전부, 머릿속에 떠올랐다.

"윽⋯⋯ 우웩."

나는 구역질을 참다못한 나머지, 그대로 구토를 했다.

"윽! 더럽잖아!"

"커억!"

남자 도적이 내 배를 걷어찼다. 나는 방의 벽에 내동댕이쳐진 후, 바닥을 굴렀다. 이곳은 어디일까. 도적의 아지트인가.

"어이, 소중한 상품에 상처를 내지 말라고~."

"걱정 마, 배를 걷어찼거든."

"그럼 괜찮겠네. 푸하하!"

쓰레기들.

나는 고통 때문에 몸을 웅크린 채, 머나먼 꿈같은 과거를 떠올렸다.

……전부, 각색된 망상이다. 루시아 님이 내 머리를 쓰다듬어준 건 어릴 적, 그것도 손으로 꼽을 수 있는 횟수뿐이다. 그것이 마치 일상적인 일이었던 것처럼 각색됐다.

상냥한 미소. 루시아 님이 나에게 미소를 지었던 적이라고는, 내 이마에 손을 댔던 마지막 그 순간뿐이다.

어머니 같은 사람? 고아인 나를 암살자로 길러서 이용해온 인간이 어머니? 암살자로서 살아온 그 혹독한 나날을 잊은 적이 없는데 왜 그런 착각에 빠진 걸까?

왜 나를 노예로 만든 걸까? 왜 세뇌한 걸까? 왜 나만 살아남은 걸까? 왜? 왜? 왜?!

"왜! 왜!!"

"어이어이, 뭐가 어떻게 된 거야?"

"미친 거 아냐?"

눈물을 참을 수가 없었다.

나는, 나는! 누구에게도 사랑받지 못했다! 유일하게 매달렸던 사랑조차 거짓이었다!

어쩌면 좋을까? 어쩌면 될까?!

"혀를 깨물기라도 하면 일이 성가실 거라고."

"확 입에 재갈이라도 물릴까?"

"어이, 입 벌려!"

나는, 어떻게 하면…….

숲속에 있는 은신처에 남자 다섯 명과 꽁꽁 묶인 유카리가 들어갔다.

문 앞에는 보초가 두 명 있었다. 저 은신처 안에 몇 명이 있는지는 알 수 없다. 주위를 조사해본 결과, 아무래도 뒷문은 없는 것 같았다.

가능하면 해가 뜨기 전에 결판을 내고 싶다. 나는 활에 화살을 건 후, 천천히 당겼다.

그리고 보초 두 사람이 일직선에 있게 되도록 은신처 옆으로 이동했다.

"……."

주저하면, 끝장이다.

겨우 찾아낸 우수한 대장장이가 될 재목을, 이대로 잃을 수는 없다.

조용히, 《향차궁술》과 《계마궁술》을 복합시켰다.

발동 준비가 끝난 순간— 나는 화살을 쐈다.

불가사의하게도, 화살을 쐈는데도 명확한 손맛을 느꼈다.

휘잉 하고 바람을 가르는 소리를 내며 날아간 화살은 한 남자의 머리에 커다란 구멍을 내며 꿰뚫더니, 두 번째 남자의 목을 흔적도 남지 않게 박살냈다. 그 결과, 보초 두 사람은 비명조차 지르지 못하며 쓰러졌다.

확실히 죽었다. 내가 죽였다. 이 감촉은 한동안 잊지 못할 것이다.

하지만 지금은 그런 생각을 할 때가 아니다. 나는 힘차게 달려가서 입구로 접근한 후, 내부를 살폈다.

"방금 무슨 소리 들리지 않았어?"

"살펴보고 올까?"

그런 대화가 들렸다. 나는 활 대신 검을 꺼내든 후, 문 옆에서 숨을 죽였다.

문이 열리면서 두 남자가 나온 순간, 준비해뒀던 《은장검술》로 한 남자의 몸을 사선으로 절단했다. 내장이 지면에 흩뿌려지는 소리가 들렸다.

"으, 극?!"

다른 남자가 목소리를 내며 뒤를 돌아본 순간, 나는 주저 없이 《보병검술》로 그 녀석의 목을 쳤다. 몸이 힘없이 지면에 쓰러지면서 발생한 소리와 진동이, 주위에 퍼져나갔다.

너무나도, 손쉬웠다.

나는 검을 쥔 채 은신처 안으로 들어갔다.

방 숫자는 얼마 안 되었다. 부엌과 창고 같은 곳에서는 인기척이 느껴지지 않았지만, 가장 안쪽에 있는 큰 방에서는 여러 사람의 목소리가 들렸다. 아마 저곳에 전원이 모여 있을 것이다.

나는《금장검술》을 준비한 상태에서 그 방의 문을 박살냈다.

"뭐, 뭐야?!"

"커어억?!"

《금장검술》은「전방위 범위공격」이다. 내가 방에 들어선 순간, 주위에 있던 남자들 셋이 내 공격에 튕겨져 날아가더니, 피를 흩뿌리며 순식간에 숨을 거뒀다.

"트, 틀림없이 죽었는데……!"

남은 남자는 세 명 뿐이다. 유카리는 재갈을 문 채 바닥에 쓰러져 있었으며, 그 옆에 한 명이 있었다. 그리고 다른 둘은 검을 들고 나를 공격하려 했다.

나는 오른쪽 대각선 뒤편으로 두 걸음 후퇴하면서《각행검술》을 발동시켰다. 효과는「재빠르고 강력한 관통 공격」이다. 인간을 상대하는 경우에 매우 효과적인 스킬이다.

두 남자는 멍청하게도 한 줄로 서있었다. 그래서 내가 펼친《각행검술》이 첫 남지의 몸통을 관통한 후, 두 번째 남자의 손목을 잘랐다.

"우, 우와아아앗!"

손을 잃은 남자가 패닉에 빠지며 비명을 질렀다. 그 직후,《보병검술》로 편히 저승으로 보내줬다.

"어어…… 뭐, 뭐야……. 너, 괴물이냐?"

유카리의 옆에 있던 남자가 그렇게 중얼거렸다. 아무래도 이 무리의 리더 같았다.

유카리는 바닥에 쓰러진 채 눈물이 어린 눈길로 나를 쳐다보고 있었다.

"……윽!"

나는 화들짝 놀랐다. 왜냐하면, 유카리의 눈에서 경계심과 적의 같은 것이 깨끗하게 사라졌기 때문이다.

좋아, 좋아, 좋아……! 세뇌가 풀렸다! 정말 운이 좋았다! 도적들에게 고마워하고 싶을 지경이었다.

"어이쿠~! 움직이지 말라고!"

내가 그런 어처구니없는 생각을 하는 사이, 도적들의 리더가 검을 뽑아 들어서 유카리의 목에 겨눴다. 인질로 삼으려는 것 같았다.

"어이, 빨리 칼을 버려!"

나는 순순히 그 말에 따랐다. 양손으로 쥔 검을 가슴 앞으로 내민 후, 그대로 놨다.

"좋아. 그러면—."

다음 순간, 리더의 안면에 《불 속성·1형》이 명중하더니, 화르륵 하는 소리를 내며 그를 불태웠다.

검에 정신이 팔려 발치에 존재하는 영창진을 눈치채지 못하다니, 정말 멍청하기 그지없다.

"끄어억?!"

유카리의 목덜미에서 검이 떨어졌다. 기회다.

나는 《은장검술》과 《물 속성·3형》을 복합시킨 【마검술】로 저 남자의 숨통을 끊어줬다. 내가 날린 찌르기는 그의 가슴에 꽂혔고⋯⋯ 그 결과, 수압에 의해 상대의 몸통이 박살났다. 화재가 발생하기 전에 상대의 얼굴에 붙은 불을 껐으니, 일석이조다.

"괜찮아?"

잔당이 있지는 않은지 확인한 후, 나는 밧줄에 묶인 유카리를 풀어줬다.

"⋯⋯."

유카리에게서 패기가 느껴지지 않았다. 마음에 다른 곳에 가있는 듯한 그녀는 그저 하염없이 눈물만 흘리고 있었다.

"⋯⋯나가자. 여기는 공기가 나빠."

나는 그녀에게 건넬 적당한 말이 생각나지 않았기에, 몸을 일으키며 그렇게 말했다. 유카리는 조용히 눈물을 흘리면서 내 뒤를 따랐다.

그리고 넷째 날 아침이 찾아왔다.

하늘이 밝아왔다. 울다 지쳐 잠들었던 유카리가 아침 햇살에 잠에서 깨어났다.

"마셔둬."

나는 상태 이상 회복 포션을 유카리에게 건네줬다. 친절을 베푸는 심정으로 영양 드링크를 건네주듯 말이다. 나는 이 포션 덕분에 밤샘을 할 수 있었다. 어젯밤에는 실패했지만 말이다……

"……미안해."

그리고 나는 유카리를 향해 고개를 숙였다.

그녀를 위험에 처하게 했다. 전부 내가 방심한 탓이다.

"……"

유카리는 아무 말 없이 나를 응시했다. 그리고 잠시 동안 망설인 후, 침묵을 깼다.

"저야말로 죄송했습니다."

"지금까지의 태도 말이야?"

"예. 실은……"

"알고 있어. 세뇌 당했던 거지?"

"……윽!"

"아마 『주인에게 경계심을 품게 하는 세뇌』일 거야. 루시아 공작이 지닌 세뇌 마술의 효과지."

유카리는 내 말을 듣더니 눈을 동그랗게 뜨며 깜짝 놀랐다. 그녀의 눈 주위는 빨갛게 부어 있었다.

"……당신이, 어떻게……"

아직 감정을 완전히 정리하지 못한 건지, 유카리는 말끝을 흐렸다.

세뇌 탓이라고는 해도, 유카리는 지금까지 나를 철천지원수처럼 여겼다. 아직 경계하고 있는 걸지도 모른다.

"천천히 걸으면서 이야기를 나누자."

내가 인벤토리에서 사과와 바나나를 꺼내서 유카리에게 건네준 후, 몸을 일으켰다. 유카리는 그것을 받더니, 내 뒤편에 서서 걸음을 옮겼다.

식사를 하며 걸었다. 다 먹은 후에도 걸었다. 하염없이 걸었다.

그리고 두 시간 가량 걸었을 즈음, 유카리는 이야기를 시작했다.

"저는 루시아 아이신 공작의 장기말로서, 암살을 수행하며 살아 왔습니다."

"장기말?"

"예. 루시아 님은 고아였던 저를 거둔 후, 이름을 주지 않고 그저 암살만을 수행하는 장기말로 길렀죠."

"……오호라."

반론할 말이 있지만, 지금은 입 다물고 있기로 했다.

"아마 저는 세뇌를 당했을 겁니다. 자신은 행복하다고, 루시아 님의 암살자라 다행이라는 식으로 말이죠. 사실 도적에게 잡혀 절망에 빠진 그 순간에도, 저는 『그림자』로서 살아온 나날을 미화하고 있었어요."

"그랬구나."

"……어리석은 착각이었어요. 아니, 잔혹한 세뇌였죠. 그리고 진짜 절망은 세뇌가 풀린 후에 느꼈습니다."

유카리의 목소리가 떨렸다.

"저는, 루시아 님에게…… 사랑받지 않았어요. 쭉 속아왔죠. 가짜 사랑에 기대며 살아왔던 거예요. 멋진 주인님 같은 건, 상냥한 어머니 같은 건, 존재하지 않았어요……."

분한 건지, 슬픈 건지, 아니면……. 유카리는 눈가에 눈물이 맺힌 채 말을 이었다.

"제가 숨기고 있었던 것을…… 아니, 세뇌에 의해 숨겨졌던 진실을 이야기해드리죠."

"그건 루시아 공작이 처형당한 이유지?"

"예. 루시아 님은 모반을 일으켰다는 죄목으로 처형당했지만, 그것은 새빨간 거짓입니다. 적대 세력의 책략이죠. 적은 발 모로 재상…… 그렇게 알고 있습니다."

"그걸 네가 어째서 알고 있는 거야?"

"저는 그림자. 루시아 님의 그림자. 루시아 님의 손발을 대신해 피범벅이 되는 것이 제가 해야 할 일이죠. 그래서 당연히 알고 있었습니다. 하지만……."

"응?"

"제가 이 정보를 새로운 주인에게 밝히지 말라는 세뇌를 당한 것을 보면, 아마 이건 루시아 님에게 불리한 정보일 테죠."

유카리는 고민에 빠진 듯한 표정을 지었다.

지금까지 신세를 졌던 주인은 자신을 사랑하지 않았다. 그래서 의심이 싹텄고, 나에게 그 정보를 밝혔다. 그런데도 자책하고 있다. 그 정도로 깊이 세뇌가 되었던 거라 느끼고 있으리라.

"……!"

나는 좋은 아이디어가 하나 떠올랐다.

전부터 유카리의 세뇌를 풀리면 해보려고 생각했던 **그 일**을 이용해, 그녀의 신용을 얻는 것이다. 따지자면 이것은 거래다. 실비아 때가 생각나는걸.

그녀가 이 제안을 받아 줄지는 알 수 없다. 그래서 확실성을 높이기 위해, 우선 내『고찰』을 유카리에게 들려주기로 했다.

뫼비온이란 게임을 알고 있는 사람만 가능한, 약간 교활한 고찰을 말이다.

"내 생각을 좀 들어주겠어?"

나는 유카리의 눈을 쳐다보며 물었다. 그녀는 잠시 침묵한 후, 고개를 끄덕였다.

"유카리의 생각은 타당하다고 생각해. 하지만, 루시아 아이신—그녀는 분명 유카리를 사랑했어."

"그…… 그럴 리가 없습니다. 저는 세뇌를 당했었단 말이에요."

"그 세뇌가 유카리를 지키기 위한 것이었다면 어때?"

"……아뇨. 말도 안 됩니다. 그렇다면 왜 저에게 이름을 붙여 주지 않고, 암살자로 기른 거죠?"

"너에게 이름을 주지 않았던 것도, 세뇌를 걸어서 정보를 누설하지 못하도록 한 것도, 전부 너를 지키기 위해서야. 그렇게 해서, 공작에게 세뇌 당해 어쩔 수 없이 암살을 저질러온 불쌍한 노예라는 이미지를 너에게 준 거지."

"이미지가 아니에요. 저는 실제로 힘들고 혹독한 암살을 수행하며 살아왔어요."

"하지만 행복했던 거지? 공작의 노예라서 좋았다고, 한 번이라도 생각했던 거잖아?"

"그러니까, 그건 세뇌 때문에……."

"잘 들어— 세뇌 마술은 한 사람에게 딱 한 번만 걸 수 있어."

뫼비온의 《세뇌 마술》이 지닌 제약이다. 이 세상에서도 아마 마찬가지일 것이다. 그래서 나는 위화감을 느꼈고, 이 가능성에 생각이 미쳤다.

"……예……?"

"너는 나에게 경계심을 품으라는 세뇌에 걸렸어. 그건 틀림없지. 즉, 너는 그림자로서 살아온 나날을 진심으로 행복하게 느꼈던 게 돼."

"그럴, 리가……."

믿기지 않는다—. 유카리의 표정에는 한눈에 알아볼 수 있을 정도로 감정이 명확하게 드러나 있었다.

이 고찰의 절반은 진심이며, 남은 절반은 달콤한 미끼다.

그녀가 무심코 믿고 싶어질 듯한, 먹고 싶어질 듯한 그런 달콤한 디저트다.

유카리는 고민에 빠져 있다. 그럴 리가 없다, 아니, 하지만, 어쩌면…… 그런 고민에 잠기며, 점점 「믿고 싶어지게」 된다. 내가 한 말이 사실이라면 정말 기쁠 거라고 여기는 것이다.

그리고 나는 적당한 타이밍에 미리 준비해뒀던 패를, 『거래』를 위해 꺼내들었다.

"유카리. **탈옥**하지 않겠어?"

나는 전부 털어놓았다.

아직 그를 신용하는 건 아니다. 하지만 그에게 매달릴 수밖에 없는 상황이다.

뜻밖에도 그는 묵묵히 내 이야기를 들어줬다. 그리고 내 이야기가 끝나자, 그는 자신의 고찰을 이야기해줬다.

……믿을 수 없다. 솔직히 말해 그런 생각이 앞섰다.

하지만 그의 말이 사실이라면…… 나는, 내가 살아온 나날은, 내가 느낀 친애의 감정은, 틀리지 않았다고 자랑스럽게 여길 수 있는 날이 언젠가 찾아올지도 모른다. 그렇게 생각할 수도 있는, 상냥함이 묻어나는 해석이었다.

"탈옥하지 않겠어?"

그가 말했다. 당당히, 여유로운 표정으로…….

"탈옥?"

"그래. 세뇌가 풀린 후에 하려고 생각했는데…… 뭐, 소위 『꼼수』라는 거야."

듣기 좋지는 않은 단어가 들리자, 내 마음속에서 불안과 의심이 커졌다. 하지만 예전처럼 혐오감이 샘솟지는 않았다.

"간략하게 설명하자면, 너는 비합법적으로 노예가 아니게 되는 거야. 『공격 불가』라는 제약도 사라지지."

"······뭐라고요?"

가능할 리가 없다.

"모리스 상회에게 찍힐지도 모르지만, 그 정도는 어떻게든 될 거야. 그것보다 중요한 게 있어."

거대 상회를 적으로 돌리는 것보다 중요한 것?

"나를 믿어줘. 나는 꼭 너를 내 대장장이로 삼고 싶어."

······어처구니가 없다. 보통은 반대로 생각할 것이다.

게다가 불가능한 일을 가지고 떠들어봤자 아무 소용없다.

"웃기지도 않은 농담이군요."

탈옥······ 즉, 예속 마술을 정식으로 해제하지 않고 나를 노예에서 해방시켜주겠다는 말이다.

말도 안 된다. 그런 것은 불가능하다. 그런 것이 가능하다면 노예 장사 자체를 할 수 없을 것이다.

"그렇다면, 만약 탈옥에 성공한다면 나를 믿어주겠어?"

내가 석연치 않아 한다는 것을 눈치챈 건지, 그는 씨익 웃으며 도전적으로 말했다.

"······예, 좋습니다. 그렇게 되면 믿어드리죠."

나는 그렇게 대꾸했다. 할 수 있으면 어디 해보라고 말이다.

"좋아. 그럼 내 가슴에 힘껏 박치기를 날려."

"······예?"

영문을 알 수가 없었다.

"내 가슴에 박치기를 날리는 거야. 있는 힘껏 날려."

"아니, 계약상 그런 행동을 할 수는 없습니다만……."

"할 수 있어. 됐으니까 빨리 박치기를 해봐. 자아."

그는 두 팔을 벌리며 박치기를 하라고 재촉했다.

왜 저렇게 자신만만한 것일까?

저 여유는 어디에서 오는 것일까?

……나는 왜 그에게 다가가고 있는 것일까?

"진짜로 해도 되는 거죠?"

"그래. 어디 한 번 해보라고."

할 수 있을 리가 없다. 나는 그렇게 생각하면서도, 눈을 꼭 감으며 그의 가슴을 향해 힘껏 머리를 휘둘렀다.

"끄윽!"

그는 신음을 흘렸다. 투욱— 그의 가슴에 닿은 머리 부분이 얼얼했다.

……됐다. 진짜로 됐다. 거, 거짓말이 아니었다! 이것은, 틀림없는 『공격』이다! 대체, 어떻게……?!

"성공했네."

그의 품속에서 고개를 들어보니, 그는 미소를 머금으며 내 등에 살며시 손을 둘렀다.

"…………나, 는……."

나는.

어쩌면, 엄청난 착각을 했던 걸지도 모른다.

어쩌면, 그는 지금까지 단 한 번도 거짓말을 하지 않은 것이 아닐까……?

나는 뭔가를 눈치챌 것만 같았다.

그런 내 머릿속을, 다양한 광경이 고속으로 스쳐 지나갔다.

두근, 두근. 약간 빨라진 듯한 그의 심장 고동이 들렸다.

아아, 그도 나와 마찬가지로 한 사람의 인간이다. 그것을 실감할 수 있었다. 내 심장도 점점 빠르게 뛰고 있었다.

그리고, 나는 발견했다. 그가 새겨왔던 신뢰의 편린들을…….

그리고, 보니…… 도적에게서 나를 구해줬을 때, 나를 묶은 밧줄을 풀던 그의 손은 희미하게 떨리고 있었다.

무서웠던 것이다. 다수의 도적을 상대로 싸웠고, 그들 중 대다수를 죽였을 것이다. 무섭지 않았을 리가 없다.

나도 마찬가지였다. 처음으로 암살을 수행한 후, 몸의 떨림이 좀처럼 잦아들지 않았다.

……설마. 설마! 그는, 진짜로 세계 1위를……?

던전에서 그 두 사람에게 전투를 맡겼던 것은 훈련을 위해서였을까? 내 곁을 떠나지 않았던 것은 지켜주기 위해서였을까?

랜덤 전이도 거짓말이 아니었다. 255킬로미터도 거짓말이 아니었다. 폐허로 돌아가는 데 일주일이 걸린다는 말도 사실이었다.

나와 계속 말다툼을 벌였던 것도 세뇌를 풀기 위해서였을까? 불침번을 선 것도 나를 지키기 위해서였을까?

그는 나를 덮치지 않았다. 애초에 계약상 나를 덮치는 것 자체가 불가능한 것이다.

내 착각이었나? 내 오해였나?

도적으로부터 나를 지켜줬다. 내 이야기를 들어줬다. 내가 눈치채지 못했던, 생각도 못했던 희망에 찬 고찰 또한 알려줬다.

나를, 노예에서 해방시켜줬다. 자신을 믿어달라는 조건으로……

그 모든 것은, 전부, 나를 대장장이로 육성하기 위해서……?

그는, 나를 위해서? 나를 위해서, 이렇게, 나만을 위해서, 이렇게까지……!

"이제 나를 믿을 수 있겠어?"

그의 말을 들은 순간, 나는 심장이 뛰었다.

"…………예……"

나는 그의 품속에서 눈물을 닦듯 고개를 끄덕인 후, 이렇게 말했다.

"일단은, 믿어보도록 하겠습니다…… 주인님."

세계 1위를 꿈꾸는 괴짜 남자, 세컨드. 어쩌면, 그라면…….

탈옥은 성공했다.

원래 「노예가 된 NPC에게 박치기를 당하면 예속이 해제된다 (※스토리 진행에 문제는 없음)」라는 조악한 버그가 원인이며, 그

후의 업데이트에서도 수정되지 않을 만큼 경미한 버그다. 즉, 「아무래도 상관없는 현상」인 것이다. 뫼비온의 스토리가, 노예라는 존재가, 얼마나 「덤이나 다름없는 요소」인지 알 수 있는 부분이다. 애초에 뫼비온에서는 스토리 진행을 하는 플레이어가 드문 것이다.

하지만 이 탈옥은 스토리를 진행하는 플레이어에게 있어 매우 획기적인 것이다. 노예가 된 NPC를 특정 NPC에게 데려가야만 하는 스토리 퀘스트에서, 이동 도중에 마물에게 습격을 당한다면 노예는 전투를 치를 수가 없다. 하지만 탈옥을 시켜둔다면, 약해빠진 노예였던 NPC가 마물 상대로 맹렬한 활약을 선보인다. 그래서 호위가 여러모로 손쉬워지며, 효율화를 도모할 수 있는 것이다. 하지만 큰 차이점은 아니다. 그래서 수정되지 않았다. 게다가 예속 마술은 그 후로 스토리에 전혀 등장하지 않기 때문에, 뫼비온 운영측도 잊은 것이 아닐까.

아무튼 박치기를 하라고 말을 해보기는 했지만 이렇게 쉽게 풀릴 거라고는 생각도 못했다. 주인이 아니라 노예가 박치기를 날려도 예속이 해제된다는 것은 뫼비온 안에서 이미 검증이 끝났지만, 그것이 이 세상에서도 통용된다는 확신을 얻었다는 것도 매우 큰 소득이었다. 만약 앞으로 또 노예를 구입할 경우, 믿을 수 있는 상대라면 바로 박치기를 시켜야겠다.

"주인님, 곧 해가 질 겁니다. 이제 그만 야영을 하는 것이 어떨까요?"

"그래."

그 후, 유카리는 평소의 냉담한 태도로 되돌아갔다.

하지만 예전과 달리, 그녀는 원래 성격에 따라 행동하고 있는 것 뿐이다. 지금까지의 사무적이고 무기질적인 차가운 태도가 아니라, 어딘가 인간적인 상냥함이 느껴지는 차가운 태도였다.

그 사이에 큰 차이는 없다. 하지만 확실히, 그녀의 내면에서 뭔가가 변화한 것 같았다.

"주인님이라고 부르지 않아도 돼."

"아뇨. 그렇게 부르기로 이미 결심했습니다."

"아, 그래……."

……하지만, 그래도 차갑다. 어라? 아까는 나에게 마음을 연 것처럼 느껴졌는데 말이다.

"오늘 밤 불침번은 제가 서겠습니다."

"그렇게 해주겠어? 고마워."

저녁 식사를 금방 마치고 자리에 누웠다. 졸음이 금세 몰려왔다.

"……."

"……."

"응? 방금 나를 쳐다봤지?"

"아뇨."

시선이 느껴졌지만, 내 기분 탓이었던 것 같다. 나는 다시 잠을 청하기 위해 눈을 감았…….

"……."

아니, 기분 탓이 아니다.

"어이, 지금 나를 쳐다보고 있지?"

"아뇨."

"거짓말하지 마. 방금 눈을 돌렸잖아."

"쳐다본 적 없습니다. 괜한 말은 그만하시고 빨리 주무세요."

납득이 안 되네…….

"……후후."

"인마! 쳐다봤잖아! 그 뿐만 아니라 웃었지?"

"아뇨, 진짜로 쳐다보지 않았어요. 후후후."

유카리는 웃음을 흘리며 그렇게 말했다.

한나절 만에 이렇게 기운을 되찾은 것은 반길 일이지만…… 캐릭터가 너무 달라진 것 아닐까?

"젠장, 기억해 두겠어……."

강렬한 졸음에 지고 만 나는 쳐다보든 비웃든 바보 취급을 하든 개의치 않기로 하며 잠에 빠져들었다.

"예, 똑똑히 기억해 두겠습니다."

유카리는 낮은 목소리로 중얼거렸다. 이 녀석, 진짜 왜 이러는지 모르겠네…….

다음 날 아침.

"좋은 아침입니다, 주인님."

눈을 떠보니, 어젯밤과 같은 위치에서 같은 자세로 같은 시선을 보내고 있는 유카리의 모습이 눈에 들어왔다.

"……좋은 아침."

‥‥‥‥‥에이, 아니겠지.

나는「계속 쳐다보고 있었던 거야?」라는 질문을 삼킨 후, 그녀에게 아침 인사를 건넸다.

그 후, 간단하게 아침 식사를 마친 우리는 다시 걸음을 옮겼다. 이 페이스라면 오늘 안에 항구 마을 쿨러에 도착할 것 같았다.

"주인님. 저를 대장장이로서 뭘 하면 됩니까?"

유카리는 길을 따라 나아가면서 그런 질문을 던졌다.

"아, 우선 경험치를 벌고 대장장이 스킬을 올리면 돼."

"경험치를 벌어야 하는 거군요."

"페호의 린프트파트 던전을 도는 게 현재는 가장 효율이 좋아. 한동안은 거기서 경험치를 벌 예정이야."

"을등급 던전에서 경험치를…… 제가 할 수 있을까요?"

아, 그러고 보니 아직 설명을 하지 않았다.

"일전에 팀을 결성했지? 팀 마스터는 팀 멤버의 경험치 획득 비율을 조작할 수 있어. 유카리를 100%로 설정하면 우리가 쓰러뜨린 마물의 모든 경험치를 유카리가 차지할 테니까, 광속으로 경험치 벌이를 할 수 있을 거야."

이것을 온라인 게임 용어로 캐리라고도 한다.

"……."

유카리는 내 말을 듣더니, 팔짱을 끼며 뭔가를 고민했다. 두 팔에 압박을 받은 그녀의 풍만한 가슴이 어마어마하게 돋보이며 발칙하기 그지없는 매력을 자아내고 있었다.

"저도…… 아뇨."

유카리는 무슨 말을 하려다 말았다.

저도 전투에 참여하는 편이 운운…… 같은 말을 하려는 걸까? 그것은 가능하면 자제해줬으면 한다. 【대장장이】스킬을 전부 9단까지 올리는 데 걸리는 시간이 늘어나고 마는 것이다. 유카리도 그것을 알기 때문에 말을 끝까지 잇지 않은 것이다.

"……알았습니다. 제가 하루라도 빨리 대장장이로서 대성하기 위해 필요한 일인 거겠죠. 여러모로 폐를 끼치게 됐지만, 아무쪼록 잘 부탁드립니다."

"뭐, 개의치 마. 내가 효율을 추구하는 것뿐이거든."

"그 대신, 주인님의 시중은 저에게 맡겨 주십시오."

응?

"성심성의를 다해 봉사하겠습니다."

"잠깐만 있어봐. 어? 그게 무슨 소리야?"

"저는 주인님의 노예이니, 그러는 게 당연하지 않을까요?"

"무슨 소리를 하는 거야? 너는 이제 노예가 아냐."

"아뇨, 엄연한 노예입니다."

"아니라고."

"비합법적으로 노예가 아니게 된 것이 알려진다면, 모리스 상회에서 가만히 있을 리가 없죠. 그렇다면 주종 관계를 계속 유지하며 숨기는 편이 좋을 거라고 생각합니다."

"……그것도 그런가."

왠지 유카리에서 속고 있는 듯한 느낌도 들었지만, 그녀의 말도 확실히 일리가 있었다.

하지만 주종 관계가 유지되고 있다는 어필을 하고 싶다면, 그냥 그런 시늉만 해도 될 텐데—.

"주인님. 항구 마을이 보이기 시작했습니다."

"아, 응. 드디어 도착했구나!"

드디어 침대에서 잘 수 있겠어!

그 기쁨 탓에, 방금까지 생각하던 것들이 전부 머릿속에서 싹 사라지고 말았다.

"……참 아름답군요."

"일출은 더 아름다워. 내일은 일찍 일어나자."

"예."

우리는 바다가 보이는 여관의 2층 모퉁이 방을 잡은 후, 그곳의 창문으로 바다를 바라보았다.

참고로 여기는 2인실이다. 다크엘프 노예를 거느렸다는 것이 알려지면 평판이 매우 나빠진다. 여관 카운터에서 내가 어쩌면 좋을지 고민하고 있을 때, 유카리가「부부입니다」하고 말한 바람에 결과적으로 이런 사태가 벌어졌다.

우리 사이에서 기분 좋은 침묵이 흘렀다. 예전에도 단둘이 있는 상황에서 침묵이 흐른 적이 있지만, 예전에 비해「왠지 좋은 분위기」였다. 그래서 여러모로 멋쩍기도 했다.

"저녁에 뭐 먹고 싶어?"

"생선~!"

요즘 들어 식사 때 뭘 먹고 싶은지 물으면, 에코는 항상 「생선」이라고 대답했다.

그 계기는 알고 있다. 며칠 전, 럼버잭 백작의 만찬회에서 우리는 엄청 호화로운 음식을 먹었다. 그리고 그 음식 중에는 전갱이 회가 있었다.

나는 극적인 순간을 목격했다. 에코가 전갱이 회를 입에 넣고, 두세 번 정도 씹었을 때였다. 그녀는 눈을 치켜뜨더니, 입을 쩍 벌리며 나를 쳐다보았다. 「세상에는 이렇게 맛있는 것도 있었어?」하고 말하는 듯한 표정이었다. 「음식물 튀니까 입 다물고 먹어」하고 말하며 턱을 쓰다듬어주자, 이번에는 황홀한 표정을 지으며 허공을 응시한 채로 전갱이 회를 흡입했다. 그 모습이 재미있었는지 메이드 누님들이 에코에게 전갱이 회를 계속 먹였고, 결과적으로 에코는 과식을 한 것 같았다.

"전갱이!"

그리하여, 에코는 생선 맛을 알게 됐다. 그 중에서도 전갱이가 가장 입에 맞았던 것 같았고, 결국 에코가 가장 좋아하는 음식이 됐다.

뭐, 거기까지는 좋다. 에코가 생선을 좋아하는 건 그녀의 자유다. 하지만….

"전갱이 튀김은 어때?"

"회가 좋아!"

"……."

"회초밥도 좋아."

"…………."

요즘 들어 일주일 동안 저녁때마다 생선 요리를 파는 요정에서 저녁 식사를 했다.

전갱이 회는 이 마을에서 이 가게에서만 파는 고급 요리다. 왜냐하면 배드골드 마을은 항구가 매우 떨어져 있기 때문이다. 항구 마을 쿨러의 바다에서 잡힌 줄무늬 전갱이는 살점이 탱글탱글하고 기름이 잘 올라서 맛있지만, 이제는 질렸다. 다른 생선 요리도 처음에는 맛있었다. 하지만 일주일 동안 연달아 먹었더니….

"세컨드 님. 나는 이제 질렸다."

"주인님. 저는 사흘 전에 질렸습니다."

"으음. 사실 나는 나흘 전에 질렸지."

"저는 닷새 전에 질리기 시작했습니다."

"솔직히 말하자면, 나는 원래 생선을 싫어한다."

"저는 종교적인 이유로 생선을 먹을 수 없습니다."

실비아와 유카리도 이제는 질린 것 같았다. 두 사람은 서로를 노려보며 자존심 대결을 펼치고 있었다. 하지만 왜 그런 걸로 자존심 대결을 벌이는 건지는 모르겠다.

"그럼 먹으면 안 되는 것 아냐?"

"최근에 개종을 했습니다."

"아, 그래……."

유카리는 여전히 수수께끼투성이다.

"실비아도 싫어하면 솔직하게 말하라고."

"거짓말이다."

"뭐야. 거짓말이었구나."

영문을 모르겠다…. 하지만 두 사람 다 전갱이에 질린 것은 틀림없어 보였다.

다수결. 3대1. 이렇게 되면 어쩔 수 없다.

"에코, 미안하지만 오늘 저녁은 고깃집에 가자."

"……."

"스테이크집도 괜찮겠네."

"…………."

"쇠고기 덮밥 같은 것도 먹고 싶은걸."

"………………."

내가 그렇게 말하자, 에코는 무언의 항의를 했다. 이 녀석, 무슨 일이 있어도 전갱이를 먹으려는 속셈인가?

절대 안 돼. 그런 표정 지어봤자….

"……그럼, 두 팀으로 나뉘도록 하자."

"뭐?! 세컨드 님, 너무 쉽게 뜻을 굽히는 것 아니냐?!"

"주인님은 에코의 어리광을 너무 받아주세요."

하지만 어쩔 수 없잖아. 에코가 저런 표정을 짓고 있는걸.

"나는 오늘 에코와 단둘이서 식사를 하러 갈 테니까, 너희는 다른 가게에―."

나는 그렇게 말하며 에코 쪽을 힐끔 쳐다보았다. 에코는 우울한 표정을 짓고 있었다.

"―안 되겠어. 너희도 따라와. 오늘도 저녁은 생선이야."

"대체 어째서냐?!"

"주인님은 너무 무르세요."

실비아와 유카리는 불평불만을 늘어놨다.

미안하지만, 오늘은 참아줬으면 한다. 에코는 우리 모두와 함께 전갱이 요리가 먹고 싶은 것이다. 그리고 이것은 그녀의 억지가 아니다. 그녀가 언제나 순수한 미소를 짓기를 바라는, 내 억지다.

"전갱이! 다 같이 먹을래! 야호~!"

"야호~!"

"……뭐, 어쩔 수 없지."

"……뭐, 주인님의 뜻에 따르겠습니다."

투덜대면서도 따라와 주는 너희도 좋아해.

결국, 에코가 전갱이에 질릴 때까지 이 요정에 계속 다녔다.

정말 힘들었지만, 후회는 하지 않는다. 에코가 웃어만 준다면, 우리한테 이 정도는 아무 것도 아니다.

"감사합니다."

유카리가 침묵을 깼다.

"뭐가 말이야?"

"저를 거둬준 분이 당신이라 정말 다행이라고, 지금은 진심으로 그렇게 생각하고 있습니다."

"그렇구나……."

또 침묵이 흘렀다. 창밖에서 들려오는 파도 소리에 귀를 기울인 채, 나는 생각에 잠겼다.

루시아 아이신 공작— 그녀는 진짜로 발 모로 재상에게 살해당한 것일까?

당사자인 유카리가 그렇게 기억하고 있는 것을 보면, 틀림없을지도 모른다. 하지만 그 이유가 신경 쓰였다.

왠지 어마어마한 무언가가, 그 이면에서 도사리고 있는 듯한 느낌이 들었다.

발 모로 재상은 클라우스 제1왕자파의 필두로서 유명하다. 그 제1왕자의 배배 꼬인 성격은 나도 잘 알고 있다. 그 파벌의 최유력자라면 더러운 짓을 벌이더라도 전혀 이상할 것이 없다.

그렇다면 제1왕자의 아버지인 바웰 캐스탈 국왕은 어떨까? 뫼비온에서는 이익을 최우선으로 여기는 이기적인 물질만능주의자로 그려졌다. 이 세상에서도 그런 남자라면, 야비한 짓을 벌이고도 남는다. 하지만 그렇지 않을 가능성도 있다. 이제까지의 경험에 따르면, 이 세상은 뫼비온과 완벽하게 동일하지는 않다. 어떤 요인에 의해 국왕의 성격이 바뀌는 것이 가능할지도 모른다.

성가신 점은 게임에서는 안중에도 없었던 국왕 같은 NPC가, 이 세상에서 1위가 되기 위해서는 절대 무시할 수 없는 존재라는 사실이다. 신경을 쓸 수밖에 없다. 게다가 제2왕자인 마인이 걱정됐다. 쓰레기 같은 정치 싸움에 친구가 휘말리는 것은 두고 볼 수 없다.

……조사해볼 필요가 있다. 나는 그렇게 생각했다.

내 꿈인 세계 1위를 위해, 마인의 미래를 위해, 그리고―.

"네가 숨겼던, 재상에 관한 것 말인데……."

"으…… 예."

"전부 나만 믿어. 지금 바로는 무리겠지만, 내가 어떻게든 해줄게. 응. 걱정하지 마. 그 어떤 적과 싸우게 되더라도, 절대 질 것 같지 않거든."

"……아!"

내가 그렇게 말하자, 유카리는 평소 그렇게 날카롭던 눈을 동그랗게 뜨며 나를 쳐다보았다.

그런 유카리를 내가 마주 쳐다보자, 그녀는 잠시 동안 넋이 나간 듯한 반응을 보였다. 그리고 갑자기 바다를 향해 고개를 돌리더니, 천천히 입을 열었다.

"그런 경박한 말은 입에 담지 않는 편이 좋을 것 같습니다."

그런 유카리의 얼굴은 얼음 세공품처럼 차가우면서도 아름다웠다. 그녀는 입가에 머금은 미소를 나에게 들키지 않으려는 듯이 감췄다. 그 길고 뾰족한 귀를, 갈색 피부 위로도 알 수 있을 만큼 새빨갛게 붉힌 채…….

◇◇◇

항구 마을 쿨러에 도착하고 하루 후. 이른 아침에 쿨러를 출발한 우리는 하루 종일 이동한 끝에 페호 마을로 돌아갔다.

"늦었지 않느냐! 대체 뭘 한 거냐! 걱정했단 말이다!"

약 일주일 만에 만난 실비아의 기분은 대지 접근 경보 장치가 작동할 레벨까지 하강한 상태였다. 어떻게든 상승시켜야만 한다…….

"세컨드!"

그 전에 에코가 나에게 안겨들었다. 머리를 쓰다듬어주자, 볼을 비볐다. 마치 강아지 같았다. 고양이 수인인데 말이다.

"아, 정말 미안해. 무슨 문제는 없었어?"

일단 사과부터 했다.

"미안하다는 말로 넘어갈 상황이 아니다! 문제가 한두 가지가 아니었단 말이다! 몇 번이나 통신을 하려다 참았을 정도다!"

실비아의 기분이 더 나빠졌다. 아차…… 성가셔서 긴급할 때 말고는 통신하지 말라고 말해둔 것은 실수였을까. 통신이 오지 않았다=문제가 발생하지 않았다, 라고 생각했는데, 아무래도 문제가 많았던 것 같았다.

"무슨 일이 있었던 거야?"

"내가 본가에— 응? 잠깐 기다려라."

실비아는 말을 이으려다 뭔가를 눈치챘다. 그녀의 시선은 내 뒤편에 서있는 유카리를 향했다.

"⋯⋯⋯⋯."

"⋯⋯⋯⋯."

두 사람은 아무 말 없이 서로를 응시했다. 마음이 통하기라도 한 것인지, 두 사람은 눈빛으로 대화를 나눴다. 왠지 긴장된 분위기가 흐르는 듯한 느낌이 드는 건 어째서일까?

"⋯⋯좋다. 여자끼리 나눌 이야기가 있다. 세컨드 님은 좀 떨어져 있어라."

"뭐⋯⋯?"

실비아는 다짜고짜 유카리와 에코를 데리고 멀찍이 떨어진 곳으로 가더니, 자기들끼리 쑥덕거리기 시작했다.

때때로 실비아의 흥분한 듯한 목소리가 들렸으며, 유카리 또한 약간 목소리가 고조되어 있었다. 아무래도 저 세 사람은 즐겁게 이야기를 나누고 있는 것 같았다. 이것이 소문으로만 들었던 걸즈 토크라는 걸까. 흐음~ 걸즈 토크 중인 여자애들은 살기도 뿜는 구나. 처음 알았다.

"이걸로 이겼다고 생각하지 마세요."

"흥. 네 녀석과는 함께 해온 세월이 다르다."

"그렇게 오래 같이 지냈으면서 전혀 진전이 없다는 게 답이나 마찬가지 아닐까요?"

"커억! 그만해라! 그 언어폭력은 견디기 힘들단 말이다!"

아하, 다툴 정도로 친한 사이가 됐나 보네. 저 녀석들이라면 유카리와도 잘 지낼 것 같아서 다행이다.

"작전은 뭐야~?!"

에코가 물었다. 어, 무슨 작전?

"이미 저녁이니까 오늘은 던전에 안 갈 거야."

"그렇구나~."

에코는 약간 아쉬워 보였다. 그녀는 던전을 좋아하는 걸까?

"뭐, 저녁이라도 먹으면서 작전 회의를 해볼까?"

나는 에코가 좋아할 만한 제안을 하면서, 평소 지내고 있는 여관을 향해 걸음을 옮겼다. 에코가 「응!」 하고 말하며 고개를 끄덕이더니, 내 손을 잡으며 옆에 나란히 섰다. 그리고 실비아와 유카리는 말다툼을 하면서 우리를 뒤따라왔다.

이렇게, 우리의 새로운 일상이 시작됐다.

"아무튼, 지금 중요한 건 경험치 벌이야."

저녁 식사가 마무리되어 갈 즈음, 나는 단순명쾌한 작전을 선언했다.

그런 나의 뒤를 이어, 술이 들어간 덕분에 기분이 좀 좋아진 듯한 실비아가 입을 열었다.

"유카리는 어떻게 할 것이냐?"

어느새 이름으로 부르는 사이가 된 모양이다. 다행이다.

"대장장이 스킬이 9단에 이를 때까지는 유카리에게 경험치를 몰아줄 거야. 그 후로 그녀는 대장일에 전념하게 하겠어."

"잘 부탁드립니다."

유카리는 약간 송구한 듯한 반응을 보이며 그렇게 말했다.

실비아는 「개의치 마라」 하고 말하면서 유카리의 잔에 와인을 따라줬다.

"그런데 주인님. 팀명은 이미 정해두셨나요?"

유카리는 실비아에게 와인을 따라준 후, 내 잔에도 따라주며 그렇게 말했다.

팀명이라. 빌어먹을 젠이 사건 때문에 까맣게 잊고 있었다.

"그러고 보니 아직 정하지 않았네."

"음! 내가 팀명을 생각해뒀다!"

"됐어."

"아직 말하지도 않았잖느냐!"

실비아의 네이밍 센스는 갈색 말인 「백은호」를 보고 잘~ 이해했다. 눈곱만큼도 기대가 안 된다.

"그럼 실비아 씨. 제가 주인님 대신 들어드리죠."

"음! 나는, 혈맹기사─."

"스토오오옵!!"

위험했어! 잘은 모르겠지만, 엄청 위험한 느낌이 들어!

"……으음, 저희는 기사가 아니니 부적절할 것 같군요."

"그래? 그렇군……."

진심으로 그 팀명이 괜찮다고 여긴 듯한 실비아는 유카리의 말을 듣고 풀이 죽었다. 「그렇다면 제로의 기사단은 어떠냐?」 같은 소리를 늘어놓길래, 와인을 억지로 먹여서 입을 다물게 만들었다. 진짜로 위험하네.

"그럼 이건 어떨까요?"

"응?"

"S세계 1위를, O오롯이 달성하기 위한, S세컨드의 단. 줄여서 SOS단이에요."

"너희는 왜 제 발로 궁지에 서슴없이 들어가려 하는 건데?"

나한테 무슨 원한이라도 있냐?

"됐어. 에코에게 정하라고 할래."

"쿨쿨쿨."

곤히 잠드셨다.

그럼 내가 정할 수밖에 없나. 팀명. 팀명이라……

"으음…… 좋아. 『팀 퍼스티스트』로 하자. 그게 좋겠어."

firstest라는 말이 있는지는 모르겠지만, 아무튼 「넘버원」을 이렇게 강조해대면 우리가 「세계 1위」인 걸 바로 알 수 있으리라. 이 팀명에는 이 세상에서 처음으로 완전무결한 1위가 되어주겠다는 의지도 담겨 있다. 그리고 fastest와 비슷하다는 점도 자랑거리다. 속도감이 느껴지니 말이다.

"그건…… 넘버원이 되지 못한다면 좀 멋쩍을 듯한 명칭이군요."

"괜찮아. 어차피 세계 1위가 될 거니까 말이야."

술기운에 팀명을 대충 정하고 말았다. 내 편견일지도 모르지만 이런 명칭 중 8할 가량은 술집 같은 곳에서 대충 정해지니, 개의치 않아도 된다. 이런 건 단호하게 정하는 편이 좋으니 말이다.

"오늘부터 우리는 퍼스티스트야. 그럼 앞으로도 잘 부탁해."

"예. 잘 부탁드립니다."

내 말에는 유카리만 답했다. 실비아는 술에 곯아떨어졌고, 에코는 완전히 잠들었다. 뭐, 됐어.

"퍼스티스트. 뭐, 대충 정한 것치고는 꽤 괜찮은 이름 같지 않아? 응?"

"예, 참 멋진 이름입니다."

유카리가 따라주는 술을 마시고 기분이 좋아진 나는 허튼 소리를 계속 늘어놓았다. 유카리는 냉담한 표정을 지으면서도, 귀찮아하지 않으며 맞장구를 쳤다. 이거, 괜찮은걸. 술이 술술 들어간다.

그렇게, 퍼스티스트 결성일의 밤은 천천히 깊어만 갔다.

다음 날. 숙취 때문에 머리가 아프다는 실비아에게 해독 포션을 먹인 후, 우리는 평소처럼 을등급 던전 『린프트파트』로 향했다.

오래간만에 찾은 린프트파트 던전은 역시 좋았다. 뭐가 좋은 거냐면, 적을 척척 해치우며 경험치를 팍팍 벌 수 있는 것이다. 유카리의【대장장이】스킬을 전부 9단까지 올리는 것도 이 페이스로 나아가면 한 달도 걸리지 않을 것이다. 나는 그렇게 생각하며 당사자를 힐끔 쳐다보았다.

"……"

유카리는 눈앞의 광경을 보며 경악했다.

"왜 그래?"

"그, 그게…… 설마, 이 정도일 줄은……."

유카리답지 않게 동요가 겉으로 드러나고 있었다.

"응?"

나는 문득 생각났다. 그러고 보니, 유카리의 스킬 구성과 랭크를 아직 확인하지 않았다.

나는 팀 마스터 권한을 이용해서 유카리의 스테이터스를 살펴봤다.

"아하……."

납득했다. 그리고, **운이 좋았다**고 생각했다.

유카리의 스킬 중에서 초단까지 도달한 것은 【궁술】의 《보병궁술》 초단과 【암살술】의 《계마암살술》 초단뿐이다. 다른 것은 전부 초단에도 이르지 못했다. 이 수준으로 용케 암살을 수행했다는 생각이 들었지만, 딱히 뛰어난 실력을 지닌 모험가나 흉악한 마물을 암살하는 것이 아니니 그렇게 높은 스킬 랭크는 필요 없었던 걸지도 모른다.

그러니 놀라는 것도 무리는 아니다. 을등급 마물이 자신의 눈앞에서 이렇게 쓸려나갈 거라고는 생각도 못했을 것이다. 높은 랭크의 스킬은 그 정도로 강력한 것이다.

그것보다 내가 운이 좋았다고 생각한 이유는 바로 유카리의 『발전 가능성』 때문이다. 생각했던 것보다 스킬 랭크가 높지는 않았기에 예상보다 경험치를 벌기 쉬운 상태였다. 아무래도 한 달이 아니라 몇 주 안에 1류는 아니더라도 2류 대장장이라 불리는 수준까지는 육성할 수 있을 것 같았다.

"유카리. 네가 1류 대장장이로 성장해서 강력한 무기를 제작하거나 다른 장비를 강화할 수 있게 된다면, 을등급은 물론이고 갑등급도 이런 느낌으로 간단히 돌 수 있게 될 거야. 세계 1위에, 내 꿈에, 그만큼 다가서게 되는 거지. 그러니, 잘 부탁해."

내가 그렇게 말하자, 유카리는 「알았습니다」 하고 말하며 공손히 예를 표한 후에 말을 이었다.

"……저도, 주인님과 함께 세계 1위를 목표로 삼겠습니다. 세계 1위의 대장장이가 되고 말겠어요."

유카리답지 않은 말이다. 예전에 그녀가 경박하다고 표현했던 「세계 1위」라는 단어를, 두 번이나 입에 담았다. 「인간은 그 정도로 강해질 수 없다」며, 발끈했던 말이다.

나는 무심코 웃음을 터뜨렸다. 인간은, 단시간에 이렇게 변할 수 있는 건가.

덩달아 미소 짓는 유카리를 보며, 나는 그녀를 『동료로 삼기 잘했다』고 진심으로 생각했다.

한담1 본가에 돌아가겠습니다 편

"어이! 잠깐 기다—."

팀 한정 통신이 끊겼다.

휴가? 느긋하게? 그것도 엿새나? 느닷없이 그런 소리를 들으니 난처했다.

……하지만 세컨드 님이 무사해서 안심했다. 팀도 결성되어서 언제든지 통신이 가능한 만큼, 그렇게 큰 문제는 없—.

『긴급 상황 이외에는 통신을 최대한 자제할 것.   세컨드.』

—지 않다! 왠지 이상한 메시지가 왔다! 이, 이건 「나와 유카리를 방해하지 마라」는 말인가? 아니겠지?

"어떻게 됐어~?"

에코가 걱정스러운 듯이 내 얼굴을 쳐다보았다. 세컨드 님이 전이한 순간부터 방금까지 「세상이 멸망한 듯한 표정」을 짓고 있던 에코는 내가 세컨드 님과 통신을 하고 있다는 것을 눈치채자 생기를 되찾았다. 그리고 대화 내용이 신경 쓰이는 건지 내 왼편과 오른편을 오락가락하며 귀를 쫑긋 세웠다.

"……아무래도 엿새는 돌아오지 못하는 것 같다. 그 동안, 우리는 휴가다."

"휴가~?"

"음."

"그렇구나~."

"그래."

침묵.

나와 에코는 현재 같은 생각을 하고 있을 것이다. 『엿새 동안, 뭘 하지』라는 생각을—.

"실비아, 배고파~."

……아니었다.

"모처럼의 휴가이니 집으로 돌아갈까 한다."

점심. 우리는 페호 마을로 돌아가서 점심을 먹으며 어떻게 휴가를 보낼지 생각했다.

"에코, 그래도 괜찮겠느냐?"

"응, 갈래!"

에코는 내 제안을 듣자마자 고개를 끄덕였다. 간단히 결정됐다.

"그럼 지금 바로 이동하도록 하자꾸나."

"하자꾸나~."

페호에서 왕도는 편도 네 시간 거리다. 지금 출발해도 해가 지기 전에는 여유롭게 왕도에 도착할 것이다. 나와 에코는 일단 여관으로 돌아가서 체크아웃을 한 후, 왕도를 향해 말을 몰았다.

나는 말을 몰면서 생각했다. 왜 『집으로 돌아간다』는 생각을 하게 된 것인지를 말이다. 제3기사단에 있던 시절의 나라면, 절대 그런 생각을 하지 않았을 것이다. 한사코 가지 않았으리라.

……으음, 어째서일까?

답을 찾기도 전에, 우리는 왕도에 도착하고 말았다.

"앗, 실비아잖아!"

집에 돌아오자마자 마주친 이는 바로 클라리스 언니였다. 큰 키와 평평한 가슴에 금색 단발머리가 더해지면서 중성적인 외모가 더욱 돋보이고 있는 사람이다. 언니는 올해로 스무 살이지만, 아직도 키가 자라는 것 같았다.

"언니, 오래간만입니다."

"잘 지냈어~? 이야, 여전히 말투가 딱딱…… 어? 이 애는 누구야?"

"좋은 아침~!!"

"좋은 아침~이 아니라 좋은 밤~ 아닐까?"

"아, 그렇구나. 좋은 밤~!"

"우와, 귀여워……."

언니는 에코의 머리를 쓰다듬어줬다. 그러자 에코는 눈을 가늘게 뜨면서 기분 좋은 듯한 소리를 내며 어리광을 부렸다.

"결심했어. 이 애는 내가 기를래."

이 사람, 무슨 소리를 하는 거지…….

"이 사람은 팀 멤버인 에코 리플렛입니다."

"흐음~, 에코 양이구나~."

언니는 「어때?」, 「내가 보살펴줄게」 하고 에코를 유혹했다.

"나는 이미 세컨드한테 보살핌을 받고 있으니까 안 돼."

"나, 나, 나왔다~! 그 소문 자자한 초절정 미남 전하~!"

전하? ……앗, 맞다. 그러고 보니…….

"뭐냐. 시끄럽구나…… 음, 실비아구나. 돌아왔느냐."

언니의 목소리를 들은 건지, 아버님이 모습을 보였다.

"아버님, 휴가를 이용해 인사를 드리러 왔습니다."

"마침 잘 왔다. 너와 나누고 싶은 이야기도 있었지……. 응? 이 아이는……."

"좋은 밤~! 나, 에코 리플렛!"

"…………그래. 느와르 버지니아다."

"아, 나는 클라리스 버지니아라고 해. 잘 부탁해렛~."

언니는 멋진 포즈를 취하며 그렇게 말했다. 잘 부탁해렛~은 대체 뭘까. 아버님 앞에서도 저러니 여러모로 곤란했다. 아버님도 때때로 언니에게 주의를 줬지만, 이제는 반쯤 포기한 것 같았다.

"자아, 에코 양. 저쪽에 가서 나랑 이야기 좀 나누자~."

"놔줘렛~!"

아아, 에코가 끌려갔다. 언니에게 이상한 짓을 당하지 않으면 좋겠는데…… 그것보다 놔줘렛~은 또 뭘까.

아, 맞다. 아버님이 나에게 할 이야기가 있다고 했다.

"저기, 아버님. 저한테 용건이 있으시다고요?"

"그래. 하지만 그 전에 한 마디 해도 되겠느냐?"

"예."

"실비아. 저기…… 많이 변했구나."

변했다?

"설마 자각하지 못한 것이냐?"

"예. 부끄럽습니다만……."

"너는 이 단기간에 크게 성장한 것 같구나. 솔직히 놀랐다. 내 앞에서도 움츠러들지 않고, 여유를 유지하고 있으며, 비굴하게 굴지 않을 뿐만 아니라, 자신감으로 가득 차 있어. 마치 일전의 그를 연상케 하는 기백이 느껴지는군."

"─윽!"

세컨드 님을 연상케 하는 기백, 인가. 후후후.

"그렇게 말씀해주시니…… 기쁩니다."

"좋은 영향을 받은 것 같구나. 다행이다."

아버님은 만족한 것처럼 미소를 짓더니, 흡족한 표정을 지으며 입을 열었다.

"그는 마술대회에서 우승했다지? 그 뿐만 아니라 제1왕자의 정식적인 권유를 많은 이들 앞에서 거절했으며, 제2왕자와 매우 가까운 사이라 들었다."

윽! 큰일 났다!

"……그, 그게……."

나는 적당한 변명이 생각나지 않았기에, 말문이 막혔다.

바로 그때, 아버님은 갑자기 「와하하」 하고 웃음을 터뜨렸다.

"실로 통쾌하구나! 정말 대단하다! 역시 내 안목은 정확했군!"

어?

"실비아여. 그를 절대 놓치지 마라. 그는 분명 버지니아 가문에 있어, 아니, 캐스탈 왕국에 있어, 둘도 없이 소중한 존재가 될 것이다."

"아, 예."

그것은 틀림없을 것이다. 하지만 「그 놈은 대체 뭐하는 놈이냐!」 하고 아버님이 말할 거라고 생각했던 나는 솔직히 말해 김이 샜다.

"이야기는 이걸로 끝이다. 휴가는 언제까지지?"

"앞으로 엿새 정도 남았습니다."

"그러냐. 그럼 푹 쉬었다 돌아가거라."

"……예. 감사합니다."

나는 그런 말을 남기고 돌아가는 아버님이 따뜻하게 느껴졌다.

아니, 예전에도 이런 따뜻함을 때때로 보여주셨다. 그렇다. 그것을 받아들이는 나에게 문제가 있었다. 아버님의 말씀대로, 나는 자신감이 붙은 걸지도 모른다. 세컨드 님과 함께 을등급 던전을 수백 번이나 돌았다고 하는 비정상적인 사실이, 나에게 흔들리지 않는 『여유』를 준 듯한 느낌이 들었다. 그래서 아버님의 소소한 상냥함을 느낄 수 있을 만큼 시야가 넓어진 것이다.

"—그런데, 세컨드 씨와는 어떻게 되어가고 있어~?"

"우와앗?! 언니! 소리 없이 내 등 뒤로 다가오지 마세요!"

에코와 놀고 있던 누님이 어느새 내 등 뒤에 서있자, 나는 심장이 떨어질 뻔 했다. 너무 놀라서 얼굴이 새빨개졌다. 아니, 질문 내용 때문에 얼굴이 빨개진 것이 아니라…… 나는 대체 누구에게 변명을 하는 거지?

"그 이야기는 나도 들을 권리가 있을 테지?"

……최악의 타이밍에 또 성가신 자가 나타났다. 알렉스 오라버니는 자신의 자랑거리인 금색 장발을 쓸어 넘기면서 맞은편 의자에 털썩 앉았다.

"세컨드, 인가……. 언젠가 나의 이『눈』으로 가늠해보도록 할까."

오라버니는 혼잣말을 중얼거렸다. 이 사람도 여전히 변함이 없었다. 스물두 살이나 되었는데도, 열네 살 때부터 쓰던 이 괴상한 말투를 여전히 쓰고 있었다.

"홋, 오래간만이구나, 실비아여. 자아, 빨리 그 세컨드란 자에 관한 정보를 썩 털어놓지 못할까."

"오래간만입니다, 오라버니. 하지만 정보랄 건 딱히……."

"그럼 내가 질문할게! 실비아는 세컨드 씨를 좋아하는 거야~?"

"뭣이?! 정말이냐?!"

"그, 그렇지 않……!"

……은 건 아니지만! 아아, 이렇게 되면 일이 성가셔진다!

큭, 이럴 때에 에코와 아버님은 뭘—.

"맛있어!"

"그래. 맛있나 보군. 더 먹어도 된다."

"고마워! 먹을래~!"

"음, 음."

큰일 났다. 저 두 사람, 상성이 너무 좋다! 그야말로 손녀의 어리광을 받아주는 할아버지다!

"실비아여, 그 남자에게 전해둬라. 내 동생을 원한다면 우선 나를 쓰러뜨리라고 말이다!"

"들었지~? 실비아, 어떻게 할래~? 응? 응~?"

"으윽~ 정말!"

정말 성가시다! 이럴 줄 알았으면 집에 오지 말 걸 그랬다!

제2장 공포의 대왕, 정령의 대왕

린프트파트 던전을 도는 나날이 다시 시작되고 2주가 흘렀다. 겨우 노리던 것 중 하나인 아이템 『암갑지순(岩甲之盾)』이 암석 거북이한테서 드랍……된, 것은 좋지만…….

"으으으으……."

에코가 방패를 찰싹 들러붙더니 한사코 떨어지지 않는 기묘한 일이 벌어졌다.

드랍된 방패를 에코에게 건네는 것까지는 별문제가 없었다. 에코는 참 기뻐하며 난리를 피웠고, 너무 기쁜 나머지 산소 결핍을 일으키는 수준의 사소한 문제였다.

하지만 「그럼 강화할 테니까 일단 유카리에게 넘겨줘」 하고 내가 말한 순간에 에코의 태도가 달라지더니, 유카리가 건네받기 위해서 다가가자 이런 상황이 벌어졌다. 에코는 「으~ 으~」 하고 위협을 하며, 방패를 건네주지 않기 위해 꼭 끌어안았다.

"에코, 당신한테서 그것을 빼앗으려는 게 아닙니다. 강화를 하려는 것뿐이에요."

"그래, 에코. 내 염랑지궁도 유카리가 강화해줘서 꽤 강해졌지!"

유카리와 실비아는 에코를 설득하기 위해 말을 건넸다.

유카리는 2주 동안 【대장장이】 스킬 중에서도 《성능 강화》를 우

선해서 올렸으며, 얼마 전에 드디어 5단에 도달했다. 《성능 강화》
는 5단부터 강화 성공 확률의 보정 수치가 급상승하며, 거기에 상
급 강화, 그러니까 아이템 강화 최종 단계의 바로 아래 단계의 강
화가 가능해진다. 드디어 대장장이로서 활약이 가능하게 되었기에,
유카리는 요즘 의욕이 넘쳤다.

"정말······?"

"예, 물론입니다. 그러니, 넘겨주시죠. 예?"

"싫어! 얼굴이 무서워~!"

원인 중 하나는 유카리의 기백인 것 같았다. 확실히 저런 차가운
표정을 짓고 있는 사람이 다가오면 겁먹을 만도 했다. 『빼앗길 거야!』
하고 생각하는 것도 무리는 아닌 것이다. 방패, 아니, 목숨을······.

"······주인님."

"아~, 개의치 마. 너는 차가운 인상이 있지만, 마음이 곱다는 건
알고 있어. 괜찮아."

"음, 그렇지. 냉담하고 도끼눈에 정론에 환장한 독설녀지만, 그런
점만 눈감아주면 괜찮은 편이지."

"그렇군요. 실비아 씨, 나중에 저 좀 봐요."

꽤 사이가 좋아 보이는 저 두 사람은 제쳐두기로 하고····· 에코
부터 어떻게든 해야겠다.

"에코. 금방 돌려줄 거야. 응? 금방 돌려줄게."

"으~."

에코는 방패에 얼굴을 댄 채 나를 쳐다보았다.

왠지 장난감을 꼭 문 채 한사코 입을 떼지 않는 고양이 같았다. 수인의 본능적인 행동인 걸까?

"……하아. 뭐, 됐어."

한동안 그냥 두기로 했다. 딱히 서두를 필요는 없으니 말이다.

"오늘은 여관으로 돌아가자. 저녁을 먹으면서 작전회의를 하자고."

나는 다른 이들에게 그렇게 말한 후, 린프트파트 던전을 나섰다.

그로부터 두 시간 후. 저녁을 먹으려던 타이밍에 에코가 「잘못했어요」 하고 말하며 암갑지순을 건넸다. 에코의 말에 따르면 「정신이 나갔었다」고 한다.

"처음으로 받은 선물을 빼앗길지 모른다고 생각했더니, 가만히 있을 수가 없었다는군."

실비아는 에코를 감싸주려는 듯이 그렇게 말했다. 그렇다면 수인 특유의 행동이었을지도 모른다.

"미안해, 에코. 금방 끝나니까 잠시만 기다려줘. 유카리, 제3단계까지 부탁해. 강화 방식은 VIT^{방어력} 특화야."

"예. 그리 하겠습니다."

나는 방패를 유카리에게 지시를 내렸다. 《성능 강화》 5단이라면 제3단계까지의 강화는 94%→89%→84%의 확률로 성공하며, 스테이터스 보정이 적용된다. 참고로 실패하면 강화 단계가 0으로 돌아가며, 그 중 25%의 장비가 파괴된다. 강화에는 소재를 꽤 투자하기 때문에, 가능하면 실패하고 싶지 않다. 이번 같은 경우에는 암석 거북이가 드랍한 아이템 『암석 등껍질』이 총 14개 소비된다. 요즘 시세로 개당 가격은 120만CL 정도다.

"완료됐습니다."

……하지만, 실패할 리가 없지. 그 때문에 《성능 강화》를 5단까지 올린 성장 타입 『대장장이』를 준비한 것이니까 말이다. 좋았어.

"역시 대단한걸. 고마워."

"아뇨, 별것 아닙니다."

유카리는 표정을 바꾸지 않으며 담담히 겸손한 어조로 말했다. 요즘 들어 눈치챈 것이지만, 이 녀석은 기쁠 때나 멋쩍을 때면 뾰족한 귀의 끝이 쫑긋거리거나 약간 빨개진다. 칭찬을 해주면 십중팔구 반응을 보이기에, 나는 그녀를 자주 칭찬해줬다. 그때마다 유카리가 냉철한 표정으로 『들키지 않았다』고 여기면서 마음속으로 기뻐할 거라 생각하니, 왠지 입가가 절로 씰룩거렸다.

"자아, 에코."

"빨라~!"

"유카리에게 고마워해."

"유카리, 고마워~!"

에코는 만면에 미소를 지으며 유카리에게 감사를 표했다. 그러자 유카리는 「천만의 말씀입니다」 하고 별다른 표정 변화 없이 말했지만, 귀는 확연하게 쫑긋거렸다.

"거점을 바꿔?"

"그래."

저녁 식사를 마친 후, 내가 발표한 방침을 들은 실비아가 고개를 갸웃거렸다.

"어째서지? 현재는 린프트파트를 고속으로 돌 수 있지 않느냐. 경험치도 짭짤하지. 게다가 암석 등껍질로 몇 천만CL이나 벌었는데……."

개당 120만CL이나 하는 암석 등껍질이 인벤토리에 아직 대량으로 들어있다. 한꺼번에 팔았다간 시세가 폭락할지도 모른다고 유카리에게 주의를 받았기에, 조금씩 나눠서 팔고 있는 것이다. 그런데도 현시점에서 한 사람당 2천만CL이나 돌아갈 정도였다. 웃음을 참을 수가 없었다.

유카리의 말에 따르면 을등급 던전을 이렇게 고속으로 반복해도는 것 자체가 제정신으로 할 짓이 아니라고 한다. 강자라면 누구나 이 정도는 가능할 거라고 나는 생각했지만, 실은 그렇지도 않았다. 신중하고 주의 깊게, 아무리 자주 돌더라도 사흘에 한 번 페이스로 던전 입구 주위만 돈다. 그것만으로도 충분히 짭짤하며, 괜히 위험을 감수할 필요가 없다는 것이 모험가들의 상식이라고 한다. 하루에 몇 번이나 던전을 도는 건 우리 팀뿐인 것 같았다.

즐겁게 던전을 돌 수 있게 해주는 압도적인 지식량, 그리고 적절한 스킬을 높은 랭크로 지닌 인원의 준비, 그리고 『놀이 감각』으로 공략이 가능한 여유. 이 세 가지를 충족해야만 고속으로 던전을 도는 것이 겨우 가능할 거라고 실비아는 고찰했다. 그렇다. 그것이 옳을지도 모른다. 우리는 꽤 특수하며, 그래서 이렇게 짭짤하게 벌고 있는 것이다.

그럼에도 불구하고 나는 거점을 바꾸기로 했다. 이것은 결정된 사항이다.

　"이유는 세 가지야. 첫 번째 이유는 지금보다 경험치를 짭짤하게 벌 수 있기 때문이지."

　"호오, 그렇군."

　실비아는 그것이 괜찮은 이유라고 생각했다. 실비아는 【궁술】과 【마궁술】의 모든 스킬을 높은 랭크까지 올리기 위해 노력하고 있으며, 그러기 위해서는 어마어마한 양의 경험치가 필요하다. 한편, 나는 주요 스킬만 높은 랭크까지 올리고, 다른 것은 낮은 랭크를 유지하고 있기 때문에 【검술】도 육성할 수 있어서 경험치에도 여유가 조금 있다. 그래서 실비아는 나와 다르게 여유가 없었으며, 경험치 욕심이 큰 것이다. 그러니 찬동하는 게 당연했다.

　"두 번째 이유는 마물에게서 얻을 수 있는 소재로 방어구를 제작하고 싶어."

　"그런 거냐."

　이제부터 향하는 던전의 보스는 대량의 『미스릴』을 드랍한다. 미스릴 장비는 중급~상급 유저의 정석적인 장비다. 가지고 있으면 손해 볼 일이 없다. 가죽 장비보다 몇 배는 낫다.

　그리고 마지막 이유는……

　"세 번째 이유는 바로 논을 어마어마하게 벌 수 있다는 거야."

　"아하…… 잠깐만!"

　실비아는 납득을 하려다 허둥지둥 언성을 높였다.

"지금보다 돈을 더 많이 벌 생각이냐?!"

"그래. 집을 살까 하거든."

"집?!"

"집인가요."

"예이~!"

다들 내 말에 관심을 보였다. 한 사람은 그 이유가 약간 다른 것 같지만 말이다.

"왕도 교외에 무지막지하게 커다란 집을 지은 후, 거기를 팀 퍼스티스트의 거점으로 삼겠어."

"오~!"

내 선언을 들은 에코가 입을 크게 벌리며 기뻐했다. 전생에서는 하우징 시스템을 전혀 이용하지 않았지만, 이 세상에서는 매우 유익하다는 것을 이제 와서 눈치챘다. 기왕이면 어마어마하게 커다란 저택을 지어주겠다. 그러기 위해서는 막대한 돈이 필요하다.

"목표는 50억CL, 그리고 돈을 벌 방법은 미스릴 연금이야. 질문 있어?"

실비아는 관심이 동한 듯한 표정으로, 그리고 유카리는 냉정한 표정으로 손을 들었다.

"실비아 양."

"왜 목표 금액이 50억CL인 거야?"

"간단해. 조사를 해보니, 왕도에서 가장 비싼 집이 25억CL이었거든. 그 곱절이야."

"……."

실비아는 영문을 모르겠다는 표정을 지으며 침묵했다.

가장 비싼 저택이 25억CL이라니, 정말 쌌다. 그렇다면 50억CL은 되어야 「세계 1위의 집」이라 할 수 있을 것이다. 틀림없다.

"다음, 유카리 양."

"예. 미스릴 연금이 뭐죠?"

"좋은 질문이야."

미스릴 연금. 이것은 뫼비온에서 매우 유명한 돈벌이 방법이다.

"이제부터 향할 대장장이의 마을 『배드골드』 부근에 있는 을등급 던전 『프롤린』에서는 미스릴을 입수할 수 있지. 하지만 그걸 그냥 팔아선 푼돈밖에 안 돼."

"뭔가 좋은 생각이 있으신가요?"

"그래. 보스인 미스릴 골렘이 드랍하는 미스릴 광석을 【대장장이】 스킬의 《제련》과 《정련》으로 단숨에 순수 미스릴로 만든 후, 《제조》로 철과 합쳐서 미스릴 합금을 생산할 거야."

그렇다. 미스릴 합금. 순수 미스릴과 철을 1:20 비율로 섞어서 제조하는, 매우 강도가 뛰어나고 귀중한 합금이다. 참고로 《제련》은 미스릴 광석을 51개 모아서 한꺼번에 하는 것이 효율적이며, 《정련》은 미스릴을 32개 모아서 하는 것이 추출 효율이 가장 좋다. 이런 수고를 들이기만 해도, 벌어들이는 수익이 10배 이상으로 늘어날 것이다.

"그러기 위해서는 《제련》, 《정련》, 《제조》를 각각 4급, 4급, 6급까지 올려야 해. 그건 유카리에게 맡기겠어."

"예, 주인님. 저에게 맡겨 주십시오."

미스릴 연금에 필요한 유카리의 스킬 랭크는 이미 충족됐다. 준비는 끝난 것이다.

"고마워. 유카리만 믿겠어. 나중에 레시피를 줄게."

내가 약간의 흥분이 어린 목소리로 그렇게 말하자, 유카리는 표정을 전혀 바꾸지 않으며 「황송합니다」 하고 말했다. 그런 그녀의 귀는 약간 빨갛게 달아올라 있었다.

"……저기, 세컨드 님."

"응? 왜 그래?"

실비아는 기묘한 표정을 지으며 입을 열었다. 그리고 내가 까맣게 잊고 있던 어떤 사실을 지적했다.

"프롤린 던전은 아직 공략되지 않았다만……."

◇◇◇

"세컨드 님. 왜 미공략 던전에 관한 정보를 그렇게 상세하게 알고 있는 거지?"

실비아의 질문은 내 급소를 정확하게 꿰뚫었다.

"……아……."

나는 말문이 막혔다.

……어떻게 할까. 변명을 할 것인가. 아니면 전부 털어놓을 것인

가. 어쩌면 좋을까.

"처음 만났을 때부터…… 어렴풋이, 눈치는 채고 있었다. 뭔가 이유가 있는 거지?"

그렇다. 실비아의 말이 맞다. 나에게는 이유가 있다. 함부로 말할 수 없는, 그리고 남들이 믿어주지 않을 이유가 말이다.

실비아가 뽐는 진지한 분위기를 감지한 건지, 에코와 유카리도 나를 쳐다보았다. 「그렇지 않다」는 것을 아는데도 「비난을 당하는 것」 같아서 불안이 엄습했다. 그렇게 느낀다는 것은 내 마음 한편에는 꺼림칙한 감정이 존재하기 때문이리라. 그렇다면 그냥 이 자리에서 전부 털어놓을까?

아니다. 그러지 않는 편이 낫다. 내 비밀은 그녀들이 이해할 수 있는 범주를 아득히 넘어서고 있다. 이해의 범주를 넘어선 것은 『공포』를 자아낸다. 그러니 전하지 않는 편이 낫다. 이제 와서 지금까지의 관계가 무너지는 것은 피하는 편이 낫다. 세계 1위가, 멀어지고 만다. 그런 생각이 들었다.

그런 내 고민을 아는지 모르는지, 실비아는 늠름한 표정으로 침묵을 깼다.

"……나는, 너를 신뢰하고 있다. 괜찮다면 이야기해줬으면 좋구나. 그 어떤 사실이든, 받아들이겠다."

강히다─ 솔직한 마음으로, 그렇게 생각했다. 지금의 신뢰가 무너질지도 모르는 사실을, 그런데도 들어보자고 마음먹는 용기. 자신의 신념을 관철하는 기개. 한 점의 거짓도 섞이지 않은 고결함.

너무나도 올바르고, 흔들림이 없는 심지. 실비아에게는 그것이 있다. 나에게 없는 것을 지니고 있는 것이다. 나 따위가 절대 흉내 낼 수 없는, 흉내 내선 안 되는, 순수하고 성실하며 맑디맑은, 그런 강하고 올바른 마음이다.

"실비아."

그렇기에—.

"미안하지만, 그 누구에게도 내 비밀을 털어놓을 수는 없어."

—나는, 도망쳤다.

비밀을 지니고 있다는 것을 인정하면서도, 그것을 절대 털어놓지 않겠다고 선언했다. 실비아의 강한 마음을 이용하는 일방적인 결단이다.

하지만 이 상황에서 도망쳐야 나라고 할 수 있거든. 게임이 아니라 현실에서는, 중요한 순간에 직면할 때마다 도망쳤어. 세계 1위였던 시절의 나는 그런 녀석이었다고.

"언젠가 이야기하겠다고 말하지도 않겠어. 반드시, 죽을 때까지, 누구에게도, 이야기하지 않을 거야……. 미안해."

나는 세 사람을 향해 고개를 숙였다. 더는 묻지 말아달라고, 그리고 평소의 일상으로 돌아가자고, 소망하는 심정으로……

실비아는 잠시 동안 침묵한 후 「후훗」 하고 웃음을 흘리더니, 자애에 찬 표정으로 말했다.

"나는 그래도 상관없다. 하지만…… 힘들어지면, 언제든지 방금 한 말을 취소해도 된다."

실비아 버지니아— 참 좋은 여자다. 진심으로, 그렇게 생각했다.

◇◇◇

주인님이 방으로 돌아간 후, 우리 셋은 몰래 회의를 개최했다.

의제는 「주인님의 비밀은 무엇일까?」다. 하지만—.

"저기. 솔직히 말해, 저는 아무래도 상관없습니다만……."

나는 본심을 털어놓았다. 그렇다. 나는 주인님이 어떤 비밀을 간직하고 있든 문제될 것이 없다. 그것은 에코도 마찬가지인지, 고개를 끄덕였다.

"물론 나도 그렇게 생각하지만, 좀…… 신경이 쓰여서 말이다."

실비아 씨는 귀엽게 웃으며 그렇게 말했다. 확실히…… 그렇기는 했다.

"하지만 주인님의 비밀을 캐는 건 좀……."

"으음. 전부터 신경이 쓰인 건데, 유카리는 이제 노예가 아닌 거지? 왜 세컨드 님을 주인님이라고 부르는 것이냐?"

아. 이 사람, 꽤 눈치가 좋다.

"저는 주인님의 시중을 들기로 약속을 했으니까요."

"호오? 시중인가. 아무래도 세컨드 님의 메이드가 되려는 심산인가 보군."

"예, 그렇습니다."

"그렇군. 하지만 이상한걸. 메이드가 첫 임금으로 2천만CL이나 받는 것이냐?"

"그것은 대장장이로서 받은 보수입니다만, 문제될 것이 있나요?"

게다가 그 2천만CL은 이미 『특급 메이드복』및 메이드 도구를 구매하는 데 전부 썼다. 주인님은 왕도에 멋진 저택을 마련할 생각인 것 같으니, 내 메이드 복장은 그 집에서 선보이기로 결심했다. 안 그랬다간 이 엉터리 여기사에게 한소리 들을 게 뻔하니 말이다. 참고로 특급 메이드복이란 그 가격에 걸맞게 상당히 고성능이었다. 하지만 메이드 따위가 입는 옷을 왜 이렇게 고급품으로 만든 건지는 의문이었다.

"메이드와 대장장이를 양립할 수 있겠느냐?"

"예. 완벽하게 양립할 생각입니다."

실비아 씨는 「으그극」 하고 신음을 흘린 후, 입을 다물었다. 후후, 이겼군요.

"나도 메이드 하고 싶어~!"

에코가 손을 척 들면서 그렇게 말했다. 하지만 그것은 허락할 수 없다.

"안 됩니다."

"너무해~."

이 메이드라는 입장이 내 강점이 될 예정이기에, 순순히 넘겨줄 수는 없다.

"그것보다, 주인님의 비밀을 예상하는 거죠? 그 이야기나 계속하도록 하죠."

내가 그렇게 말하자, 실비아 씨는 팔짱을 풀며 입을 열었다.

"그래. 내 생각인데, 세컨드 님은 다른 나라의 첩보원이 아닐까?"

날카로운 의견이다. 그렇다면 던전의 정보에 해박한 것도 납득이 되며, 우리에게 그 정체를 털어놓지 않는 것도 납득이 됐다.

"아까는 은폐해야 하는 정보를 무심코 입에 담았다가 지적을 당했기 때문에, 비밀을 털어놓는 것을 강하게 거부한 거지."

"하지만…… 첩보원이라면, 왜 세계 1위가 되려고 하는 거죠?"

"아, 그래……."

그럼 다시 생각해보도록 할까. 우리는 「으음, 으음」 하고 신음을 흘리며 이런저런 의견을 내왔다.

"설마 천계인인가? 혹은 초능력자?"

"미래에서 온 사람~!"

"이세계에서 온 사람일 가능성도……."

그런 말도 안 되는 예상을 하는 가운데, 우리의 밤은 깊어갔다.

◇◇◇

이른 아침에 페호 마을을 나선 우리는 서쪽으로 다섯 시간 가량 이동했다. 우거진 초목이 줄고, 서서히 흙냄새가 짙어지기 시작했을 즈음, 대장장이 마을 베드골드가 보이기 시작했다.

"좋아. 대장장이 길드에서 미스릴 합금을 거래처를 알아본 후, 바로 프롤린에 들어가자."

나는 『쇠뿔은 단김에 빼라』는 말을 떠올리며 세븐스테이오를 대장장이 길드를 향해 질주시켰다. 프롤린 던전에 들어가는 건 오래간만이니, 한시라도 빨리 들어가고 싶다는 마음으로 가득 차 있었다.

"세컨드 님! 왜 그렇게 서두르는 것이냐?"

어찌어찌 나를 쫓아온 실비아가 뒤편에서 그렇게 물었다.

"을등급 던전 중에서 프롤린을 가장 좋아하거든!"

"그런 이유가 어디있느냐!"

"가보면 이해가 될 거야!"

나는 그렇게 말하며 웃은 후, 대장장이 길드로 서둘렀다.

……그로부터 한 시간 후, 우리는 아직 대장장이 길드에 있었다.

적당한 거래처는 잔뜩 있었다. 하지만 맡아주는 곳이 단 한 곳도 없었다. 어디에 제안을 해도 「거짓말 마라. 미스릴 합금의 안정 공급 같은 건 절대 무리다」 같은 소리를 하며 딱 잘라 거절하는 것이다.

"뭐, 이렇게 될 거라고 예상하긴 했습니다."

유카리가 그렇게 중얼거렸다. 확실히 어디서 굴러먹던 말 뼈다귀인지도 모르는 녀석이 「내일부터 미스릴 합금을 공급하겠습니다」하고 말하면 나도 믿지 않을 것이다.

"어쩌면 좋을까?"

나는 체면은 내던지며 유카리에게 물었다.

"일단 대대적으로 프롤린 던전을 공략해서 명성을 얻는 편이 좋을 듯합니다. 실력을 증명하면 아마 신용을 얻을 수 있을 테니까요."

"그렇다면 모험가 길드에 가야 할까?"

"예, 그렇습니다."

우와아…… 정말 싫다. 전생 전부터 모험가 길드와 관련된 일은 나쁜 기억 밖에 없다.

"다른 방법은 없을까?"

"딱히 생각나는 게 없군요."

"실비아와 에코는 어때?"

"모르겠다."

"모르겠어~."

두 사람 다 모르겠나 보다.

"그럼 모험가 길드에 등록을 하지 않고 공략을 하면 어떻게 돼?"

"일이 더 성가시게 될 겁니다."

"그렇겠지……."

본성을 드러내지 않은 채로 공략을 했다가 모험가 길드에 찍혀서 「저 녀석은 뭐냐?! 절대 간과할 수 없다!」 같은 상황이 벌어지는 것보다는 그냥 순종적인 척을 하며 「너는 우리의 에이스야! 앞으로도 기대하지!」 같은 편이 여러모로 나을 것이다. 뭐, 그것도 모험가 길드의 인간이 멀쩡할 경우의 이야기다. 대부분은 멀쩡하다는 말과는 거리가 먼 족속인 것이다. 등록도 하지 않고 던전을 공략할 경우, 그 녀석들이 무슨 짓을 할지 안 봐도 뻔했다. 우리한테 시비를 거는 정도라면 괜찮지만, 대장장이 길드에 근거 없는 헛소문을 퍼뜨려서 우리를 방해하거나, 거래처에 압력을 가해 방해하거나, 혹은 암살자를 보낼지도 모른다. 내가 아는 「뫼비온의 모험가 길드」라면 그럴 가능성이 충분했다.

"……어쩔 수 없나. 숙소를 잡은 후에 모험가 길드로 가자."

체념을 한 나는 고개를 푹 숙인 채 여관으로 향했다.

"안녕하세요. 등록을 하고 싶은데요."

"아, 예! 이쪽으로 오세요!"

모험가 길드 접수처의 여성 직원은 붙임성이 좋았다. 이럴 때는 초절정 미남 아바타 덕분에 이득을 보고 있다는 것을 여실히 실감했다.

나는 등록 수속 서류에 필요한 사항을 기입해서 여성 직원에게 건넸다. 개인 등록과 팀 등록을 양쪽 다 마쳤다. 팀명은 『퍼스티스트』. 멤버는 나를 포함해 네 명이다.

초보적인 설명은 필요 없다고 거부한 후, 인원수만큼의 길드 카드를 건네받았다. 모험가의 신분증, 길드 측의 통행증서 같은 것이다. 길드 카드를 보니, 팀 랭크와 개인 랭크가 전부 F로 되어 있었다. 랭크는 F~A까지 있다. 즉, 가장 낮은 랭크다.

"신참 모험가 수속 및, 각종 강습회 안내는……."

"아, 괜찮습니다."

"그, 그런가요. 그럼 요금은 개인 등록 네 명과 팀 등록을 합쳐서 14만CL입니다."

"……예."

요금을 지불한 후, 접수처를 벗어났다.

……현 시점에서, 나는 기분이 극도로 나빠졌다. 그것은 여러 이유가 복합적으로 작용한 결과다. 빨리 프롤린에 가고 싶은데 그러지 못해서 짜증이 났고, 미스릴 합금을 공급해주겠다는데 거절한 자들 때문에 짜증이 났으며, 얽히고 싶지도 않은 모험가 길드에 등록해야만 하는 상황 때문에 짜증이 났을 뿐만 아니라, 「내가 F랭크」라는 사실에 짜증이 났다.

"─어이어이! 저 쭉정이 꼬맹이, 다크엘프를 데리고 다니네!"

게다가 이상한 녀석들이 시비를 걸자, 짜증이 최고조에 달했다. 이래서 모험가 길드에 오고 싶지 않았다고.

"풋내기 모험가지? 내가 교육을 시켜주마. 초보자 강습이란 거지. 고맙게 생각하라고."

수염을 기른 거한이 얼굴을 쑥 내밀며 나를 노려보았다. 그 뒤편에는 세기말 느낌이 물씬 나는 험상궂은 남자 셋이 있었다. 나에게 이길 수 있을 거라고 생각하는 건지, 이미 이긴 후의 즐거움을 상상하며 입술을 혀로 핥고 있었다.

내 머릿속에서 뿌직 하는 소리를 내며 뭔가가 끊어졌다.

"전부터 궁금했던 건데, 대체 왜 시비를 거는 거야?"

"아앙~? 이 자식, 지금 뭐라고 지껄이는 거야?"

"아마 호박이 넝쿨째 굴러들어왔다고 생각하는 거겠지. 약해 보이는 남자가 미인을 데리고 있으니 운이 좋았다고 생각한 거잖아? 신참 교육이라는 명목으로 협박하기도 좋고 말이야. 그래서 착각에 사로잡혀 거들먹거리는 불량배가 이렇게 설치는 거지."

"아앙? 이 자식, 시비 거는 거냐?"

"그런 게 아냐. 아, 틀린 말은 아냐. 너, 상습범이지? 나는 네가 나쁘다고 생각하지는 않아. 너 같은 놈들을 방치해두는 모험가 길드에 문제가 있다고 생각해. 선생님은 못난 학생도 버리지 말고, 제대로 주의를 줘서 갱생시켜줘야 할 거 아냐. 안 그래?"

"……."

내가 주위를 둘러보니, 모험가와 길드 직원들 전원이 고개를 돌렸다. 실비아처럼 정의감 넘치는 기사가 있다면 이야기가 다르겠지만, 긁어 부스럼 만들 필요는 없다는 거겠지. 하지만 이렇게 사람들이 많은데 아무도 말리지 않는다는 건, 다른 녀석들도 공범인 거 아냐?

"신참 교육이란 건 은어 같은 거 아냐? 미리 말을 다 맞춰준 거잖아. 너희들, 내 말 맞는 거지?"

"어이, 무시하지 말라고!"

"알았다, 알았어. 작작 좀 짖으라고. 빨리 덤비기나 해. 그래야 정당방위로 처리될 거 아냐."

"이 자식이……!!"

얼굴이 시뻘게진 거한이 주먹을 크게 휘둘렀다.

유감스럽게도 빈틈투성이다……. 언제든지 해치울 수 있다.

"안 돼!"

―다음 순간, 에코가 나와 거한 사이에 끼어들었다.

거한의 주먹이 에코의 머리에 꽂혔다.

"아, 히익……!"

뼈가 부러진 건지, 거한은 오른손을 감싸 쥐며 뒷걸음질을 쳤다. 에코는 멀쩡한 것 같았다. 거한의 STR과 에코의 VIT가 매우 크게 차이나는 것이다.

"이 자식! 어…… 어라?!"

뒤편에 있던 세 남자가 가세하려 했지만— 다들 당혹스러운 목소리를 내면서 세 사람 다 딱딱하게 굳은 채로 바닥에 쓰러졌다.

"만약에 대비해 묶어뒀습니다, 주인님."

그러고 보니 유카리는【실조종】스킬을 익혔다. 역시 전직 공작 휘하의 암살자답게, 적을 제압하는 움직임조차 보이지 않았다.

"으음, 내가 할 일이 없지 않느냐."

실비아는 활을 쥔 채 불만을 드러내듯 그렇게 말했다. 이 녀석, 이 좁은 실내에서 활로 대체 뭘 할 작정이었던 거지?「이럴 때를 위해 연습해뒀던 염랑지궁 킥이……」하고 중얼거렸다. 활을 지닌 의미가 없는 것 아니냐는 지적을 하는 건 너무 눈치 없는 짓일까.

"고마워. 그럼 가자."

나는 그녀들에게 고맙다는 말을 한 후, 많은 이들의 시선을 등으로 느끼면서 길드를 나섰다.

……조금 걸음을 옮긴 후, 눈치챘다. 다리가 떨리고 있었다.

아까 그 거한이 무서웠던 걸까? 아니다. 나 스스로가 무서웠다.

짜증에 사로잡힌 채 그대로 싸움을 벌였다가…… 하마터면『학살』을 저지를 뻔 했다.

이것은 게임이 아니다. 나는 아직 그 점을 이해하고 있지 않다는 것을 실감했다. 사람을 해치운다면, 그것은 「플레이어 킬」이 아니라 「살해」가 된다. 머릿속으로는 그것을 이해하고 있지만, 게임 감각에서 벗어나지 못했다.

이세계에서 완전무결한 세계 1위가 된다는 건, 어찌 보면 어려운 일일지도 모른다.

"오늘은 이만 쉬자."

세 사람에게 그렇게 말한 후, 나는 여관의 내 방에 틀어박혔다.

……골치 아프다. 숲에서 남자들을 죽였을 때도, 한동안 떨림이 멎지 않았다.

앞으로는 사람들과의 접촉을 가능한 한 피하는 편이 좋을 것 같았다. 자칫하면 괜한 문제를 일으킬지도 모르니 말이다.

나는 침대에 드러누운 채, 그런 생각을 하며 의식의 끈을 놨다.

이야~, 아침부터 텐션이 하늘을 찌르는걸!

그것도 그럴 것이, 오늘은 드디어 프롤린 던전을 공략하는 날이다.

어젯밤에만 해도 그렇게 가라앉아있었던 나는 지금 기운이 넘쳤고, 즐겁게 아침을 먹으면서 다른 이들에게 작전을 어떻게 설명할지 생각을 정리했다. 어, 조울증? 에이, 그럴 리가 없잖아.

세계 1위를 향한 열의는 하늘을 찌를 것만 같고, 아침부터 식욕이 엄청났다. 하지만 생각이 잘 정리되지 않고, 몸은 좀 나른했으며, 세계 1위 이외에는 「의욕」의 「의」자도 생각나지 않지만, 아마 괜찮을 것이다.

"오늘은 프롤린에 들어갈 생각이야."

"알았습니다……. 하지만, 저희만으로 공략해서는 대장장이 길드에서 인정해주지 않을 거라고 생각해요."

"뭐? 어째서야?"

"던전의 공략은 다수의 인원으로 합니다. 『집단 공략』이라는 형태로, 모험가 길드가 주도해 정기적으로 진행되죠. 그러니 무명의 팀이 단독으로 공략했다고 선언해봤자……."

"거짓말로 여겨질 거라는 거야?"

"예."

"미스릴 합금을 보여줘도 그럴까?"

"예. 미스릴은 프롤린의 보스만이 아니라 일반적인 마물한테서도 얻을 수는 있으니까요."

으으…… 텐션이 바닥을 치는 안건이 발견됐다.

"그럼 여러 번 돌아서 미스릴을 대량으로 모은다면 어떨까?"

"……그렇군요. 반복해서 도는 것도 가능했죠."

유카리는 「있을 수 없는 일이라 깜빡 했습니다」하고 한 마디 한 후, 턱에 손을 대며 생각에 잠겼다.

실비아는 고개를 꾸벅거리며 함께 생각했다. 에코는 어려운 이야기가 시작되자마자, 바람에 흔들리고 있는 관엽 식물의 잎을 손으로 때리며 놀고 있었다.

"그렇다면 집단 공략을 기다리지 말고 대장장이 길드와 거래를 하는 것도 가능하겠죠. 하지만 훼방을 당한 모험가 길드가 가만히 있지는 않을 겁니다."

"아, 그렇구나."

집단 공략이 어느 정도의 주기로 이뤄지는 모르지만 그 공적을 가로채듯 공략을 해버린다면, 모처럼 모은 많은 모험가들 앞에서 길드의 체면을 박살내는 것이나 다름없다. 그렇게 된다면 원한을 살 것이 틀림없다.

"그렇다면 그 집단 공략에 참가해서 세컨드 님이 압도적으로 활약하면 될 일 아니냐?"

실비아는 머리 위편에 물음표를 잔뜩 떠 있는 듯한 표정을 지으며 그렇게 말했다. 그녀치고는 꽤 괜찮은 지적이었다. 하지만 치명적인 결점이 내포되어 있었다.

"F랭크 팀을 참가시켜준다면 말이야."

"음, 그렇군……."

미공략 던전의 집단 공략은 모험가로서 이름을 알릴 더할 나위 없는 기회다. 왕국 전체의 강자들이 모일 게 틀림없다. 그런 집단에 길드에 등록한지 얼마 안 되는 「F랭크 어중이떠중이 팀」이 들어갈 수 있을 리가 없다.

그렇다고 멋대로 공략을 해버렸다간, 아무도 믿어주지 않을 뿐만 아니라 모험가 길드도 적으로 돌리게 될 테고…… 아아, 사면초가다.

"집단 공략에 참가할 수 있을 정도로 인정받기 위해, 최대한 모험가 길드에 공헌하는 것이 가장 좋은 방법일 거라고 생각합니다."

유카리는 차분한 어조로 그렇게 말했다. 아마 그녀는 처음부터 그럴 작정이었으리라. 아니라면 어제 모험가 등록을 하자는 제안을 하지 않았을 것이다.

하지만 그렇게 하려면 대체 몇 달이나 걸릴까? 그렇게 시간을 들일 수는 없다. 이것은 내가 아직 게임 감각에 사로잡혀 있기 때문일까? 아니면 비교적 수명이 긴 다크엘프와 평범한 인간은 시간 감각이 다른 걸까?

"……아."

바로 그때, 나는 좋은 생각이 났다.

"저기, 유카리. 모험가 랭크가 높으면 집단 공략에 참가할 수 있는 거지? 아니, A랭크라면 단독 공략을 하더라도 인정받을 수 있지 않을까?"

"아, 예……. 극단적인 생각이지만, 그렇게 될 겁니다. 하지만 A랭크가 되는 것보다는, 길드에 꾸준히 공헌해서 집단 공략 참가권을 얻는 것이 효율적일 거라고 생각합니다만……."

"아냐. 좋은 방법이 생각났어."

"좋은 방법?"

그렇다. 뫼비온 시절에는 눈곱만큼도 도움이 되지 않았던 『그 방법』―『랭크 폭발 봄버』다.

"좋아! 지금 바로 프롤린 던전에 가자."

나는 「뭐어?」 하며 당혹스러워하는 멤버들을 데리고, 당당히 걸음을 옮겼다.

　랭크 폭발 봄버. 이것은 모험가 랭크를 엄청난 속도로 올릴 수 있는 방법이다.

　하지만 뫼비온에서 모험가 랭크는 별다른 의미가 없는 칭호이며, 상위 플레이어는 그것이 쓸모없다는 것을 알기 때문에 딱히 올리지 않는 요소다. 하지만 그런 무가치한 랭크조차도 가장 빠른 속도로 올리는 법을 찾아내는 이가 있는 점을 통해, 온라인 게이머의 다양성이라는 것을 실감하게 된다.

　이 초고속 랭크업 방법은 가장 짧아도 엿새는 걸린다. 엿새나 되는 시간을 들여서 모험가 랭크를 올리려고 하는 괴짜는 좀처럼 없기 때문에 플레이어 사이에서 잊힌, 고대의 정보다. 나는 이 방법에 쓰이는 **어떤 테크닉** 관련으로 우연히 기억해두고 있었다. 그리고 그것이 이렇게 도움이 되다니, 정말 아는 것은 힘이다.

　자, 대체 어떻게 엿새 만에 A랭크까지 올리는 건지 궁금하겠지만, 그 방법은 지극히 단순하다.

　던전 안에서 주기적으로 자동 생성되는 아이템 『마력결정』— 이것을 모아서 모험가 길드에 납품할 뿐이다.

　마력결정은 「무제한으로 납품이 가능한 아이템」 중에서도 가장 효율 좋게 「길드 공헌도」를 올릴 수 있는 아이템이다. 그러니 대량으로 수집할 수만 있다면 더할 나위 없는 랭크업 방법이라 할 수 있다.

프롤린 던전에서는 하루에 약 128개의 마력결정이 생성된다. 하루에 83개를 납품한다면, 엿새 만에 A랭크 수준의 길드 공헌도를 쌓을 수 있는 것이다. 즉, 이 마력결정을 약 500개가량 납품하기만 하면 A랭크가 된다.

왜 하루에 83개만 납품하는 것이냐면, 「그럴 수밖에 없기 때문」이다. 마력결정은 동시에 생겨나는 것이 아니라 일정 주기로 조금씩 생성되기 때문에, 대기 시간이 발생하고 만다. 즉, 수면을 취하지 않으며 채취하지 않는 한, 아무리 노력하더라도 하루에 80개가량 확보하는 것이 한계다.

이 마력결정은 던전의 어디에 있을까. 그 답은 바로 「숨겨진 방」이다.

이 숨겨진 방에 마력결정이 대량으로 존재한다. 그렇기 때문에 그 숨겨진 방에 도달할 수만 있다면, A랭크가 되는 것은 식은 죽 먹기다.

그리고 그 숨겨진 방에 도달할 방법이 바로, 랭크 폭발 봄버란 이름의 유래가 된 「폭발 점프」이라는 응용 테크닉이다.

프롤린 던전은 을등급 던전 중에서도 숨겨진 방이 가장 많은 던전이다. 마력결정을 모으기 딱 적당한 장소인 것이다. 내가 프롤린을 좋아하는 이유는 「광대하고 아름다운 동굴」이라는 점 이외에도 이것이 있다. 숨겨진 요소가 많다는 사실이 게이머의 마음을 자극하는 것이다. 폭발 점프 같은 다양한 테크닉을 구사해서 구석구석까지 공략하는 것은 당시 상당한 쾌감이었다.

자, 이야기를 정리하자.

우리는 이제부터 엿새 만에 A랭크가 되기 위해 모험가 길드에의 공헌도를 높일 것이다. 그러기 위해서는 마력결정을 하루에 83개씩 납품해야만 한다. 그러니, 프롤린 던전에 존재하는 수많은 숨겨진 방에 들어갈 필요가 있다. 그리고 숨겨진 방에 들어가는 방법이ㅡ.

"폭발 점프?"

폭발 점프, 혹은 「비참 점프」라 불리는 방법이다. 왜 비참한지는 설명을 들으면 짐작이 될 것이다.

내 말을 들은 에코는 입을 쩍 벌린 채 고개를 갸웃거렸다.

"그래. 이제부터 에코가 점프를 한 순간에 네 발치를 향해 내가 바람 속성·3형을 쏜 후, 실비아→내 순서로 에코의 발치에 불 속성·3형을 화살로 날릴 거야. 에코는 그걸 각행방패술→계마방패술→금장방패술 순서로 막아. 방어는 전부 아래편을 향해서 하면 돼."

즉, 「일반적인 점프보다 높이 날아오르는 꼼수」다. 잘만 하면 20미터 높이까지 날아오를 수 있다. 이것은 3형과 《각행방패술》, 《계마방패술》, 《금장방패술》이 전부 9단이면 혼자서도 가능한 테크닉이지만, 스킬 랭크가 낮을 때는 두 명 이상이 협력할 필요가 있다.

"알았어!"

에코는 힘차게 대답했다.

"어이, 괜찮은 것이냐? 진짜로 괜찮은 거냐 말이다."

실비아는 불안한 표정으로 그렇게 말했다. 에코의 MGR^{마술방어력}이라면 괜찮을 거라고 생각하지만…… 일단 리허설을 해보도록 할까.

나는 주위를 다시 둘러보았다. 곳곳에 회색으로 빛나는 투박한 바위가 드러나 있으며, 폭 뿐만 아니라 높이도 광대하고 거대한 던전이다. 하지만 수직 동굴은 상당히 깊고, 수평 동굴은 꽤나 복잡하게 얽혀 있기 때문에 강한 빛으로 비추지 않으면 어둑어둑해서 불길한 느낌이 들었다.

주위에 있던 마물은 이미 해치웠다. 프롤린 던전은 「골렘」이라는 암석으로 된 커다란 마물이 잔뜩 출몰하지만, 《비차궁술》이 9단이라면 두세 발 정도만 명중시키면 해치울 수 있기 때문에 그렇게 위협적이지는 않다. 그에 비해 경험치는 짭짤하기 때문에, 스킬 육성에 딱 좋다.

또한, 프롤린 던전의 지형은 수직으로 길고 천장이 뻥 뚫린 나무줄기 같은 형태의 대형 동굴, 그리고 가지처럼 상하좌우로 뻗어 있는 우회로 격의 소형 동굴로 구성되어 있다. 그래서 매우 넓고 클 뿐만 아니라 길이 복잡했다.

그리고 온갖 장소에 숨겨진 방이 있기 때문에, 그것을 전부 망라하는 것은 매우 어렵다. 어디가 어디로 이어져 있는지는 세계 1위도 전부 기억하지 못했다. 그렇기 때문에, 대충 폭발 점프를 해서 날아간 곳이 대형 동굴이라 그대로 추락하고 말았습니다 같은 상황이 벌어졌다간 큰일이기 때문에, 연습을 할 장소도 신중하게 고를 필요가 있다.

"좋아. 여기서 연습하자."

튼튼해 보이는 장소를 발견한 나는 에코를 벽 쪽에 세운 후, 그녀의 발치를 향해 《바람 속성·3형》을 쓸 준비를 했다.

"시작하자. 점프해!"

실비아가 준비를 마치자, 나는 그렇게 외쳤다.

펄쩍 뛴 에코의 발치에서는 내가 사용한 《바람 속성·3형》에 의해 공기가 부풀어 올랐고, 그것을 《각행방패술》로 막은 에코가 3미터 정도 밀려나며 하늘로 솟았다. 그 직후에 실비아의 《불 속성·3형》과 《계마궁술》의 복합이 날아와서 터졌고, 에코는 그것을 《계마방패술》로 막아냈다. 넉백 효과가 수직 방향으로의 추진력이 되면서, 아까 전의 곱절 이상의 높이까지 밀려올라갔다. 그리고 마지막으로 내 《불 속성·3형》, 《계마궁술》 복합으로 피니시다. 《금장방패술》로 튕겨난 에코는 더욱 높은 위치까지 밀려났다. 지상에서 15미터 이상 될 것 같은걸. 이 정도면 충분하다.

"꺄하하~!"

에코는 환한 미소를 지으며 지면을 향해 하강했다.

…….

"괘, 괜찮을까요?"

"……아, 큰일 났다! 깜빡했어!!"

"뭐?!"

유카리는 얼이 나갔고, 나는 이제야 중요한 사실을 깨달았으며, 실비아는 당황하기 시작했다.

착지를 고려하지 않았다! 뫼비온이라면 HP가 좀 줄 뿐이라 문제될 것이 없지만, 이곳은 현실이다. 에코를 아프게 할 수는 없다!

"에코! 각행!"

나는 반사적으로 판단을 내리며 그렇게 외쳤다.

그 직후, 에코가 방패를 치켜들었다. 나는 낙하지점에 《물 속성·3형》으로 간이적인 쿠션을 만들었다.

첨벙! 방패와 물이 부딪치더니, 간헐천이 터진 것처럼 물줄기가 샘솟았다.

"......!"

착지한 에코는 지면에 푹 주저앉더니, 깜짝 놀란 것처럼 눈을 동그랗게 떴다.

그리고 곧 표정을 굳히며 몸을 일으켰다.

"하하하하~."

흠뻑 젖은 에코가 귀를 쫑긋 세우더니, 그대로 나를 향해 뛰어왔다. 호흡이 거칠었다. 나는 에코가 다친 건 아닌지 걱정이 된 나머지, 그녀를 향해 뛰어갔다.

"세컨드! 한 번 더! 한 번 더 할래~!"

에코는 참 즐거워 보이는 표정으로 그렇게 재촉했다. 내 주위를 껑충껑충 뛰어다니며 졸랐다. 아니, 다치지 않아서 다행이긴 한데…… 괜히 걱정한 것 같은 느낌이 들었다. 실비아와 유카리 또한 안도하면서도 마음 한편으로 어이없어 하는 눈치였다.

"오케이~. 다음은 실전이야."

"알았어!"

나는 그렇게 말한 후, 미리 점찍어둔 장소로 걸음을 옮겼다.

"다 챙겼어~!"

"그래~. 그럼 내려와~."

프롤린 던전에는 마력결정이 대량으로 발생하는 포인트가 세 곳 정도 있다. 전부 숨겨진 방이며, 비참 점프를 해야 올라갈 수 있을 만큼 높은 곳에 위치했다. 밧줄 같은 것을 걸고 올라가는 것은 가능하겠지만 그렇게 시간을 들이다간 골렘이 몰려올 것이며, 애초에 숨겨진 방이 존재한다는 것을 아는 사람이 거의 없다.

그 덕분인지, 세 포인트를 한 번씩 돌면서 에코가 수집해온 마력결정은 백 개나 되었다. 결정의 발생장소는 사람들의 손을 타지 않았다. 아무도 캐지 않았는지, 큼지막한 마력결정이 대량으로 존재했다. 이 페이스로 가면 엿새 안에 충분히 A랭크가 될 수 있을 것 같군.

"좋아~. 납품하러 가자~."

기분이 좋아진 우리는 지상으로 돌아갔다.

"이, 이, 이건……!!"

길드 접수처의 여성 직원은 눈을 동그랗게 뜨며 깜짝 놀랐다.

"지…… 진짜……! 마력결정을, 이렇게 잔뜩……!"

그녀는 입을 쩍 벌린 채, 경악에 찬 표정으로 마력결정과 나를 번갈아 쳐다보았다. 이야, 기분이 끝내주는걸.

"이걸로 우리 팀은 C랭크는 되겠죠?"

모험가 길드의 랭크업 룰은 길드 공헌도가 전부다. 그러니 아무리 약아빠진 방법을 쓰더라도 공헌도만 올리면 얼마든지 랭크를 뺑튀기할 수 있으며, 순식간에 A랭크까지 올라가는 것도 가능하지만…… 과연 이 세상의 길드에서도 그렇게 될까. 가능하면 시스템이 그대로였으면 좋겠다.

　"……아, 예! 그렇게 되겠군요!"

　"그래, 좋아~. 이걸로 F에서 단숨에 C랭크가 됐다. 모험가 길드는 생각했던 것보다 별거 아니네. 이제 「A랭크가 되기 위해서는 마력결정 납품만이 아니라 운운」 같은 소리를 듣지 않기만 빌 뿐이다.

　"전부 길드에 납품하겠어. 보수는 전부 예금해줘. 랭크는 개인과 팀, 양쪽 다 올려줘."

　"알았습니다!"

　"고마워, 카멜리아 씨. 내일도 마력결정을 가지고 올게."

　"아, 알았습니다~."

　나는 그녀의 명찰을 보고 일부러 이름을 부른 후, 윙크를 했다.

　……내가 생각해도 온몸에 소름이 돋을 만큼 느끼한 행위지만, 지금 외모에서는 효과가 어마어마한 것 같았다. 길드 직원인 카멜리아는 볼을 빨갛게 붉히며 황홀한 듯한 눈길로 나를 응시했다. 굳이 말할 필요는 없겠지만, 악명 높은 모험가 길드에서는 접수처 직원과 양호한 관계를 만들어두면 나중에 여러모로 편리할 거라는 생각으로 취한 전략적 행동이다.

　"세컨드 님……."

"⋯⋯⋯⋯주인님."

동료들에게 눈총을 산다고 하는 대가를 치렀지만 말이다.

유카리의 시선이 너무 무시무시했다. 그렇게 기분 나쁜 짓이었던 걸까. 뭐, 이해가 안 되는 건 아니다.

"어?"

에코는 평소와 마찬가지로 바보 같은 표정을 짓고 있었다. 마음이 따뜻해진 나는 에코의 목을 쓰다듬어주며 귀엽게 벌리고 있는 그녀의 입을 살며시 닫아줬다.

"⋯⋯자아. 닷새 동안 결정을 모으면서, 겸사겸사 골렘을 해치워서 경험치를 벌자. 그리고 A랭크가 되면 바로 프롤린 공략을 해서 미스릴 합금으로 떼돈을 버는 거야. 그리고 돈을 충분히 모으면 왕도에 집을 마련하자고. 다들, 알았지?"

나는 얼버무리려는 듯이 앞으로의 행동에 이야기했다.

실비아와 유카리는 여전히 날카로운 눈빛으로 노려보면서도, 내 말에 대꾸는 했다.

"음, 겸사겸사 경험치를 벌자는 의견에는 찬성이다. 한동안은 유카리의 대장장이 스킬을 우선할 것이냐?"

"아니, 이제는 대장장이를 우선할 필요 없어. 경험치 배분은 멤버 전원에게 균등하게 설정하겠어."

"그렇다면 다시 각자의 스킬을 육성하는 건가."

실비아는 팔짱을 끼며 납득한 것처럼 고개를 끄덕였다. 표정이 약간 풀렸다. 자신의 스킬을 육성해 강해질 수 있어 기뻐 보였다.

이해해~. 나도 처음에는 저랬거든. 그 때가 게임을 게임으로서 가장 즐긴 시기였다는 생각이 든다.

"실비아 씨는 마궁술, 에코는 방패술…… 그렇다면 주인님께서는 무엇을 육성할 예정이시죠?"

유카리는 문뜩 그게 궁금해진 투로 물었다.

……흠, 내가 뭘 육성할 건지 궁금한 건지. 그래. 궁술, 검술, 마술을 육성했으니— 슬슬 **그것**을 올려도 괜찮을 것이다.

나는 유카리를 쳐다보며, 드디어 때가 되었다는 듯한 투로 말했다.

"나는 내일부터, 소환술을 육성할 거야."

◇◇◇

순식간에 닷새가 흘렀다.

랭크 폭발 봄버 방식으로 마력결정을 수집하고, 에코가 그것을 가져오는 동안 할 일이 없는 나와 실비아가 골렘을 멸종시키는 게 아닐까 싶을 정도로 사냥했다. 이것을 해가 뜰 때 시작해서 해가 질 때까지 반복한 결과, 상당한 양의 경험치를 모았다.

그 냉담한 유카리가 어이없다는 듯한 표정으로 「어처구니가 없다」 하고 말할 정도로 처참한 사냥이 펼쳐졌지만, 그런 유카리 씨도 우리와 똑같은 양의 경험치를 얻었다. 팀 내부의 경험치 배분을 균등하게 설정했으니, 마물을 쓰러뜨리지 않은 두 사람에게도 경험치가 전달되는 것이다.

그리고 우리 셋이 프롤린 던전에 들어간 동안 한가할 유카리는 따로 일을 했다. 그것은 대장장이 길드와 모험가 길드의 조사다. 정보가 많으면 많을수록 좋다며, 그녀가 자발적으로 정보 수집을 자원한 것이다. 그리고 전직 암살자답게 이런 조사는 식은 죽 먹기인 것 같았다.

그녀가 확보한 중요한 정보는 두 가지다. 하나는 다음 번 「프롤린 집단 공략」이 사흘 후로 예정되어 있다는 것이다. 그리고 다른 하나는 대장장이 길드는 만성적인 미스릴 부족으로 골머리를 썩이고 있다는 점이다.

이 정보를 통해, 앞으로의 방침을 다시 짤 필요가 생겼다.

이대로 A랭크 모험가가 되어 집단 공략에 참가해서, 공략 성공을 증명해 대장장이 길드의 신용을 얻은 후에 미스릴 합금을 공급한다, 라는 당초의 계획대로 갈 것인가. 아니면 A랭크 모험가라는 네임 밸류를 이용해서 대장장이 길드의 신용을 얻은 후, 집단 공략에 참가하지 않고 단독으로 공략을 해서 대장장이 길드 전체와 독점적인 계약을 맺을 것인가.

전자는 적을 최소한으로 만들겠지만, 돈을 버는 데 시간이 걸린다. 후자는 돈을 어마어마하게 벌어들이겠지만, 모험가 길드를 적으로 돌리게 된다. 독점 금지법? 캐스탈 왕국에는 그런 법이 없다.

"으음……."

프롤린에서 배드골드로 돌아가는 도중, 나는 팔짱을 낀 채 고민에 잠겼다. 화목과 돈 중에 무엇을 택할 것인가. 양쪽 다 일장일단이 있었다.

"주인님. 저에게 하루만 더 시간을 주시지 않겠습니까?"

바로 그때, 유카리가 뜬금없이 그런 말을 했다.

"좋은 생각이라도 있는 거야?"

"예. 주인님께서는 시간을 낭비하는 것을 선호하지 않으시는 것 같군요. 그렇다면 저에게 생각이 하나 있습니다."

"그게 뭐지?"

"상인 길드를 이용하는 겁니다."

"……흠."

유카리가 하려는 말이 뭔지 이해했다. 대장장이 길드에 직접 거래를 제안하는 것이 아니라, 상인 길드를 통해 원활하게 거래를 하자는 것이다.

"상인이 이런 큰돈을 벌 기회에 관심을 보이지 않을 리가 없습니다. 다소 수수료가 들기는 하겠지만, 푼돈을 버는 것보다는 훨씬 나을 테죠. 다행히 저희, 퍼스티스트는 오늘로 A급 모험가가 되었으니, 신용 면에서도 문제는 없을 겁니다."

"하지만 결국은 모험가 길드를 적으로 돌리는 거 아냐?"

"그런 걱정은 안 해도 됩니다. 사흘 후의 집단 공략에 참가해서, 표면적으로는 모험가 길드와 대장장이 길드의 신용을 얻는 겁니다. 그리고 은밀히 상인 길드와 계약을 체결하는 거죠."

응? 잘 이해가 되지 않았다. 왜 그렇게 하면 모험가 길드를 적으로 돌리지 않는 거지?

"상인 길드에 미스릴 합금을 공급하면 할수록 큰돈을 벌 수 있는 루트만 만들어둔다면, 주인님이 대대적으로 비판을 당하는 일이 없어질 겁니다. 설령 모험가 길드가 공격을 해오더라도 상인 길드의 보호를 받을 수 있겠죠."

오호라, 그것이 대장장이 길드와 계약하는 것과의 차이점인가. 확실히 「황금알을 낳는 거위」를 지키려 드는 것은 당연한 일이다. 게다가 상인 길드를 경유해서 공급되는 대량의 미스릴 합금에 대장장이 길드가 의존하게 만들면, 한꺼번에 두 곳의 길드를 아군으로 삼을 수 있다. 모험가 길드는 나를 비판하고 싶어도 비판할 수 없게 되는 것이다.

하지만 그렇게 되면 일이 커진다. 어쩌면 배드골드의 세력도에 큰 변화가 발생할지도 모른다. 뭐, 내가 알 바는 아니지만 말이다.

"좋아. 그 작전으로 가자."

"예, 저에게 맡겨 주십시오. 내일까지 상인 길드와 이야기를 마쳐두겠습니다."

내가 허가를 하자, 유카리는 당당한 어조로 그렇게 말했다. 의욕과 자신감이 엄청났다. 전투 이외의 부분에서 마음껏 활약해주겠다는 열의가 느껴졌다.

유카리가 이런 쪽으로 뛰어난 능력을 지녀서 정말 다행이다. 아니, 진짜로 이런 쪽으로 뛰어난지는 확실하지 않지만, 꽤 「그럴 듯」해 보이니 마음 놓고 맡겨도 될 것 같았다. 온라인 게임 말고는 제대로 할 줄 아는 게 없는 나에게 필요한 부분을 그녀가 보완해주고 있었다. 동료란 존재가 얼마나 소중한지 느낄 수 있었다.

"고마워. 유카리는 믿음직한걸."

내가 그렇게 말하자, 유카리는 「아뇨」 하고 차갑게 말하면서 시선을 피하듯 무표정한 얼굴을 돌렸다. 약간 빨개진 귀 끝을 보니, 기뻐하고 있는 것 같았다. 여전히 알기 쉬운 녀석이다.

다음 날. 마력결정을 납품해서 간단히 A랭크 모험가가 된 우리는 또 프롤린으로 향했다. 유카리가 상인 길드와 접촉하는 동안, 경험치 벌이를 하기 위해서다.

남아있던 경험치를 포함해 모든 경험치를 투자한 결과, 내 【소환술】 스킬 중 하나인《정령 소환》이 4단이 됐다.

【소환술】의 메인 스킬은 두 가지라 할 수 있다. 하나는《마물 소환》, 다른 하나는《정령 소환》이다. 전자는 길들여둔 마물을 소환해 사역하기 위한 스킬이며, 후자는 한 캐릭터당 하나만 소지할 수 있는『정령』을 소환해 사역하기 위한 스킬이다.

그런《정령 소환》의 랭크를 4단까지 올리면,《정령 빙의》라는 스킬이 해방된다. 이것은 소환한 정령을 일정시간 자신의 몸에 빙의시켜서 스테이터스를 대폭 상승시킬 수 있기에 「상급 플레이어라면 누구나 가지고 있는」 매우 강력한 버프 스킬이다.

세계 1위에게는 필수라고 해도 과언이 아닌 스킬이다. 그래서 나는 이《정령 빙의》의 습득을 우선했고, 이 엿새 동안《정령 소환》만을 열심히 올렸다.

……그리고 점심 때. 마침《정령 소환》이 4단이 되면서《정령 빙의》를 습득했다. 하지만 아직 정령을 획득하지 못했기 때문에 빙의는 할 수 없다.

정령을 소환할 때는 이참에 『기간 한정 과금 아바타』를 구입하면서 덤으로 받았던 『프리미엄 정령 티켓』을 쓸 생각이다. 처음부터 정령강도 25001 이상이 약속되기에, 「돈이 최고!」 하고 외치고 싶어지는 아이템이다.

참고로 정령강도란 정령의 힘과 레어리티를 가리키는 수치다. 초기 정령강도가 10001 이상이 레어, 20001 이상이면 초레어, 25001 이상이면 격레어, 30001 이상이면 초격레어인, 흔하디흔한 「랜덤박스 수금 시스템」 같은 것이다. 하지만 정령은 육성해두면 진화하기 때문에, 최종적인 정령강도의 차이는 미미하다.

자. 문제는 어느 타이밍에 이 티켓을 써서 정령을 소환할 것이냐, 다.

우려되는 점이 하나 있다. 뫼비온 때의 정령은 정해진 대사를 읊기만 했다. 하지만 이곳은 현실이다. 어쩌면 정령에게도 의지가 있을지도 모른다는 생각이 들었다.

그렇다면 동료가 『한 사람』 늘어나는 것이 된다. 지금 이 정신없는 타이밍에 새 멤버가 추가되는 것은 좀 내키지 않았다.

그렇다면 언제가 좋을까. 딱히 서두를 필요는 없지만, 너무 미루는 것도 문제가 되리라. 어쩌면 가까워지는 데 시간이 걸릴지도 모르는 것이다. 어디 사는 누구 씨처럼 말이다.

"으음. 세컨드 님. 유카리에게서 연락이 왔다."

이런저런 고민을 하고 있을 때, 실비아가 그렇게 말했다. 에코는 실비아의 무릎 위에서 쿨쿨 잠을 자고 있었다. 기분이 좋아 보였다.

"아, 눈치 못 챘네. 알려줘서 고마워."

나는 팀 한정 통신의 메시지 박스를 열어보았다. 어이쿠. 유카리 씨의 말에 따르면, 「이야기는 잘 됐지만 문제가 하나 발생했다」고 한다. 왠지 불길한 예감이 들었다.

우리는 점심 휴식을 마친 후, 유카리와 합류하기 위해 상인 길드로 향했다.

"힘을 증명하라고?"

"예⋯⋯."

유카리는 왠지 송구한 듯한 표정을 지으며 나에게 상황을 설명했다.

"상인 길드 측에서는 호의적인 대답과 매력적인 계약을 제안했습니다. 하지만 체결하기 전에 우선 저희 팀의 실력을 증명하라고 하더군요."

"그 때문에 A랭크 모험가라는 직함을 얻은 거 아니었어?"

"거기서부터는 제가 설명을 하겠습니다."

나와 유카리가 대합실에서 이야기를 나누고 있을 때, 갑자기 대머리 아저씨가 뛰어들었다.

"저는 상인 길드의 마스터인 신 세이라고 합니다. 당신이 세컨드 님이군요. 잘 부탁드립니다."

신 세이라고 자신의 이름을 밝힌 대머리 길드 마스터 아저씨는 정중하게 인사를 했지만, 아무리 봐도 일반인은 아니었다. 키가 190센티미터 가량 되며, 어마어마한 위압감이 느껴졌다.

나는「잘 부탁해」하고 말하며 악수를 나눴다. 시선은 길드 마스터에게서 떼지 않았다. 조금이라도 빈틈을 보였다간 무슨 짓을 당할지 모른다. 이 녀석이 상인? 갱스터 아냐?

"매력적인 제안을 해주셔서 길드 일동은 진심으로 감사하고 있습니다. 저희 상인 길드는 여러분에게 큰 기대를 걸고 있지요."

길드 마스터는 싱글벙글 웃으며 말했다.

"그러나…… 실례지만, 아무리 A랭크 모험가라고 해도 여러분의 말만 듣고 바로 신용을 할 수 없다는 것이 저희의 본심입니다. 안 그렇습니까? 미스릴 합금을 대량으로 공급하겠다는 것이니까요. 말문이 트인 사람이라면 누구라도 그것이『거짓말』이라는 걸 알 겁니다."

─실처럼 가늘게 뜨고 있던 눈을 치켜떴다.

분위기가 급격히 달라졌다. 실비아가 내 옆에서 손에 힘을 넣는 것이 느껴졌다. 내 뒤편에 있던 에코는 희미하게 떨면서 내 옷을 움켜쥐며 잡아당겼다. 두 사람 다 겁을 먹은 것이다. 아마 나도 공포를 느꼈으리라. 이곳이 뫼비온 세계가 아니라면 말이다.

"하지만 딱 하나, 신경 쓰이는 점이 있습니다. 당신이 어떻게 저 다크엘프 여성을 손에 넣은 거냐, 라는 점이죠. 그녀는 프로『전투원』입니다. ……저희 길드에도 없을 정도의, 1류 전투원이죠."

유카리는 길드 마스터가 뿜는 위압감에 전혀 동요하지 않으며 시선만 움직여서 나를 쳐다보았다. 그 냉철한 눈빛은 「지금이 승부처다」 하고 말하는 것 같았다.

"저는 아주 약간 여러분에게 기대를 가지게 됐습니다. 그래서 실력을 증명해 달라는 제안을 한 것이죠. 여러분께 프롤린 공략 정도는 아무것도 아니라는 것을 보여 달란 말입니다. 실력만 증명해준다면, 저희는 이 제안을 기쁘게 받아들이겠습니다. 하지만 거짓말이었다는 게 판명된다면…… 용서치 않을 겁니다."

에어컨이라도 켠 것처럼 실내 온도가 내려가게 하는, 냉철한 목소리와 시선이다. 일반인을 협박하는 용도로는 충분한 효과가 있겠지만…… 유감스럽게도, 나에게는 전혀 먹히지 않았다. 왜냐하면 「이길 수 있기 때문」이다. 세계 랭킹으로 보면 이 아저씨는 1만 위에도 들어갈 수 없는 조무래기라는 것을 안다. 이유는 그것이 전부다.

"그렇다면 어떻게 실력을 증명하면 되지? 이제부터 프롤린을 공략할까? 그러려면 세 시간은 걸릴 거야."

나는 가능한 한 태연한 어조로 말했다. 상대방이 원하는 것은 「프롤린을 몇 번이든 반복 공략할 수 있다」는 증명이다. 그렇다면 「그 정도는 손쉽다」는 분위기를 드러낼 필요가 있다고 생각했다.

하지만 내 말을 들은 이 아저씨는 수많은 이들을 질식사시켰을 듯한 무시무시한 눈길을 더욱 날카롭게 만들며 나를 노려보았다. 상대방의 신경을 건드린 건가? 아차, 그렇다면 작전 실패다.

으음, 이렇게 보니 머리가 참 맨들맨들 했다. 전생에서 털에 나쁜 짓을 한 걸지도 모르겠는걸……. 그런 생각을 하고 있을 때, 길드 마스터 아저씨는 큰 목소리로 웃으면서 말했다.

"─하하하! 엄청난 여유군요. 정말 대단한걸요! 유카리 씨가 말한 대로입니다."

"뭐, 시험한 것이냐?!"

실비아는 비난하는 듯한 눈길로 유카리를 쳐다보았다. 유카리는 실비아가 아니라 나를 쳐다보며 고개를 숙였다.

"죄송합니다, 주인님. 하지만, 꼭 필요한 일인지라……."

"예. 제가 유카리 씨에게 부탁했습니다. 진짜로 미스릴 합금의 안정 공급이 가능한 분인지 확인할 필요가 있었습니다."

오호라. 그렇다면 나는 합격인 건가?

"으……."

바로 그때, 에코는 겁을 너무 먹은 건지 울음을 터뜨리려 했다.

……열 받으니까 일부러 발끈해서 이 아저씨에게 사과를 받아내야겠다.

"확인을 무슨! 에코한테 사과해, 이 문어 자식아! 에코한테 사과하라고, 이 문어 대가리야!"

나는 그렇게 몰아붙였다.

"아앗! 죄송합니다! 죄송합니다!"

……이 아저씨는 겉모습과 달리 꽤나 저자세였다. 에코의 키보다 낮게 고개를 숙이며 사과했다.

뭐, 이렇게 상인 길드와의 이야기는 잘 풀렸다─고 생각했지만, 아직 큰 문제가 남아 있었다.

"하지만 말이죠. 실은 실력을 증명할 필요가 있긴 합니다……."

우리는 맨들대가리 신 씨에게 안내를 받으며 상인 길드 안쪽의 응접실로 이동했다. 그리고 그는 난처한 것처럼 미간을 살짝 찌푸리며 이렇게 말했다.

"나를 신용하기 위해서 말이야?"

"아뇨. 그렇지 않습니다. 제 안목이 잘못되지 않았다면, 세컨드 님은 『진짜배기』 그 자체입니다. 하지만……."

"아, 신 씨 말고 다른 사람이 나를 믿지 않는 거구나."

"그렇습니다."

"구체적으로 알려줘."

"적어도 저희 길드의 직원 몇 명, 그리고 거래 예정인 분들에게 실력을 증명해야 할 겁니다."

"몇 명이나 되지?"

"아마 200명 전후는 될 테죠."

"……와우."

그건 곤란했다. 그렇게 많은 이들에게 지금 시점에 대체 어떻게 실력이라는 것을 증명하지?

"으음, 실비아는 마궁으로, 그리고 에코는 방패로 퍼포먼스를 하기로 하고……."

이 자리에 있는 이들이 지혜를 모아서 생각해볼 수밖에 없다.

그렇게 논의가 시작됐다. 신 씨도 자기 일처럼 좋은 방법이 없는지 생각해줬다. 이 아저씨, 꽤 괜찮은 사람인걸.

그리고 순식간에 15분이 흘렀지만, 적당한 의견이 나오지 않았다.

"그런데 세컨드 님은 어떤 특기를 지니셨죠?"

"궁술, 검술, 마술, 소환술이야. 마궁술과 마검술도 쓸 수 있어."

"나는 불 속성뿐이지만, 세컨드 님은 모든 속성의 마술을 쓸 수 있지. 게다가 전부 1류 수준이다!"

"……그, 그거 정말 대단하시군요."

신 씨는 눈을 동그랗게 뜨며 놀랐다. 실비아는 자기 일도 아닌데 의기양양했다.

"주인님, 소환술을 이미 올리셨습니까?"

"아, 그래. 오늘 정령 소환이 4단이 됐어."

내가 유카리의 질문에 답한 순간, 갑자기 툭 하는 소리가 들렸다. 그것은 신 씨가 놓친 펜이 떨어지는 소리였다.

"4, 4단이라고요?!"

신 씨는 큰 목소리로 그렇게 외치며 경악했다. 목소리가 너무 커서 방 안이 진동하는 것처럼 느껴졌다. 엄청난 임팩트다. 그런 신 씨의 모습은 놀랐다기보다 공갈협박을 하는 것처럼 보였다.

"히익~."

에코가 내 등 뒤에 숨었다.

"어이! 문어대가리!!"

"우와아! 죄송합니다!"

에코에게 겁을 주면 가만히 있지 않겠다는 듯이 내가 또 고함을 지르지, 신 씨는 또 고개를 어마어마하게 숙이며 연거푸 사과했다.

저 필사적인 모습은 연기와는 거리가 멀어 보였다. 이 사람, 진짜로 소심하네……. 아마 저 외모 때문에 고생이 많았을 것이다.

"하, 하지만 활로를 찾은 걸지도 모르겠습니다!"

신 씨는 에코의 허락을 얻은 후에 자리에서 일어나더니, 그렇게 말했다.

"활로?"

"예! 세컨드 님. 정령 소환입니다, 정령 소환!"

……아, 그래! 《정령 소환》을 수많은 사람들 앞에서 선보이는 건가.

확실히 정령강도가 뛰어난 정령일수록, 그리고 《정령 소환》의 랭크가 높을수록, 소환 순간의 연출이 화려해진다.

특히 「최초의 소환」은 정말 엄청나다. 뫼비온에서는 각각의 정령에 전용 소환 연출이 있다. 이 세상에서도 그 연출에 변함이 없다면, 실력을 어필하는 용도로서 손색이 없을 것이다.

"고랭크인 4단의 정령 소환이라면, 그 광경을 본 모든 이들이 정령술사로서 세컨드 님의 실력을 인정할 겁니다."

정령술사? 아, 맞아. 이 세상에서는 소환술사 중에서도 《정령술사》를 메인으로 쓰는 이를 그렇게 부르지. 뫼비온에서 소환술사로서 플레이한다면 《정령 소환》과 《마물 소환》을 양쪽 다 육성하는 것이 당연시되기 때문에 약간 헷갈렸다.

그런데, 《정령 소환》 4단이면 고랭크로 여겨지는 건가. 그렇다면…… 으음, 진짜로 괜찮은 아이디어일지도 모른다. 『프리미엄 정령 티켓』 덕분에 초기 정령강도가 뛰어난 정령을 소환할 수 있을 테니, 연출이 정말 화려할 것이다.

"알았어. 그럼 그 방향으로 이야기를 진행해보자."

나는 신 씨의 제안에 받아들인 후, 구체적인 계획을 논의했다.

설마 그런 일이 벌어질 거라고는 꿈에도 모른 채……

그로부터 하루 뒤. 배드골드 마을 외곽에 있는 광장에는 총 200명이나 되는 구경꾼이 모였다.

그중에는 상인 길드의 마스터인 문어대가리, 아니, 신 씨를 비롯해 상인 길드 직원 스무 명 가량이 있었다. 그들 이외에는 대장장이 길드에 속한 대장장이, 그리고 상인 길드에 속한 상인들이다.

그들에게 실력을 증명한다. 그렇게 한다면, 유카리가 말하는 「미스릴 합금을 공급하면 할수록 큰돈을 벌 수 있는 루트」가 완성되는 것 같았다. 확신을 가지지 못하는 것은 유카리에게 전부 맡겨졌기 때문이다. 아~아, 이게 온라인 게이머의 비애네. 내 학력이 낮다는 것을 실감하니 슬퍼졌다. 유카리가 우리 팀에 있어서 정말 다행이다.

"여러분, 오늘 이렇게 모여 주셔서—"

사회자 역할을 맡은 신 씨가 입을 열었다. 그는 인사, 취지의 설명, 이제부터 펼쳐질 퍼포먼스의 개요 발표 등을 했다. 그것이 끝나자, 200명의 관객이 박수로 우리를 맞이했다.

우선 첫 퍼포먼스는 실비아와 에코가 했다.

"갑니다."

실비아는 광장의 오른편에 서더니, 왼편에 준비된 표적을 향해 『염랑지궁』을 겨누더니, 《비차궁술》과 《불 속성·3형》의 복합을 준비했다.

다음 순간― 두둥 하는 중저음을 자아내며 붉게 빛나는 마력 덩어리가 발사되더니, 불꽃 꼬리를 남기며 표적을 향해 고속으로 날아갔다.

명중. 대폭발이 일어났다. 표적에 명중하고 말고의 차원이 아니라, 표적 주위까지 엄청난 위력의 폭염으로 날려버린 것이다.

"……우, 우와아……!"

이백 명이나 되는 구경꾼이 경악했다. 이 정도면 프롤린 던전을 공략할 수 있을 거라 생각했을 것이다.

"다음, 갑니다."

실비아는 또 《보병궁술》과 《불 속성·3형》의 복합을 준비했다.

"언제든 쏴~!"

광장 왼편에서 『암갑지순』을 들고 《각행방패술》을 준비한 에코가 힘찬 목소리로 그렇게 말했다.

그 광경을 본 관객들이 술렁거렸다. 저런 앳된 수인에게, 아까 전의 그 엄청난 일격을 날리면 어떻게 될 것인가? 구경꾼들이 그 답을 상상하기도 전에, 실비아가 화살을 날렸다.

화살이 명중한 순간, 구경꾼들은 하나같이 『저 애는 죽었다』 하고 생각했을 것이다.

그 직후, 펑~! 하며 뭔가가 터지며 사방으로 흩어지는 소리가 울려 퍼졌다.

"······어?"

200명이나 되는 이들 전원은 얼이 나가고 말았다. 방패를 든 에코가 멀쩡하기 그지없는 모습으로 환하게 웃고 있었기 때문이다.

대체 어떻게 된 거지? 그 의문은 금방 해소됐다. 저 방패로 막아낸 것이다.

"오오오오!"

관객들은 흥분했다. 저 두 사람이 정말 대단하다고 생각한 것이다. 우리가 프롤린 던전을 공략할 수 있을 거란 기대가 용솟음쳤다.

"엄청나게 강하기는 하지만······ 솔직히 말해, 하루에 몇 번이나 던전을 돌 수 있을 정도 같지는 않은걸."

하지만 그 중에는 냉정한 의견을 내놓는 이도 있었다.

그렇다. 이것만으로는 프롤린 반복 공략이 가능하다고 하기에는 「약했다」.

하지만 그것은 어제 신 씨와 작전회의를 하면서 예상했다. 그래서 내가 《정령 소환》을 하기로 되어 있는 것이다.

"다음이 마지막 퍼포먼스입니다."

사회자의 진행에 따라, 내가 광장 중앙으로 걸음을 옮겼다.

이백 명이나 되는 이들의 시선이 나에게 몰렸다. 하지만 전혀 긴장되지 않았다. 타이틀전에서는 이것의 백 배 이상의 관객이 모이며, 온라인 중계로는 천 배가 가볍게 넘는 시청자에게 주목을 받는 것이다. 그러니 익숙하지 않은 게 무리였다.

"시작하겠습니다."

나는 인벤토리에서 『프리미엄 정령 티켓』을 꺼낸 후, 주저 없이 사용했다. 금색으로 빛나는 아우라가 내 몸을 둘렀다. 이 시점에서 초기 정령강도 25001 이상의 정령의 소환이 확정됐다.

보통 첫 《정령 소환》은 『정령 티켓』이란 마물의 드랍 혹은 던전 공략 보수로 손에 넣는 레어 아이템이 없으면 발동되지 않는다. 하지만 그 고생을 과금으로 생략하고, 레어한 정령이 나오기 쉽도록 하는 것이 바로 이 프리미엄 티켓이다.

그리고 나는 심호흡을 하며 마음을 비운 후—《정령 소환》을 발동했다.

"——윽!"

나를 중심으로 반경 5미터 가량의 거대한 소환진이 전개됐다. 첫 소환 한정 연출이 시작됐다. 그 신성함은 말로 표현할 수 없다. 구경꾼 전원이 숨을 삼키는 기척이 느껴졌다.

부탁이야. 하다못해 정령강도 30001 이상이 나와 줘! 나는 진심으로 기원했다. 하지만 이 기원은 이미 늦었다. 아까 스킬을 발동시켰을 때에 추첨은 끝났으며, 내부적으로 소환되는 정령이 확정된다. 그래서 아무리 기도해봤자 부질없는 것이다. 그래도 기도를 해버리는 건 어째서일까?

"……아."

정적이 감도는 가운데, 누군가가 입을 열었다. 그 자의 시선은 하늘을 향하고 있었다.

어?

이변을 눈치챈 나도 하늘을 올려다보았다. 몇 초 전까지 맑던 하늘이 거무튀튀한 먹구름에 뒤덮이더니, 그 구름이 커다란 소용돌이를 형성했다. 지상은 마치 밤처럼 어둑어둑했고, 구름 소용돌이 사이로 미친 듯한 번개가 태양을 대신하듯 사람들을 비췄다.

기묘하고, 불길하며, 위압적인, 그런 정체모를 공포로 충만해진 광경이었다.

"뭐, 뭐야……?!"

구경꾼들은 전율했다. 이 남자는 날씨를 조종할 수 있는 건가─하고 생각하며 말이다.

먹구름은 몇 겹으로 포개지더니, 차츰차츰 지면으로 다가왔다.

구경꾼 중에는 「이제 됐으니까 그만해!」 하고 애원하는 자마저 있었다.

하지만 소환 연출은 중단되지 않았다.

"……설마."

나는 떠올렸다. 그것은 뫼비우스 온라인의 대형 업데이트 후에, 처음으로 정령강도 35001 이상의 정령을 소환한 플레이어 선착순 한 명 한정의 정령. 과거, 스물아홉 번의 대형 업데이트가 이뤄진 뫼비온에서 당연히 스물아홉 명만 소지한, 모든 정령 중에서 가장 강력하고 가장 희귀한, 초기 정령강도 41000인 정령의 이름을 말이다.

"히익……!"

관객 중 한 명이 비명을 질렀다. 소용돌이 구름이 점점 낮아지더니, 하늘에서 깔때기를 타고 쏟아지는 액체처럼 지상을 흘러내려오기 시작했다.

그 중심에서 『거대한 팔』이 불쑥 모습을 드러냈다. 검붉고 흉흉한 문양이 그려진, 건물의 수십 배는 될 듯한 커다란 팔이었다. 그것은 주먹을 휘두르듯, 굉음을 내며 지표면을 향해 육박했다.

"……으…… 우와아, 아앗!"

누군가가 비명을 질렀다.

—죽는다. 거대한 주먹에 짓눌려져서, 이 자리에 있는 이들 전원이 죽음을 맞이한다.

그렇게 느낀 관객들이 패닉에 빠졌다.

쿠웅— 주먹이 지표면에 도달한 순간, 대지가 격렬하게 흔들렸다. 하지만 그 팔은 마치 꿈이었던 것처럼 느닷없이 사라졌다.

이백 명의 구경꾼은 이 놀라운 상황에 얼이 나가고, 놀라더니, 도망치는 것도, 패닉에 빠진 것도 잊은 채, 눈앞의 광경을 그저 쳐다보고 있을 수밖에 없었다.

모래먼지가 흩날리는 가운데, 내 앞 5미터 거리에 검붉은 뇌광이 작렬했다.

부왓! 갑자기 터져 나온 바람이 모래먼지를 그대로 날려버렸다. 구경꾼들은 비명을 지르면서 날려가지 않도록 지면에 엎드렸다. 하지만, 나는 불가사의하게도 바람이 느껴지지 않았다.

그리고, 내 눈앞에 모습을 드러낸 것은— 역시, 『그 정령』이었다.

"짐의 이름은 앙골모아. 4대 원소를 지배하는 모든 정령의 대왕이니라."

앙골모아는 당당한 목소리로 자기소개를 했다. 고함을 지른 것도 아닌데, 그 맑고 중성적인 목소리는 격렬한 바람 속에서도 또렷하게 들렸다.

키가 160센티미터 가량 되는, 남자로도 여자로도 보이는 아름다운 외모의 정령이다. 붉은색과 검은색과 금색으로 빛나고 있는 단발머리는 바람에 휘날렸고, 눈에서는 초신성을 연상케 하는 오렌지색과 녹색 빛이 강렬하게 뿜어져 나오고 있었다. 화려한 백은색 옷을 걸쳤고, 옷 곳곳에 청옥과 호박 장식이 달려 있었으며, 짙은 갈색과 도라지 색깔로 된 얼룩 문양 신발은 악마의 심장 같은 흉측한 형태를 하고 있었다. 또한 손에는 아까 하늘에 현현됐던 거대한 팔에 있던 것과 같은 문양이 새겨져 있었으며, 피에 젖은 것처럼 반짝이고 있었다. 그 빛이 물결칠 때마다 문양에서 검붉은 벼락이 흘러나왔다.

앙골모아는 걸음을 옮겼다. 한 걸음, 두 걸음, 세 걸음 나아간 후, 멈춰 섰다.

실로 당당하기 그지없는 빌걸음이었다. 바닥없는 공포가 이 자리를 지배한 가운데, 단 한 사람만은 당당하기 그지없었다.

"짐의 세컨드여. 이렇게 만나게 될 날을 고대하고 있었노라."

앙골모아는 내 앞에서 무릎을 꿇으며 그렇게 말했다. 폭풍은 여전히 멎지 않았다.

……아아, 그렇게 된 건가. 나는 드디어 이해했다. 이 녀석은 자신이 이 자리에 있는 이백 명의 인간보다 머리를 낮추는 일이 없도록, 그저 그 이유만으로 바람을 뿜어서 구경꾼들을 바닥을 기게 만든 것이다. 소문으로 들은 대로, 너는『그런 녀석』이구나.

"바람을 잦아들게 해."

"후하하, 알았노라."

앙골모아는 미소를 지으며 내 말에 따랐다. 그러자 바람이 멎었다.

구경꾼들이 술렁거렸다. 바람이 멎어서 그러는 것이 아니다.「공포」때문에 술렁거리는 것이다.

……그럴 만도 했다. 이 녀석은 딱 봐도『악한 존재』인 것이다.

그런 악 그 자체인 녀석이 나를 향해 무릎을 꿇었으니, 저들이 어떤 생각을 하고 있을지 상상이 됐다.

으음, 이 녀석의「정령의 대왕」이라면, 나는「공포의 대왕」쯤 되려나.

제, 젠장……! 왜 하필이면 이 타이밍에 이 녀석이 나온 거야! 정령강도 35001 이상이 나올 확률이라면 0.1%잖아! 차라리 35000의 정령이 나왔어도 괜찮았다고!

"……."

나는 어쩌면 좋을지 물어볼 생각으로 유카리를 쳐다보았다.

아…… 「망했다」라고 말하는 듯한 반응을 보였다. 하긴, 진짜로

망했네.

"……저기, 미안한데 이야기는 나중에 나누자. 일단 송환할게. 다음에는 평범하게 나와."

"마음에 들지 않았던 게냐? 용서해다오, 짐의 세컨드여. 처음으로 소환되는 것인지라, 좀 의욕이 앞섰―."

"그럼 잘 가."

"어, 잠깐―?!"

서둘러 앙골모아를 《송환》한 나는 이마의 땀을 닦으며 「후우」 하고 한숨 돌린 후, 아무 일도 없었던 걸로 치부했다.

그리고 그대로 성큼성큼 걸음을 옮기며 광장을 벗어났다.

"…………."

광장의 분위기를 상갓집을 연상하게 했다. 아무 일도 없었던 것이 되지 않았다. 다들 아연실색하고 있었다.

"히익!"

나와 시선이 마주친 남자 상인이 비명을 터뜨리며 고개를 돌리더니, 그대로 줄행랑을 쳤다.

한 사람이 도망치자, 다른 이들도 덩달아 도망쳤다. 그들이 나를 쳐다보는 눈길에는 『공포』가 어려 있었다. 마치 악마를 사역하는 사람처럼 여겨지고 있었다.

이렇게― 발표회는 최악의 분위기 속에서 끝났다.

당연한 일이겠지만, 거래 건은 깨끗하게 없었던 일이 됐다. 상인 길드도, 대장장이 길드도 「절대 저 녀석과 얽혀서는 안 된다」고 여기며 서둘러 이 자리를 벗어났다. 그게 당연했다.

……아아, 사고 쳤어.

유카리가 백방으로 알아보며 차근차근 짠 계획이 전부 물거품으로 돌아갔다.

모험가 길드와 적대 운운 같은 것이 어이없이 느껴질 레벨의 「사고」였다. 모험가 길드뿐만 아니라 대장장이 길드와 상인 길드, 어쩌면 캐스탈 왕국에도 유래 없을 정도의 불신감을 안겨주고 말았다. 적인지 아군인지를 따질 문제가 아니었다.

하지만 말이야. 이건 솔직히 어쩔 수 없잖아.

정령이란 4대 원소 「불·물·바람·흙」 중 하나를 관장하는 존재다. 그래서 소환의 연출 또한 불 속성의 정령이라면 불기둥이 솟고, 바람 속성이라면 하늘에서 바람을 타고 내려오는 등의 느낌이다.

하지만 유일하게, 앙골모아만은 다르다. 그 녀석은 4대 원소를 지배하는 모든 정령의 정점에 서는 정령대왕, 이라는 설정이다. 그래서 연출 또한 특수하기 그지없다. 「지배자」적인 느낌이 나도록 꾸며져 있는 것이다.

전생의 나는 세계 1위이기는 해도 앙골모아를 가지고 있지는 않았다. 그 정도로 희소한 정령인 것이다. 입수할 수 있는 찬스라고는 뫼비우스 온라인의 서비스가 시작되고 딱 스물아홉 번뿐이었다. 그것도 과금 티켓을 이용한 《정령 소환》을 해서 0.1% 확률로 딱 한 명만 뽑을 수 있는 데다, 앙골모아를 노리는 수천수만의 플레이어들과도 경쟁해야만 한다.

나올 리가 없다— 누구나 그렇게 생각할 것이다. 나 또한 그렇게 생각했다.

…………나왔잖아!!

세계 1위가 된다는 목표에 비춰 본다면 확실히 기뻐해 마지않을 일이지만, 상황이 상황이라 그다지 기쁘지 않았다.

게다가 저 녀석의 캐릭터성은 또 뭐냐고. 중성적이고, 미형에, 건방진데다, 대왕? 게다가 거만하잖아. 그리고 거만하게 굴어도 될 정도로 엄청난 존재라는 게 문제다. 그 녀석을 또 불러내서 커뮤니케이션을 나눠야만 하는 건가……. 우와아, 생각만 했을 뿐인데 너무 부담스러워.

긴급 해산 후, 여관으로 돌아갈 때의 일이다. 나는 실비아와 에코에게 「폐를 끼쳐서 미안해」, 그리고 유카리에게는 「미안해. 전부 수포로 돌아갔어」 하고 말했다. 실비아는 「하루 이틀 일이 아니니 개의치 마라」 하고 말하며 여유 넘치는 미소를 지었고, 에코는 「괜찮아~!」 하고 말하며 힘차게 고개를 끄덕였다. 유카리는 「그건 괜찮습니다만……」 라고 말하며 할 말이 있는 것처럼 말끝을 흐렸지만, 이번 일이 뜻대로 안 된 것 자체는 개의치 않는 것 같았다.

그녀들의 변함없는 태도를 보니, 조금 안심이 됐다.

"정말 죄송합니다."

그날 밤. 유카리가 사죄를 하기 위해 내 방을 찾았다.

"왜 사과하는 거야? 나야말로 미안해 죽겠는데 말이야."

모처럼 유카리가 준비한 계획을 물거품으로 만들었으니, 사과를 해야 할 사람은 바로 나다.

"저는 착각을 하고 있었습니다. 저 같은 범골이 골머리를 썩여서 계획을 짜봤자 무의미해요. 주인님에게 있어서는 오히려 족쇄가 될 뿐이죠."

응? 잘 모르겠다.

"족쇄?"

"예. 주인님은 길드를 적으로 돌린다거나, 신용을 얻는다거나 같은 것을 신경 쓰며 잔꾀를 부릴 필요가 없다는 것을 이번 건으로 깨달았습니다. 주인님께서는 이미 그 모든 걸 초월하신 분이니까요."

아니, 나도 제대로 된 방법이 생각이 나지 않았을 뿐이지, 가능한 한 원만하게 일을 진행하고 싶어. 이번에는 대실패를 했지만 말이야.

하지만 유카리는 왜 갑자기 이런 소리를 하는 것일까?

"왜 그렇게 생각한 거야?"

"주인님에게서 느껴지는 기묘한 여유 때문입니다. 이번 실패를 실패라고 생각하지 않으시는 거죠?"

"아, 실패했다고 생각하기는 해. 그것도 대실패지."

"아뇨. 그렇게 생각하지 않으십니다. 진짜로 실패한 인간은······ 저녁 식사를 챙겨 먹고, 목욕을 한 후에 술을 가볍게 즐긴 후, 웃으면서 잘 자라는 인사를 하지는 않으니까요."

"······흐음."

듣고 보니 그렇기는 했다. 그런 일이 있었는데도, 나는 오늘 밤도 평소와 다름없이 보냈다.

"주인님은 이번 일을 심각한 실패가 아니라고 생각하고 계십니다. 그 뿐만 아니라, 전부터 『실패해도 괜찮다』라고 여기고 계셨던 게 아닌가요?"

전자는 몰라도 후자는 맞다. 어차피 집을 살 돈을 모으는 것이 목적이었으니까, 딱히 실패를 하더라도 「세계 1위」라는 목표에는 큰 영향이 없다. 돈을 벌 방법이라면 얼마든지 있는데다, 애초에 돈은 덤이다. 배드골드에 온 당초의 우선순위는 「첫 번째는 경험치 벌이, 두 번째는 장비 제작, 세 번째가 돈벌이」였으니까 말이다. 하지만 정신을 차리고 보니 돈벌이를 우선하고 있었다.

······아, 그렇다. 확실히 실패라고 생각하지 않는다. 아니, 실패해도 딱히 상관없다고 여긴다. 진심으로 원하던 일이 아니었기에, 실패했을 때의 대미지도 적은 걸까. 그럴지도 모른다. 유카리의 말이 맞다.

"유카리, 대단한걸. 나에 대해 나보다 더 잘 알잖아."

"그렇지 않습니다!"

유카리는 강하게 부정했다. 평소의 그녀는 감정을 그다지 드러내지 않았기에, 나는 조금 놀랐다.

"······죄송합니다. 하지만 제가 주인님을 제대로 이해하고 있다니······."

"나는 그렇게 생각하는데 말이야."

"아뇨. 이번 일만 봐도, 제가 주인님을 제대로 이해하고 있었다면 더 좋은 작전을 짤 수 있었을지도 모릅니다."

그래. 그래서 유카리는 사과하러 온 것인가. 정말 예의 바른 녀석이다.

"그거야말로 개의치 마. 나는 그런 방면으로는 잘 알지 못해서, 유카리에게 전부 맡겨둔 거잖아. 괜히 유카리한테만 부담을 주고 말았네."

"하지만 주인님께서 믿고 맡겨주셨는데, 저는 실패하고 말았습니다."

"그러니까, 그건 내가 자초한 거라고. 그런 걸 누가 예상하겠느냔 말이야. 유카리가 부담을 가질 필요는 없어. 게다가 유카리의 의견에 찬동해서, 결단을 내린 사람은 바로 나야. 그러니 전부 내 책임이야."

"……."

유카리는 침묵했다. 표정을 보아하니 아직 납득하지 못한 것 같았다. 고집 한번 세네.

"……저는 대장일에만 전념하는 편이 좋을까요?"

유카리는 고개를 숙이며 그렇게 말했다. 왜 그렇게 생각하는 거지.

"아, 그건 곤란해. 진짜로 곤란하다고. 유카리는 퍼스티스트에서 가장 머리가 좋아. 이번에는 우연히 일이 뜻대로 풀리지 않은 거야. 다음에는 분명 괜찮을 거야. 나에게 맞는 작전을 짜줄 거지?"

"윽! 예, 물론이죠!"

"그럼 앞으로도 부탁할게."

"예!"

유카리는 왠지 기뻐 보이는 목소리로 대답을 했다. 「앞으로는 더욱 성심성의를 다해, 비서로서 주인님에게 도움이 되겠습니다」 하고 말하며 의욕을 발휘했다.

비서…… 처음 듣는 말이다. 뭐, 납득이 되지 않는 건 아니다. 확실히 던전 공략 중에는 항상 한가할 테니까 말이다. 그런 유카리의 멘탈 케어까지는 생각이 미치지 않았다. 너무 심심해서 『대장장이 이외의 일을 하고 싶다』고 생각하는 것이 자연스러울지도 모른다.

"저기, 그러니까, 으음…… 저는 주인님을 대해 더욱 깊이 이해해야만 합니다. 주인님에 대한 것이라면 뭐든 알고 있어야 한다고나 할까요……."

"응? 그래……. 뭐?"

유카리가 서서히 나에게 다가왔다. 그리고, 그녀는 얼굴을 살며시 내밀었다. 그러자, 꽃향기가 내 코끝을 스쳤다.

"그, 그러니까 말이죠? 저기, 오늘 밤은, 저와—."

—똑똑똑.

유카리가 무슨 말을 하려던 순간, 이 방의 문에 누군가가 노크를 했다.

"…………."

유카리의 표정이 그대로 얼어붙었다. 무, 무서워~!

"드, 들어오세요!"

나는 동요한 상태에서, 문밖에 있는 사람을 향해 말을 걸었다.

"밤늦은 시간에 실례하겠습니다."

철컥 하는 소리를 내며 문이 열리더니, 흰색 수염을 기른 호리호리한 노신사가 방 안으로 들어왔다. 처음 보는 얼굴이지만, 온화해 보이는 인물이었다.

"세컨드 님 맞으시죠?"

"그렇습니다만……."

"저는 럼버잭 가문을 모시는 가신인 포레스트라고 합니다. 주인님의 명으로 이렇게 찾아뵈었습니다. 세컨드 님과 꼭 나누고 싶은 이야기가 있습니다."

럼버잭? 가신?

내가 고개를 갸웃거리자, 유카리는 「상업도시『레냐드』를 영지로 삼고 있는 백작 가문입니다」하고 귓속말을 해줬다. 그리고 「하우스 스튜어드가 직접 찾아오는 건 그 만큼 예의를 차리며 이쪽을 정중히 대하고 있다는 의미」라고도 말했다. 가신이라는 건 하우스 스튜어드, 그러니까 집사 같은 건가. 되게 어려운 말을 섞어가며 이야기하네.

하지만 그런 고귀한 가문의 집사가 이렇게 늦은 밤에 무슨 일로 찾아온 거지? 내가 그렇게 생각한 순간, 「아마 비밀리에 찾아온 거겠죠」하고 유카리는 말했다. 초능력자냐. 너, 나에 대해 너무 잘 아는 거 아냐……?

"포레스트 씨군요. 예, 괜찮습니다. 용건이 뭔지 물어도 될까요?"

내가 그렇게 말하자, 가신인 포레스트 씨는 정중히 예를 표했다.

그리고, 동그란 안경 너머의 눈을 아주 약간 날카롭게 만들며 입을 열었다.

"미스릴 합금 거래에 관해, 제안을 하나 드릴까 합니다."

"제안?"

나는 포레스트 씨에게 되물었다. 아까 전의 「사고」를 보고도 이런 제안을 하러 온 것을 보면, 뭔가 꿍꿍이가 있는 것 같았다.

"예. 백작 가문에 미스릴 합금을 공급해주셨으면 한다는 것이 백작님의 뜻입니다."

"으음……."

뭐라고 대답하면 좋을까. 수상하다. 정말 수상하다. 하지만, 매력적인 제안이기도 했다.

공포의 정령 소환에 관한 소문이 배드골드 마을에 파다하게 퍼져나가는 데는 며칠이 걸릴 것이다. 그 소문이 퍼지고 나면, 나는 이 마을에서 숙소를 구하는 것도 어려워질지도 모른다. 미스릴 합금 거래는 당치도 않다. 그렇게 될 것이 틀림없다.

이런 상황에서 거래를 제안 받으니, 『고맙다』는 생각이 들었다. 별생각 없이 그냥 저 제안을 받아들이고 싶다는 생각이 들었다. 함정 그 자체라고 해도 과언이 아닌 타이밍인데도 말이다.

좋아. 거절하자. 미스릴 합금 거래 말고도 돈 벌 방법이라면 얼마든지 있다. 괜히 리스크를 가질 필요는 없다.

"……."

나는 그렇게 생각하며 유카리를 쳐다보았다.

유카리는 왠지 좀이 쑤시는 듯한 표정을 짓고 있었다.

왜 저런 표정을 짓는 것일까. 그 이유는 금세 짐작이 됐다. 아마 『이번에야말로 해내고 말겠다!』는 심정이리라. 아까의 실패를 만회할 기회가 찾아왔다고 생각하는 것이다. 어쩌면 좋은 작전이 생각난 걸까?

어떻게 하지? ……아, 잠깐만.

아까 유카리에게 지적을 받고 눈치챘는데, 이렇게 고민하는 척하는 건 내 나쁜 버릇일지도 모른다. 사실 답은 이미 정해졌다. 「아무래도 상관없다」다. 그렇다면 긍정적으로 생각하자.

그렇다. 실패하더라도 어떻게든 된다. 함정이든 아니든 내가 알바 아니다. 수작을 부릴 거라면 얼마든지 부려봐라, 다. 그렇다면 유카리의 멘탈 케어를 겸해 이 기회를 잡는 것이 나름 효율적일 것이다.

"유카리, 맡겨도 될까?"

"맡겨만 주십시오, 주인님."

유카리는 쿨한 태도를 취하면서도 기쁨을 감출 수가 없는지 귀를 쫑긋거리며 니에게 에를 표한 후, 포레스트 씨와 거래에 관해 이야기를 나누기 시작했다. 겉보기에는 그야말로 민완 비서 같았다. 하는 일은 비서의 영역을 완전히 벗어나고 있지만 말이다.

그렇게 유카리와 포레스트 씨는 한동안 이야기를 나누며 상세한 내용을 조율하고 있었다.

"주인님. 백작과 만나볼 필요가 있을 것 같습니다. 언제 시간이 되시는지……."

"이 건에 관한 우리의 일정은 유카리가 전부 정해도 돼."

"알았습니다. 가능한 한 단기간을 목표로 스케줄을 짜보도록 하겠습니다."

두 사람의 대화가 끝날 즈음, 유카리가 나에게 딱 한 번 질문을 했다. 나는 별다른 일정이 없기에 전부 그녀가 알아서 정해도 된다고 말했다. 그리고 최대한 단기간에 처리가 되도록 해달라고 부탁하려 했지만, 유카리는 따로 말하지 않더라도 내 의향을 꿰뚫어보고 있는 것 같았다.

그리고 논의가 종료됐다. 내일 배드골드에 와있는 백작과 면회하고, 그 후에 함께 저녁을 먹기로 했다. 그리고 모레 아침에는 백작과 함께 상업도시 레냐드로 이동할 것이며, 오후에 상세한 부분에 대해 회의를 하고, 밤에는 백작 가족과의 만찬회다. 글피 아침에 다시 회의를 한 후, 오후에 계약을 체결한다고 한다.

……엄청 빠르게 진행되는걸. 나는 그 편이 괜찮지만, 백작은 그래도 괜찮은 걸까?

"그럼 내일 저녁, 약속한 시간에 모시러 오겠습니다."

포레스트 씨는 「다시 뵐 수 있기를 운운」 하고 격식 있고 장황한 인사를 늘어놓은 다음, 화려하게 예를 표한 후에 방을 나섰다. 정말 정중하고 빈틈이 없는 노신사다.

"말이 통하는 분이군요. 잠시 이야기를 나눠봤을 뿐이지만, 다소 융통성이 있는 분이라는 인상을 받았습니다."

유카리는 뜻밖의 말을 입에 담았다.

"함정일 가능성은 없어?"

"없다고 단언할 수는 없지만, 가능성은 매우 낮을 듯합니다. 상대방은 저희의 요청에 맞춰 즉시 사흘 동안 시간을 내줬습니다. 게다가 가신을 인사차 보낼 만큼 신경을 쓰고 있는 거죠. 이 거래를 꼭 성공시키고 싶어 한다는 게 느껴집니다."

"그렇군."

가신은 주인을 모시는 이들 중에서 가장 지위가 높다. 그러니 외교적으로 생각해볼 때 가장 위력적으로 우리에게 인사를 한 것이라 볼 수 있다. 게다가 백작이나 되는 인물이 느닷없이 사흘이나 되는 시간을 내주는 것은 웬만해서는 있을 수 없는 일이다. 즉, 이번 미스릴 합금 거래는 「웬만하지 않은 일」인 것이다. 백작은 그 정도로 미스릴 합금을 원하고 있는 것이다.

······그래. 약간 성가신 기운을 풍기고 있지만, 함정은 아닌 것 같았다. 이 이야기가 잘 처리된다면 경험치 벌이의 덤으로 많은 돈을 벌 수 있다. 세계 1위에 한 걸음 더 다가가게 되는 것이다. 하지만, 유카리는 꽤나 바빠질 것 같았다.

"아까는 그렇게 말했지만, 진짜로 일임해도 되겠어?"

"예, 저에게 맡겨 주십시오. 주인님이 원하시는 형태로 일을 추진하겠습니다."

"믿음직한걸. 하지만 내가 걱정하는 건 그게 아냐. 너한테 너무 부담이 되지 않을까 걱정이 돼."

"부담이라고요?"

내 말이 뜻밖인지, 어안이 벙벙……한지 안 한지 알 수가 없다. 유카리는 표정 변화가 너무 미세해서 때때로 잘 판단이 안 됐다.

"대장장이와 내 시중과 비서 업무뿐만 아니라, 거래도 추진해야 하잖아. ……나라면 과로로 쓰러질 거야."

"괜찮습니다. 제가 하고 싶어서 하는 일이니까요. 저로서는 세계 1위가 되려는 것이 몇 배는 더 힘든 일일 것 같습니다만……."

"……그래?"

잠시 생각해봤지만, 방향성 자체가 너무 달라서 비교 자체가 무리였다. 하지만 유카리가 저렇게 말해주니 기분이 썩 나쁘지는 않았다.

"게다가…… 암살과 다르게, 보람이 있으니까요."

유카리는 고개를 숙이더니, 나를 올려다보며 그렇게 말했다. 그리고 말을 이었다.

"주인님께서는 「내가 어떻게든 해줄게」라고 저와 약속해주셨습니다. 그러니 저는 어두운 과거를 돌아보지 않고, 그저 주인님을 신뢰하며 매진할 뿐입니다."

유카리는 희미한 미소를 머금었다.

솔직하게 기뻤다. 그녀는 무슨 일이 있어도 나를 따르기로 각오

했다. 그 마음이 전해져왔다. 그렇다면 나는 그녀의 기대를 배신할 수 없다.

가능한 한 빨리, 그리고 확실하게, 정확하게, 신중하게 육성을 해나가자. 그리고 세계 1위를 향한 나날을 한걸음씩 착실하게 나아갔다. 그것이 나를 위한 일이자, 그녀를 위한 일이며, 또한 우리 모두를 위한 일이라 믿으면서 말이다.

"……그래. 한시라도 빨리 세계 1위가 되겠어."

나는 그렇게 말하며 쓴웃음을 지었다. 「세계 1위」라는 말을 입에 담았더니, 나쁜 일이 생각난 것이다.

유카리도 그것을 눈치챈 건지, 약간 기가 막힌 듯한 표정을 지었다.

그녀가 눈치챈 것은 무엇일까. 그것은 바로 세계 1위가 되기 위해서는 피해갈 수 없는 길이다.

"내일 아침에 또 불러낼 테니까, 일단 각오해둬."

"알았습니다……. 하지만, 솔직히 말씀드리지만 저는 친해질 자신이 눈곱만큼도 없군요."

"나도 마찬가지야……."

정령대왕 앙골모아— 세계 1위가 되는 데 있어서 매우 강력한 무기가 될 존재. 단, 그(그녀?)와 친해진다면 말이다.

내일 일을 떠올리고 우울해진 우리는 머리를 감싸 쥐며 각자 잠에 빠져들었다.

다음날, 아침 식사 후. 세 사람이 내 방에 모였다.

"그럼 소환할게."

"자, 잠깐만 기다려다오. 잠시만 마음의 준비를……."

"……좀 무서워."

실비아와 에코는 약간 긴장한 것 같았다. 그것도 무리는 아니다. 어제, 정체불명의 바람에 의해 바닥에 엎드리게 됐었으니까 말이다.

게임의 시스템과 똑같다면, 정령은 내 말을 거역하지 않을 것이다. 그래서 나는 안심이 되지만, 그녀들은 그 점을 모른다. 아침 식사 때 일단 설명을 해뒀지만, 그래도 역시 불안을 완전히 떨쳐내지 못하는 것 같았다.

그리고 신경 쓰이는 점이 하나 있다. 그것은 앙골모아가 나와 적대하지는 않더라도, 내 동료와는 적대할지도 모른다는 점이다. 내가 「적대를 허락하지 않는다」고 명령하면, 거기에 따를지 아직 알수 없다. 적어도 뫼비온에서는 「적대하지 마」라는 근본적인 명령을 내릴 수 없었다. 대체 어떻게 될까.

"좋아. 됐다."

실비아는 염랑지궁을 힘껏 움켜쥐며 그렇게 말했다. 여차할 때는 무력행사를 하겠다는 걸까?

"나도 됐어~!"

에코는 어쩌려는 건지 한 눈에 알 수 있었다. 만약 공격을 당하더라도 암갑지순으로 막아낼 생각인 것이다. 하지만 벌써부터 방패 뒤에 숨은 탓에 귀만 겨우 보였다.

"저도 됐습니다."

……유카리 또한 에코의 방패 뒤편에 있었다.

"앗, 약았구나!"

실비아도 방패 뒤편으로 갔다. 으음…….

뭐, 됐어. 소환하자.

"간다~."

나는 《정령 소환》 스킬을 발동시켜서 앙골모아를 불러냈다. 방 중앙에 소환진이 전개됐다. 첫 소환 때 같은 커다란 진이 아니라, 직경 2미터 정도의 조그마한 진이었다.

"—짐의 세컨드여! 너무하지 않느냐!"

앙골모아는 모습을 드러나자마자 화를 냈다. 겉모습이 야단스러운 만큼, 박력 만점이었다. 세 사람은 완전히 방패 뒤편에 숨었다.

"아~. 우선, 평범한 느낌으로 나와 줘서 고마워."

나는 일단 감사의 말을 건넸다. 이런 좁은 방 안에서 거대한 팔이 나타나거나 폭풍이 휘몰아치면 난리가 난다.

"……다음은 평범하게 나타나달라고 부탁을 받았기에, 어쩔 수 없이 그에 따랐을 뿐이니라."

앙골모아는 입을 삐죽 내밀었다. 삐친 걸까? 이 녀석은 의외로 순진한 녀석일지도 모른다.

"그것보다 우선 설명을 원하노라. 짐을 왜 송환시킨 게냐? 짐의 위대한 힘이 필요했던 것이 아니었느냐?"

"아, 지금은 필요 없어. 하지만 언젠가 필요해질 거야."

"그러한가. 알았노라. 응? 잠깐만 있어 보거라. 그건 답이라 할 수 없지 않느냐."

"들통 났군."

"저기, 짐의 세컨드여……. 짐을 너무 허투루 대하는 게 아니냐? 짐은 정령대왕이니라. 모든 정령의 정점에 군림하는 정령의 대왕이란 말이다."

"그게 어쨌다는 건데? 나는 전 세계에서 1위라고."

"뭐시라?! 짐의 세컨드는 그런 거물이었던 게냐! 그래그래, 푸하하! 모든 정령의 지배자인 짐의 주인에 걸맞으니라."

우와, 엄청 다루기 쉽네……. 이런 사람이 보이스 피싱 같은 것에 당하겠지.

"저기, 좀 궁금한 게 있는데 말이야. 너는 남자야? 여자야? 몇 살이야? 그리고 뭐라고 부르면 돼?"

"짐은 정령대왕. 성별 따위는 없노라. 나이도 없지. 아니, 남자든 여자든, 한 살이든 10만 살이든 상관없느니라. 짐의 이름은 앙골모아. 편한 호칭으로 부르거라. 앙구무아라도, 앙굴렘이라 불러도 괜찮으니라."

이 녀석은 그런 건 초월한 건가.

"그래? 알았어? 그럼 앙골모아라고 부르겠어. 그리고 동료를 소개할게."

"짐의 세컨드의 동료인가! 세계 제일의 동료라. 실로 기대되는구나."

실비아와 유카리는 머뭇거리며 방패 뒤편에서 나왔다. 에코도 방패 옆으로 귀를 쫑긋 내밀며 상황을 살폈다.

"왼쪽부터 실비아, 유카리, 에코야."

"호오…… 호오! 알겠구나. 실비아는 활의 명수인가. 유카리는 솜씨 좋은 대장장이구나. 에코는 방패를 주로 다루는 건가. 실로 균형 잡힌 팀이구나."

오오! ……오오?

"어떻게 안 거야?"

"모르겠구나. 하지만 짐의 세컨드를 통해 짐에게 무언가가 흘러 들어오고 있느니라……. 음, 오오, 오오오! 알겠다, 알겠어!"

현재진행형으로 내 지식을 읽어 들이고 있는 건가?

"내 생일은 언제야?"

"7월 7일이니라!"

우와! 진짜로 읽어 들이고 있다.

"그럼, 앙골모아. 초대 일본 천황은 누구지?"

시험 삼아 물어봤다. 뭐, 그것까지는 알 리가—.

"진무 천황이니라!"

……큰일 났다.

"하하하! 알겠다, 짐의 세컨드여. 짐이 진무 이래의 천재라고 말하고 싶은 게로구나! 그래도 짐의 세컨드에게는 미치지 못하지. 아니, 짐의 세븐이라고 부르는 편이—."

송환!!

"……휴우."

어찌어찌, 일이 커지는 것은 막았다. 동료 세 사람이 영문을 모르겠다는 표정을 짓고 있는 것을 보면, 아슬아슬하게 세이프라고 할 수 있을 것이다.

나는 심호흡을 하며 마음을 진정시킨 후, 다시 《정령 소환》으로 앙골모아를 불러냈다.

"불시에 송환시키지 말거라! 깜짝 놀랐지 않느냐!"

화가 난 것 같았다. 그 말을 무시한 나는 마음속으로 「내 정보를 밝히지 마」 하고 필사적으로 외쳤다. 내 지식과 기억을 읽어 들일 수 있으니, 내 의식도 당연히 읽어 들일 수 있겠지?

"으…… 으, 음. 알았느니라."

역시 전해졌다! 그래…… 이 기묘한 『일체감』은 이런 염화(念話)를 위한 시스템이구나. 빌어먹을.

"너도 염화를 해봐."

"(짐의 세컨드여, 들리느냐?)"

"(그래, 들려. 대단하네)"

"(호오! 이건 정말 기분 좋은 감각이구나)"

"(동감이야. 이걸 뭐라고 하지? 일체감?)"

"(그래. 일체감이란 표현이 적절할 것이니라)"

흐음, 흠흠…… 이거 괜찮은데?! 너무 좋아. 전술의 폭이 엄청 넓어질 것이다. 뫼비온에는 없던 염화 시스템, 그리고 페인 플레이어라면 누구나 탐을 냈던 정령대왕 앙골모아, 이 두 가지는 내가 세계 1위에 올라서는 데 크게 공헌할 것 같았다. 텐션이 상승하는걸.

특히 앙골모아는 모든 정령 중에서 가장 희귀한 정령이다. 정령에게는 진화라는 시스템이 있으며, 최종적인 정령강도는 크게 차이가 나지 않도록 조정되어 있다. 하지만 앙골모아는 다른 정령들과 차별화된 특성을 지니고 있다.

그것이 바로 『번개 속성』이다. 불, 물, 바람, 흙이라는 4대 원소를 전부 지배하는 정령대왕의 증표인 것이다. 뫼비온에서는 번개 속성이란 명칭의 무속성으로 여겨졌다. 앙골모아는 속성간의 유불리 (有不利) 관계 「불→흙→바람→물→불」이란 절대적인 룰에서 벗어난 속성 공격을 펼칠 수 있다. 구체적으로는 유리 속성으로 공격할 때 1.25배 대미지가 되는 구조에서 벗어나, 모든 속성에 일률적으로 1.1배 대미지를 입힌다. 이것은 매우 큰 이점이다. 왜냐하면 불리 속성이 존재하지 않는 것이다. 「파격적」인 성능이라 할 수 있다.

그리고 『일체감』 탓인지…… 불가사의하게도, 나는 그 번개 속성 마술을 쓰는 법을 깨우쳤다.

—설마. 혹시나 하는 마음에 【마술】 스킬 란을 열어보니, 《번개 속성·1형》~《번개 속성·5형》까지 전부 16급으로 습득되어 있었다.

……………………어.

대체 뭐가 어떻게 된 거야?! 뫼비온의 【마술】 스킬 중에는 번개 속성이 존재하지 않는다. 앙골모아를 손에 넣은 플레이어가 번개 속성 마술을 쓸 수 있게 된다는 이야기는 들어본 적이 없다.

"(나, 엄청난 미법을 익혔잖아!)"

"(그러할 것이니라. 우리는 상성이 좋으니까 말이야)"

"(상성? ……상성이라)"

그런 간단한 단어로 정리하고 넘어가도 될 문제는 아닌 듯한 느낌이 드는데…… 하지만 적당한 이유가 생각나지 않았다. 뭐, 됐다. 그냥 기뻐하기나 하자.

끼얏호오오오오오오오!!!!

"하하, 하하하하!(우리, 앞으로 잘 해나갈 수 있겠어!)"

"핫핫핫! 하얏핫핫핫!(동감이니라, 짐의 세컨드여!)"

나와 앙골모아는 웃으면서 염화로 이야기를 나눴다. 이런 것도 가능하구나.

한때는 이 녀석과 잘 지낼 수 있을지 걱정했지만, 앙골모아를 뽑아서 정말 다행이다. 앞으로 앙골모아가 다른 팀원 세 사람과도 차근차근 친해졌으면 좋겠다.

"……저기. 저 둘은 대체 뭘 하고 있는 거지?"

"아마 염화를 나누고 있는 듯합니다."

"염화? 정령술사에게 그런 능력이 있다는 이야기는 들어본 적도 없다만……."

"예, 저도 마찬가지입니다. 정령대왕이라 가능한 것 아닐까요? 혹은 주인님께서 특별한 존재라 가능하실 걸지도 모르겠군요."

"양쪽 다 가능성이 있겠지."

"돌아갔어? 이미 돌아간 거야?"

"아니, 아직 있다."

"으~……."

이렇게 특색 넘치는 동료가 한 명 추가된 가운데, 퍼스티스트의 일상이 다시 시작됐다.

"러, 러러러, 럼버잭 백작 가문?!"

"러러러~!"

얼마 후, 텐션이 상승한 건지 또 으스대기 시작한 앙골모아를 억지로 송환시켜서 방 안이 조용해진 후에 어젯밤 일의 전말을 이야기하자, 실비아는 갑자기 『러러러별 사람』이 되었다. 그런 재미있는 짓은 에코도 흉내 내려고 하니까, 자제해줬으면 한다.

"실비아는 럼버잭 가문을 알아?"

"모, 모를 리가 없지 않느냐! 럼버잭 가문은 예의 유명한 레냐드의 영주, 『나무꾼 백작』의 가문이란 말이다!"

"나무꾼, 백작……?!"

뭐, 뭐 그렇게 촌스러운 별명이 다 있어……!

"상업도시 레냐드는 원래 임업으로 융성했던 마을이라고 합니다. 그곳이 지금처럼 거대한 도시가 된 것은 바로 럼버잭 가문의 수완 덕택이라 평가되고 있죠."

유카리가 보충 설명을 해줬다. 아하. 그래서 『나무꾼 백작』이구나. 으음, 직설적인걸.

"그것만이 아니다. 럼버잭 가문의 선조는 원래 나무꾼이었는데, 대대로 무투파로 알려져 있지. 현 당주인 배럴 백작은 상당한 수완가란 소문이 있으며, 문무를 겸비했다고 하더구나. 게다가 배럴 백작의 아들과 딸은 실력이 상당한 모험가라고 들었다."

흐음! 백작 가문의 아들과 딸이 모험가인 건가. 꽤나 자유분방한 가정이다.

"오빠인 헤레스 럼버잭은 검술이 뛰어난 것 같군요. 제1왕자인 클라우스 캐스탈에게 버금가는 수준인 듯합니다. 그리고 동생인 셰리 럼버잭, 그녀는……."

"그녀는?"

유카리는 말을 멈추며 뜸을 들였다. 그런 그녀의 얼굴에는 장난기 섞인 미소가 어려 있었다.

그리고 그녀의 입이 천천히 벌어졌다.

"―소문에 따르면『천재 정령술사』라 불리는 것 같습니다, 주인님."

"천재 정령술사?"

백작 가문의 영애, 셰리 럼버잭. 유카리의 말에 따르면, 강력한 정령술을 펼치며 겨우 열여섯 살에 모험가 랭크 A를 달성한 천재라고 한다.

나는 그 말을 듣고 뭔가를 눈치챘다. 「정령술을 펼친다」― 즉, 정령으로 공격을 한다. 뫼비온이란 게임에서는 그렇게 하면 안 된다.

확실히 초반에는 강력한 정령을 이용한 공격이 여러모로 도움이 된다. 하지만 중반~종반으로 나아가면, 소위 「그냥 두들겨 패는 게 빠르다」 현상이 발생하는 것이다. 구체적으로는 자신의 스테이터스

및 각종 스킬이 상승한 결과, 정령보다 가성비가 나은 공격을 간단히 펼칠 수 있게 된다. 그렇기 때문에, 종반에 이르면 정령은 《정령빙의》 이외의 사용처가 좀처럼 없다. 그것이 내 견해였다. 이 세상에서는 과연 어떨까. 그건 그렇고, 모험가 랭크 A라는 것만으로 으스대고 있는 열여섯 살 정령술사 아가씨…… 왠지 좋은 예감이 들었다.

"그러고 보니 유카리의 나이를 아직 듣지 못했군."

실비아는 문득 생각난 것처럼 그렇게 말했다.

"으음, 저는 아직 열아홉 살입니다. 두 분은 나이가 어떻게 되시죠?"

"나는 열일곱 살이다."

"나는, 열여섯 살~."

유카리는 믿기지 않는다는 표정을 지었다. 뭐, 이해는 됐다.

"최연장자였군."

"언니~!"

"……다크엘프 이론으로는 아직 젊은 편입니다. 열여섯 정도예요."

실비아가 일부러 『최연장자』라는 말을 입에 담자, 유카리의 표정이 얼어붙었다. 아니, 다크엘프 이론은 또 뭐야. 평소 두 배의 점프를 하며 세 배의 회전을 가미하면 1천 2백만 파워가 되기라도 하는 거냐.

……어라. 왠지 나만 따돌림을 당하고 있는 것 같지 않아? 저 녀석들, 자기들끼리 즐겁게 수다를 떨고 있잖아. 왠지 쓸쓸하네. 이야기 상대 삼아 앙골모아라도 부를까…….

"—불렀느냐, 짐의 세컨드여."

"이야기 상대가 되어줘."

"정령대왕을 겨우 그런 이유로…… 뭐, 좋다."

"미안해."

"그럼 짐이 흙의 대정령 놈을 소멸시켰을 때의 이야기를—."

"대체 무슨 짓을 한 거야?!"

무…… 무슨 짓을 한 거냐고!

"진짜로 소멸시킨 거야?"

"그러하니라. 어느 날 밤중의 일이지. 짐이 해치우고 정령의 지배자가 되려고 획책한 그 녀석이 반기를 들었느니라."

"아, 그렇게 된 거구나."

정령계에서도 그런 다툼이 일어나는 건가. 그렇다면 어쩔 수 없는 일일지도 모른다.

"그리고 짐의 잠옷을 흙으로 더럽혔을 뿐만 아니라, 짐이 애용하는 컵에 금이 가게 했지! 절대 용서할 수 없었다."

……응?

"짐이 잠든 때를 노린 걸 부끄러운 줄 알라고 일갈했지만, 그 녀석은 무시했느니라. 개의치 않으며 짐을 공격해왔지. 그래서 뚜껑이 열린 짐은 놈에게 죽음의 번개를 날려서 순식간에 시커먼 숯으로 만들어줬느니라!"

앙골모아는 핫핫핫 하고 웃으며 그렇게 말했다. 어이어이어이…….

"그래도 괜찮은 거야?"

"응? 아, 걱정하지 말거라. 다음 흙의 대정령은 그 녀석의 딸에게 맡겼느니라."

"그런 문제가 아니라……."

나와 이 녀석은 이어져 있는 거 아니었어요? 그런데 왜 이렇게 대화가 안 통하는 거죠?

내가 이 엉망진창인 일체감 때문에 한숨을 내쉬고 있을 때, 방문 쪽에서 노크 소리가 들렸다.

"세컨드 님, 퍼스티스트 여러분. 마중을 왔습니다."

찾아온 이는 럼버잭 백작 가문의 가신인 포레스트 씨였다.

"여관 밖에 마차를 세워뒀습니다. 아, 여러분의 말은 저희가 책임지고 맡아둘 테니 걱정하지 마시길. 그럼 준비가 되셨으면—."

포레스트 씨는 쓸데없이 긴 인사말을 늘어놓은 후, 방에서 나갔다. 저 사람, 정중한 건 좋지만 매번 이야기가 너무 길다.

그건 그렇고, 말을 맡아주는 건가. 그건 잘 됐다. 이동에 따른 걱정거리 중 하나가 줄었다. 그럼 다른 하나의 걱정거리를 어떻게든 해볼까.

"(앙골모아. 너, 매너모드 같은 거 되지? 될 수 있지? 되라고)"

이 세상이 뫼비온과 동일하다면, 정령은 몸을 콤팩트하게 만들 수 있을 것이다. 불 속성 정령이라면 불덩어리가 되어서 사역자의 주위를 날아다니듯 말이다. 나는 그런 것을 기대하며 앙골모아에게 지시를 내렸다.

"(알았느니라)"

앙골모아는 내 말에 짤막하게 답했다. 그리고 파직! 하면서 번개가 튀더니, 앙골모아는 검붉은 번개가 되어 내 몸을 감쌌다.

"(이제 남들은 짐을 볼 수 없느니라)"

염화는 가능하지만 실체는 없다. 으음, 편리한걸. 나는 이 상태를 앞으로 매너모드라고 부르기로 결심했다.

"좋아. 다들 준비됐지? 가자~."

충분히 준비를 마친 후, 우리는 여관 밖에서 기다리고 있을 포레스트 씨에게 향했다.

내가 문을 열기 위해 별생각 없이 문손잡이를 쥔 순간…….

파지직!!

"아야야야야야야야야야야야얏?!"

"세, 세컨드 님?! 왜 그러느냐?!"

아파아아아앗!! 뭐야?! 뭐가 어떻게 된 거지?!

"(……흠. 짐에게서 넘쳐흐르는, 정전기? 같은 것 때문이로구나)"

제, 제, 젠장……! 이게 무슨 정전기냐고! 빌어먹을!

"(핫핫핫, 미안하구나! 용서하거라, 짐의 세컨―)"

송환!!

"……미안한데, 누가 문 좀 열어줘."

"아, 알았습니다?"

유카리는 당혹스러워하면서 문을 열어줬다.

"나중에, 나중에 설명해줄게……."

아직도 저릿한 몸을 억지로 움직이며, 나는 백작과 면회를 하러 갔다.

마차 안에서 무슨 일이 일어난 것인지 이야기해주자, 세 사람은 쓴웃음을 지었다. 에코조차도 그런 표정을 지은 것이 충격이었다. 이제 두 번 다시 매너모드는 쓰지 않기로 결심했다.

"하하하! 그렇습니까."

―면회, 그리고 저녁 식사. 내 맞은편에 앉아있는 배럴 럼버잭 백작은 만면에 미소를 지으며 고개를 끄덕이면서 내 낯빛을 살폈다.

40대 중반의 나이스 미들, 뚱뚱하지도 마르지도 않은 적절한 스포츠맨 체형, 행동거지는 무도를 익힌 달인 같았으며, 단 한치의 빈틈도 보이지 않았다. 하지만 그의 눈에는 매우 이지적인 불꽃이 타오르고 있었다. 문무 겸비, 명석한 두뇌와 강인한 육체를 함께 갖춘 남자라는 것을 알 수 있었다. 그런 노련한 상인 혹은 역전의 용사 같은 인물이 내 앞에서 이렇게 저자세를 취하고 있었다.

그야말로 『접대』였다.

그 정도로 미스릴 합금을 원하는 건가. 약간 질릴 정도로 과하게 자신을 낮추고 있었다.

"맛은 어떠신지요? 이것은 레냐드에서 채취한 버섯을 이용해 만든 스튜인데, 우리 아이들도 참 좋아하는 요리이지요."

백작은 환하게 웃으며 날을 건넸다. 점점 짜증이 날 것 같았다.

나는 미소를 지으며 대충 맞장구만 쳤다. 말은 주로 백작이 하고 있었다. 실비아와 유카리는 백작이 말을 걸어오면 한두 마디 대꾸를 할 뿐, 이야기에 적극적으로 참여하지는 않았다. 에코는 아예 식사에만 관심이 있었다.

"A랭크 팀, 퍼스티스트의 멤버 전원이 10대였군요. 제 딸인 셰리도 열여섯 살입니다. 말괄량이입니다만, 내일 만찬회에서는 부디 잘 부탁드립니다."

식사는 무난하게 끝났다. 백작은 자리에서 일어나며 그렇게 말하더니, 나에게 악수를 청했다. 「그럼 내일 뵙겠습니다」 하고 말하며 악수를 나눈 후, 백작은 우리를 배웅하기 위해 직접 현관까지 안내를 하기 시작했다.

나는 마지막으로 물어볼 것이 생각나서 걸음을 멈췄다.

"흠, 세컨드 님. 왜 그러시지요?"

백작은 나를 신경 쓰듯 그렇게 말을 건넸다.

완벽했다. 완벽할 정도로 자신을 낮추고 있다. 지위도, 명예도, 실력도, 그리고 자존심도 지녔을 것이다. 그런데 왜 이렇게까지 하는 것일까? 나는 그 의문을 떨쳐낼 수가 없었다.

"배럴 경, 당신은 왜 이 거래를 이정도로 중요시하는 겁니까?"

백작은 미소를 머금은 채, 눈빛만 날카롭게 만들었다. 내 옆에 선 유카리가 몸을 긴장시키는 것이 느껴졌다.

"……국민이 풍족해야 병사가 강해지며, 또한 그것이 국가를 이롭게 한다. 그것이 저의 신조입니다."

흠. 부국강병이란 건가.

"튼튼하고, 가벼우며, 오래가는 미스릴 합금을 이용한 무기 방어구 산업은 국력 증강으로 이어집니다. 그것은 캐스탈 왕국 상업의 중심인 저희 레냐드에서 이뤄져야만 하죠."

"즉, 모든 것은 이 나라를 위한 일이라는 겁니까?"

"아뇨. 국민을 위한, 병사를 위한, 나라를 위한 일입니다. 저는 그 세 가지 전부를 위해 이 일을 추진하고 있는 거지요."

하나라도 빠져선 안 된다고 백작은 이어 말했다.

……대단한 생각이다. 국민과 병사를 구분하고 있는 점이 특히 말이다. 이 경우의 병사란 왕국에 소속된 병사만이 아니라, 모험가 같은 「싸우는 자」를 전부 의미하고 있을 것이다.

그렇다. 국민과 병사란 따지자면— 초보자와 상급자다.

배럴 럼버잭 백작, 그는 이 세상을 잘 이해하고 있다. 약자와 강자의 차이를 말이다.

그렇다면 강자를, 나를 상대로, 멍청한 짓을 벌이는 일은, 천지가 뒤집혀도 없을 것이다.

이 거래, 아무래도 베팅해볼 가치가 있을 것 같았다.

"그렇군요. 알았습니다. 내일 회의를 고대하고 있겠습니다."

"저야말로 잘 부탁드립니다! 덕분에 오늘은 유익한 시간을 보냈습니다."

우리는 미소를 지으며 작별했다. 이렇게, 첫날 일정이 끝났다.

다음 날. 우리는 아침부터 마차를 타고 상업도시 레냐드로 이동했다.

새벽에 일어나느라 피곤했던 건지, 실비아와 에코는 사이좋게 서로에게 기댄 채 곤히 잠들어 있었다.

"유카리, 거래는 어떻게 할 생각이지?"

"지속적으로 미스릴 합금을 공급하는 건, 주인님께서 바라는 일이 아닐 거라 생각합니다. 그러니, 수억CL치의 미스릴 합금을 몇 달 후까지 공급한다는 형태의 단기 계약을 필요할 때에 맺는 것이 가장 현명한 방법일 거라 생각합니다."

"그래. 참고로 300억CL치의 미스릴 합금을 모으는데 어느 정도의 기간이 걸릴지는 알고 있어?"

"잠시만 기다려 주십시오."

유카리는 내 질문을 듣더니, 내가 건네준 메모를 보면서 계산하기 시작했다.

프롤린 던전의 보스인 미스릴 골렘에게서 드랍되는 미스릴 양을, 하루에 미스릴 골렘을 다섯 번 해치운다는 가정 하에 단순히 다섯 배로 늘렸다. 그 수치에 따라 하루에 생산할 수 있는 미스릴 합금의 양을 산출한 후, 현재 시가에 맞춰 300억CL에 나누기를 했다.

"약 20일 정도면…… 어."

"어."

유카리는 자신의 한 말에 놀랐다. 물론 나도 놀랐다.

약 3주 만에 300억CL을 번다. 즉, 일주일에 100억CL, 하루에 약 14억CL을 버는 것이다.

어마어마하다. 이 세상에서는 미스릴 합금이 그 정도로 귀중한 건가?

······아니, 잘 생각해보니 그것이 당연했다. 프롤린의 일반적인 골렘에게서 미스릴이 드랍될 확률은 6.25%다. 그것도 미스릴 골렘에게서 드랍 되는 미스릴과 크기를 비교해보면, 약 20분의 1 정도다. 아직 프롤린 던전이 공략되지 않은 만큼, 희소한 것도 당연했다.

"비정상적이네."

"······저기, 비정상적인 건 그런 던전을 하루에 다섯 번이나 돌 수 있는 저희 팀이라고 생각합니다만······."

그런 상상을 초월하는 노하우를 대체 어떻게 입수하신 걸까요, 하고 중얼거린 유카리가 차가운 눈길로 나를 쳐다보았다. 나는 그런 유카리를 향해 상큼한 미소를 지었다. 「하아」 하고 일부러 한숨을 내쉬며 귀를 쫑긋거리는 유카리는 조금 귀여웠다.

"맞다. 미스릴 합금의 시세가 떨어질 가능성도 생각해야겠네."

"예. 300억CL치를 거래한다고 볼 때, 어느 정도 여유롭게 스케줄을 짠다면 두세 달 정도 걸리겠죠."

아, 그것도 그렇다. 3주 동안 300억을 번다는 건 「매일 거르지 않고 던전을 다섯 바퀴 돈다」고 계산했을 때다. 주5일로 돌거나, 세 바퀴만 돌고 오후에는 쉬거나 하며 여지를 두는 편이 좋을 것이다.

"알았어. 그런 방향으로 회의도 잘 부탁해."

"예. 맡겨만 주십시오."

거래에 관한 자세한 협의는 유카리에게 일임했다. 내가 맡았다간 아까처럼 『무심코』 당치도 않은 소리를 할지도 모르는 것이다. 실비아도 「그 편이 좋을 거다」 하고 찬성했지만, 다른 사람이면 몰라도 너한테는 그런 말을 듣고 싶지 않다.

……그런 생각을 하던 나는 어느새 꾸벅꾸벅 졸기 시작했다.

"주인님. 보이기 시작했습니다."

나는 유카리의 말을 듣고 정신을 차렸다. 그리고 창밖을 쳐다보니, 왕도에 버금 갈 만큼 번성한 상업도시 레냐드의 활기 넘치는 풍경이 먼저 눈에 들어왔다.

대로는 노점이 잔뜩 있었고, 수많은 이들이 그곳을 돌아다니며 장사에 열을 올리고 있었다. 그것은 뫼비온과는 비교도 안 되는 『리얼』— 지금 이곳에서 사람이 살아가고 있다는 확실한 증거였다.

"성공하면 좋겠군요."

유카리가 그렇게 말했다. 나는 「그래」 하고 말하며 고개를 끄덕인 후, 창밖의 경치에서 눈을 뗐다.

이 안에서 나만이 별개의 생물처럼 느껴졌기에, 계속 쳐다볼 수가 없었던 것이다.

"어? ……아! 도착했어~?!"

"으극?!"

정신을 차린 에코가 창밖의 풍경을 보고 흥분했는지 자리에서 벌떡 일어섰다. 그런 에코의 뒤통수가 실비아의 명치에 꽂혀서 그녀는 최악의 기분으로 잠에서 깨어났다.

그리고 내 소망은 이 날 밤, 완전히 박살나고 말았다.

마차는 레냐드의 중심에 있는 커다란 저택에 도착했다.

우리는 호화찬란한 객실로 안내된 후, 곧 점심 식사를 하러 오라는 연락을 받았다. 순식간에 숙소와 식사 걱정을 할 필요가 없게 된 나는 이제부터는 그저 주어지는 것을 즐기기만 하는 나무 인형이 되기로 결심했다.

점심 식사는 뷔페 형식이었다. 식당 테이블에 잔뜩 놓인 요리들은 하나같이 퀄리티가 뛰어나며, 단 한 요리도 대충 만든 것이 없었다. 무심코 「보통 이렇게까지 하는 거야?」 하고 약간 질린 듯한 목소리로 중얼거리자, 유카리는 「이런 식으로 부유함을 어필하려는 겁니다」 하고 정론을 입에 담았다.

실비아는 「대단한 환영인걸」 하고 말하며 냉정한 척 하려 했지만, 왠지 안절부절 못하는 것 같았다. 그녀는 기사작(騎士爵)의 차녀이자 제3기사단의 말단이라 평민이나 다름없기에, 이런 대접에는 익숙하지 않은 것 같았다.

한편, 에코는 말 그대로 덩실덩실 춤을 추며 요리를 탐닉하고 있었다. 잘 먹고 잘 잔다, 혹은 언제 어디서나 변화가 없다는 것이 그녀의 장점이다. 점심 식사를 마친 후, 드디어 회의가 시작됐다. 나와 유카리가 회의실에 가보니, 백작과 가신인 포레스트 씨를 포함한 스무 명 가량의 수완가 같은 아저씨들이 모여 있었다. 내가 자리에 앉은 후에 전원이 일제히 자리에 앉는 광경은 그야말로 장관이었다.

그리고 회의가 시작됐다. 하지만 나는 전부 유카리에게 맡긴 채 「흠흠」 하며 시종일관 고개를 끄덕이기만 했다. 실제로는 전혀 이해하지 못했다. 매도헤지가 뭐지? 여기에는 증권회사의 인간도 있는 건가? 아니, 이 판타지 세계에 그런 회사가 있는 거야? 나와 계약해서 마법을 걸어줘? 도통 알아듣지를 못하겠네……. [레버리지]

"그럼 이와 같은 방향으로 진행하도록 하겠습니다."

"이야, 매우 유익한 회의였습니다. 무사히 성립되기를 빌죠."

"저희도 이 자리에 출석해 영광입니다. 이대로 계약을 진행하면 문제는 없겠죠."

"매우 좋은 내용이라 안심이 되는군요. 앞으로가 기대됩니다."

"감사합니다."

내가 고개를 끄덕이는 것도 잊은 채 멍하니 있는 사이에 이야기가 정리된 건지, 회의는 끝나가는 분위기였다. 나는 유카리와 함께 「감사합니다, 감사합니다」 하고 말하며 회의실을 나섰다.

유카리는 계획대로 이야기가 진행되어서 기뻐하고 있었다. 즉, 「300억CL치의 거래, 기간은 두 달」일 것이다.

"고마워. 정말 잘했어!"

"아뇨. 아직 계약이 체결된 것은 아니니까요."

거금 GET~~~! 나는 기쁜 나머지 유카리의 머리를 쓰다듬어줬다. 유카리는 평소처럼 차가운 어조로 담담히 말을 하면서도, 뾰족한 귀의 끝을 빨갛게 붉힌 채 쫑긋거리고 있었다.

"잠시 쉰 후, 백작 가족을 비롯한 여러 중요 인사들과의 만찬회가 시작될 겁니다."

유카리는 얼버무리듯 그렇게 말하며 앞장서서 걸음을 옮겼다. 나는 『유카리 님 만세~』 하고 생각하면서 그 뒤를 따랐다.

만찬회가 열렸다. 만찬회장에는 많은 사람들이 모여 있었다. 아까 전의 회의에 출석한 사람들, 그리고 그들의 관계자일 것이다.

"하하하! 세컨드 군~! 하하하하!"

백작은 『오늘 밤은 예의나 격식은 내려놓고 편하게 마시자!』 하고 힘차게 선언하며 와인을 한 잔 들이키더니, 그 후로 좀 이상했다. 그는 자기를 낮추면서도 많은 이들 앞에서 우리 넷을 칭찬했고, 만족한 것처럼 고개를 끄덕였다. 미스릴 합금을 손에 넣은 것을 정말 기뻐하고 있는 것 같았다.

그리고 최종적으로는 내 이름을 부르거나 웃는 것 이외의 소리를 내지 못하게 됐다.

"배럴 님, 이쪽으로 오셔서 쉬시지요."

포레스트 씨는 그런 백작을 의자로 안내했다. 으음, 아무래도 자주 있는 일 같았다…….

"어머, 실비아 양은 느와르 씨의……."

"아, 아버님을 아십니까……?!"

"응. 신세를 지고 있단다."

"여여여, 영광입니다!"

실비아는 백작 부인과 이야기를 나누고 있었다. 아무래도 실비아의 아버지와 아는 사이 같았다.

한편, 유카리는 엘리트 같아 보이는 아저씨들과 어려운 이야기를 나누고 있었다. 그러고 보니 유카리는 만찬회 전에 「노하우를 훔치겠습니다」 하고 말하며 의욕을 불태웠다.

에코는 메이드 누님들에게 둘러싸여 맛있는 음식을 받아먹고 있었다.

"······."

나는 붕 떠있네. 어쩌지. 에코 쪽에 합류할까······ 같은 생각을 하고 있을 때였다.

"─너, 잠깐 나 좀 봐."

갑자기 등 뒤에서 목소리가 들려왔다. 뒤를 돌아보니, 세로롤 스타일로 만 머리카락과 하늘하늘한 옷을 입을 영락없는 상류층 아가씨가 거들먹거리며 서있었다.

키는 150센티미터 정도로 약간 작은 편이며, 가슴 또한 키에 걸맞게 조신했다. 앞 머리카락을 일자로 잘랐으며, 눈매 또한 사나웠다. 머리카락이 금발이었다면 완벽했겠지만, 그녀의 머리카락은 갈색이었다.

"셰리 양?"

"그래."

백작 영애인 셰리 럼버잭. 만찬회 초반에 퉁명한 표정으로 백작의 옆에 서있던 모습이 생각났다. 오빠인 헤레스는 결석이라고 들

었기에 개의치 않았는데, 이 녀석이 이 가문의 영애인 셰리인가.

"당신, 내가 말을 걸어준 걸 영광으로 생각해."

"아, 예."

그녀는 태연한 어조로 그런 소리를 늘어놓았다. 어처구니가 없네.

"그렇다고 거들먹거리지 마."

"그런 적 없습니다만……."

"태도가 그게 뭐야?! 진짜 짜증나네!"

"어……."

대체 나보고 어쩌라는 거냐고.

"흥! 따라와!"

내가 어이없어 하자, 셰리는 그렇게 말하며 돌아서더니 어딘가로 걸음을 옮겼다. 나는 따라가고 싶지 않았기에 따라가지 않았다.

……

"—잠깐! 너, 따라오란 말이야!"

1분 정도 흘렀을 즈음에 얼굴을 새빨갛게 붉힌 셰리가 불같이 화를 내며 돌아오더니, 내 손을 잡아당기며 억지로 끌고 갔다. 내가 따라가지 않는 것도 모르고 혼잣말을 계속 늘어놓은 건가? 어라, 좀 귀엽네……?

그녀가 나를 데려간 곳은 인기척이 없는 발코니였다. 우와, 테니스를 쳐도 될 만큼 넓은 발코니네. 역시 백작 가문은 엄청난걸.

"너, 정령술사라며?"

셰리는 발코니에 도착하자마자 그렇게 말했다.

"아냐."

"아닌 거야?!"

"응."

"어, 어머……?"

당혹스러워 했다. 너무 놀렸나?

"그래도 정령은 사역하고 있어."

"정령술사 맞잖아! 정말, 뭐하자는 거야?!"

세리는 자기가 발끈했다는 걸 온몸으로 표현했다.

나는 왠지 『이 녀석은 나쁜 애가 아닌 것 같네』하고 생각했다.

"잘 들어! 너, 아버님의 마음에 들었다고 거들먹거리지 마!"

"그런 적 없어."

3분 만에 또 같은 말을 부정했다.

"그 말투가 건방지단 거야! 나는 A랭크 모험가거든?! 그러니 공경하란 말이야!"

"나도 마찬가지야."

"흥. 너희는 넷이서 A인 거지? 나는 혼자서 A거든?"

"혼자? 아…… 흐음."

……외톨이, 인가 보다. 나 말고 다른 사람한테도 이런 태도를 취한다면 무리도 아닐 것이다.

"왜 불쌍하다는 듯이 쳐다보는 거야?"

"혹시 곤란한 일이 있으면 말해. 상담 상대가 되어줄게. 알았지?"

"시, 시끄러워! 괜한 참견이야!"

"아얏?!"

내 어깨를 때렸다!

"뭐하는 거야?!"

"주제를 모르니 얻어맞는 거야!"

셰리는 뻔뻔한 표정으로 「자업자득이네」하고 지껄였다. 이 녀석이 대체 뭘 하고 싶어 하는 건지 모르겠다. 짜증이 나네…….

"너, 왜 나를 이런 곳에 끌고 온 거야? 두들겨 패고 싶어서냐?"

"아냐! 진짜 무례하네! 너한테 격의 차이를 알려주려는 것뿐이거든?!"

"격의 차이~?"

"그래. 격의 차이!"

셰리는 거만한 미소를 지으며 나를 올려다보았다. 자신만만해 보였다.

……어라? 오호라. 이제 뭘 하자는 건지 알겠네.

"그래. 그럼 그 격의 차이라는 걸 어떤 식으로 나에게 알려줄 건데?"

"후훗. 곧 알게 돼. 너의 그 여유가 과연 언제까지 이어질까?"

셰리는 성큼성큼 걸음을 옮기면서 나와 거리를 벌리더니…….

"내 정령을 보고, 울상이나 지으란 말이야!"

그렇게 외치면서, 《정령 소환》을 발동시켰다.

나와 셰리의 중간에 소환진이 생겨나더니― 그 중심에서 다크엘프를 연상케 하는 갈색 피부를 지닌 아름다운 여성이 모습을 드러냈다.

"부르셨나요, 마스터."

"그래! 테라! 이 마음에 안 드는 남자한테 네 이름을 알려줘!"

"알았어요~."

테라라고 불린 갈색 피부의 여자 정령은 나를 향해 공손히 고개를 숙인 후, 입을 열었다.

"저는 테라예요. 노미데스라고도 하죠. 흙의 대정령이랍니다~."

"정중하게 인사해줘서 고마워. 나는 세컨드라고 해. 잘 부탁할게."

"세컨드 씨, 잘 부탁드려요~."

우리는 악수를 나눴다.

"야~! 누가 사이좋게 인사를 나누랬어?! 이름만 밝히라고 했잖아!"

"어머나~. 죄송해요, 마스터~."

테라 씨는 전체적으로 종잡을 수 없는 인상이었다. 마이페이스라고나 할까, 고개를 숙이고 있는데도 사죄하는 느낌이 전혀 들지 않는 것이, 저 종잡을 수 없는 인상의 원인일 것이다.

그건 그렇고…… 앞으로 벌어질 일을 생각하니 정말 우스웠다. 확실히 흙의 대정령은 꽤 희귀하다. 초기 정령강도 32000이었던가. 으음, 그야말로 「격의 차이」가 명백해질 것 같다.

"잠깐, 왜 웃는 거야? 너의 그 조악한 정령을 빨리 꺼내는 게 어때?! 뭐, 그 어떤 정령이든 간에 흙의 대정령 앞에서는 웃음거리밖에 안 되겠지만 말이야!"

웃음거리가 되기는 하겠지…….

셰리가 곧 보여줄 특급 리액션을 상상한 나는 히죽거리면서 《정령 소환》을 준비했다. 그리고······.

"그렇게까지 말하니 어쩔 수 없지. 자아, 나—."

"세컨드 님! 에코가 과식으로 쓰러졌다!"

"뭐?!"

실비아가 말을 듣고 정신을 차렸다. 큰일 났다. 나는 그대로 몸을 날렸다.

등 뒤에서 「어?! 잠깐 기다려!」 라는 고함소리가 들렸지만, 나는 개의치 않았다. 셰리는 나중에라도 상대해주면 된다.

······지금 생각해보면 이 어처구니없는 만남을 가졌을 때부터, 나의 평화로운 프롤린 반복 공략 계획은 무너지기 시작했던 것이다.

◇◇◇

백작 가문의 전속 의사가 에코를 진찰해본 결과, 과식에 따른 복부 팽만감에 의해 위장 활동이 저하되면서, 가벼운 호흡곤란 증상이 일으킨 것이라고 한다. 의사의 지시에 따라 에코를 편한 자세로 쉬게 해주자, 그녀는 금세 회복됐다.

에코는 「남기면 아까울 것 같았어」 하고 멋쩍은 어조로 말했다. 그 정도로 맛있었던 걸까. 아니면 고양이 수인의 습성인 걸까. 아무래도 주위에서 식사량을 조절해줄 필요가 있을 것 같았다. 뚱땡이 고양이, 아니, 뚱땡이 에코가 된다면 본업에도 지장이 있을 테니 말이다.

다들 「아~ 다행이다」 하며 일단 안심했다. 그 후에는 남녀로 나뉘어서 공중목욕탕에 버금갈 만큼 큰 이 저택의 욕실에서 느긋하게 목욕을 한 후, 고급 호텔 급의 방에서 각자 하루 묵었다.

다음 날 아침. 안내에 따라 뷔페 형식으로 아침 식사를 마친 우리는 최종 회의를 가졌다.

유카리의 말에 따르면, 정해진 양의 미스릴 합금만 납품한다면 200억CL 이상 벌 수 있다고 한다. 자세한 내용은 잘 모르겠지만, 내가 할 일은 단순하다. 프롤린 던전을 반복해서 돌며 경험치를 벌면 되는 것이다.

회의가 끝난 후, 그대로 높으신 분들과 함께 점심을 먹었다. 나온 것은 고급스러워 보이는 찬합 도시락이다. 실비아와 에코도 저택 안의 다른 방에서 고급 도시락을 먹고 있다고 한다.

그 후에 계약서에 사인을 하자, 경사스럽게도 계약이 성립됐다.

"다시 뵙는 날을 고대하고 있겠습니다. 퍼스티스트 여러분."

배작은 환한 표정으로 그렇게 말했다. 잘 됐나 보네. 우리는 정중히 인사를 한 후, 저택을 나섰다.

"배드골드 마을로 향하면 되겠습니까?"

돌아가는 길에 포레스트 씨가 물었다. 아무래도 돌아갈 때도 바래다주려는 것 같았다. 게다가 우리가 이곳에 머무는 동안, 우리의 말을 정성껏 돌봐준 것 같았다. 세븐스테이오의 갈기가 약간 좋아진 것 같은 느낌이 들었다. 정말 극진한 대접을 받았다.

"어이, 어떻게 할까?"

"음? 뭘 말이냐."

"아, 레냐드를 관광한다던가 말이야."

"주인님의 판단에 따르겠습니다."

"따를래~!"

"나도 아무래도 상관없다."

다들 관광에는 딱히 관심이 없는 것 같았다. 그럼 그냥 돌아가도 되겠지.

"그래. 그럼 돌아…… 어?"

"주인님?"

나는 뭔가 마음에 걸렸다. 어라, 뭔가를 깜빡한 것 같은 느낌이 들었다. 그게 대체 뭘까…… 으음……?

"―잠깐 기다려!"

앗.

"나도 너희를 따라가겠어!"

깜빡했다. 이 말괄량이 백작 영애와 시비가 붙었던 것을 말이다.

당혹스러운 표정을 지은 포레스트 씨가 「아가씨, 그건 좀……」 하고 말하며 말렸지만, 셰리는 「시끄러워!」 하고 말하며 그를 밀쳐내더니, 정차되어 있는 마차에 탔다.

……어, 나도 이 마차에 타야 하는 거야? 저 말괄량이 아가씨와 같이? 한나절이나?

"저기, 죄송합니다만……."

포레스트 씨는 정말 송구하다는 듯한 표정을 지으며 우리를 쳐다보았다. 평소에도 저 애한테 휘둘렸던 것 같았다…….

"주인님, 이게 어떻게 된 거죠?"

그리고 어찌된 건지 유카리 씨가 무시무시한 반응을 보였다. 대체 내가 무슨 짓을 했다고 저러는 걸까.

"……일단 타자."

체념한 나는 심호흡을 한 번 한 후, 마차에 탔다.

백작 가문의 영애인 나, 셰리 럼버잭 님에게 이렇게 무례한 태도를 취하다니, 정말 믿기지가 않아. 정말 짜증나는 남자야.

아버님은 연거푸 고개를 숙이며 저딴 녀석의 비위를 맞춰주고 있었다. 듣자하니 우수한 정령술사라고 한다. 흐음, 호오, 그렇구나. 나는 백작 영애이자 최연소 천재 정령술사야. 장래가 유망한 A랭크 솔로 모험가지. 흙의 대정령을 사역하고 있는 슈퍼·슈퍼·슈퍼 엘리트거든? 이런 직함을 지닌 건 세상천지를 다 뒤져도 나뿐이야. 아버님도, 어머님도, 길드도, 귀족도, 평민도, 다들 나를 칭찬해.

……하지만, 저 남자처럼 『비즈니스』에 관여한 적은 없어. 중요시된 적이 없어. 누군가의 도움이 된 적도 없어. 내 주위는 시끌벅적한 적이 없어.

항상 「대단하다」며 칭찬만 받을 뿐이야. 그 후에는 아무 짝에도 쓸모없다는 듯이 다들 내 곁에서 멀어져 갔어. 아니, 어쩌면 이 성격 때문에 기피되는 걸지도 몰라.

그래, 인정할게. 질투하는 거야, 질투. 나는 저 남자를 질투해.

그래서 나는 불러냈어. 격의 차이를 알려주려고 말이야.

정령술사 세컨드. 한 마디로 말하자면 「이상한 녀석」이야.

언제나 표정에 여유가 넘쳐. 나는 백작 영애인데 전혀 공경하지 않아. 눈곱만큼도 움츠러들지 않는 거야. 정말 무례하고, 어이없는 소리만 늘어놔.

……이상해. 나 자신이 이상하단 말이야.

그렇게 질투했는데, 열 받는데, 그 바보 같은 말다툼을 「기분 좋다」고 느낀 자신이, 마음 속 깊은 곳까지 스며들어왔어.

친구란 이런 느낌인 걸까…… 란 생각과 함께 말이야.

내 『독설』을 그대로 받아들이는 게 아니라, 『딴죽』으로 흘려 넘겼어. 그것이 이렇게 기분 좋게 느껴질 줄은 생각도 못했어. 나 자신을 지켜봐주고 있는 듯한 느낌이 들어서, 그는 정말 상냥한 사람이 아닐까 싶었어. 그래서…….

……아, 아냐. 속은 거야. 저 잘생긴 얼굴에 속아 넘어가고 있는 게 틀림없어. 태연자약한 태도도 나를 바보 취급하고 있는 거야.

절대 인정 못 해. 인정하면 지는 거야. 그래. 오히려 「나를 인정하게」 만들어야 해. 똑똑히 알게 해주는 거야. 격이 다르다는 걸 말이야. 아버님과 계약이 성립한 걸 가지고 거들먹거리게 둘 것 같아?

그리고 나를 존경하게 만드는 거야. 천재 셰리 님의 상대가 못 된다는 걸 똑똑히 알려주는 거야. 그러면, 그러면……

레냐드로 향할 때는 평화로웠던 마차 안이, 지금은 혼돈의 구렁텅이로 변했다.

우선 유카리VS셰리의 말다툼이 벌어졌고, 실비아가 옆에서 끼어들었다. 나는 에코와 마차 구석에서 놀고 있었지만, 당사자라서 그런지 점점 창끝이 나에게로 향했다. 그 후에는 나VS셰리라는 구도가 펼쳐졌고, 나에게 뒷일을 맡긴다는 듯이 전선을 이탈한 유카리와 실비아는 에코와 느긋한 시간을 보내기 시작했다. 너무한 거아냐?

그리고 그로부터 두 시간 동안, 나와 셰리는 계속 이야기를 나눴다. 내가 대충 말을 돌려서 이야기를 끝내려고 하면 셰리가 딴죽을 날리는 바람에 배틀이 재개됐다. 마치 만담 콤비가 된 것처럼 딴죽과 개그의 무한 루프가 펼쳐진 것이다.

게다가 성가신 것은 시간이 지날 수록 이 녀석은 점점 기운이 넘쳤고, 왠지 즐거워 보였던 것이다. 불평을 늘어놓으면서도 실은 나와 더 놀고 싶어 하는 듯한 그 분위기에서 왠지 마인을 생각났다.

"그런데 너는 왜 따라온 거야?"

쓸데없는 이야기를 나누는 데 지친 나는 실속 있는 화제로의 전환을 시도했다.

"흥! 승부야, 승부! 나와 너, 누가 더 정령술사로서 뛰어난지 결판을 내자!"

"어떻게 결판을 낼 건데? 주먹다짐이라도 할까?"

"무슨 소리를 하는 거야?! 정령술사답게 정령술로 승부를 해야 할 거 아냐!"

엄밀하게 보자면, 나는 정령술사가 아닌데 말이다.

"뭐, 좋아. 방법은 뭐야?"

"……으음."

"너, 지금 생각하는 거지?"

"아, 아니거든?! 방법이 너무 많아서 뭐가 좋을지 고민하고 있는 거야!"

정말 알기 쉬운 녀석이다.

"아, 그래. 모험가 길드의 공헌 포인트로 승부하자!"

"방금 「아, 그래」라고 말했지?"

"진짜 무례하네. 그런 소리 안 했거든?"

진짜로 말했는데…….

"그런데 공헌 포인트 승부가 정령술과 무슨 상관인 거야?"

"뭐? 정령술사니까 정령술을 이용해 포인트를 벌 거 아냐."

"……아, 그렇구나."

"하아~."

이래서 요즘 젊은 것들은, 하고 말하는 듯한 표정으로 셰리가 한숨을 내쉬었다. 울컥☆

저는 말이지요? 정령술을 안 써도 공헌도를 벌 수 있다고요. 당신과 다르거든요?

"좋아. 승부 기간은?"

"하루야! 내일…… 아니, 모레 해가 뜰 때부터 해가 질 때까지 더 많은 공헌 포인트를 번 쪽의 승리야! 알았지?"

"오케이~."

각오해두라고. 더블 스코어로 너의 그 예쁜 얼굴을 완전히 구겨주지. 그렇게 생각한 나는 배드골드 마을에 도착할 때까지, 와신상담하는 심정으로 셰리의 이야기 상대가 되어줬다.

밤. 평소처럼 여관에 방을 잡고, 저녁 식사를 마친 후, 내 방으로 향했다. 셰리도 내 옆방을 잡으면서 자연스럽게 저녁 식사 또한 함께 하게 되었기에, 시종일관 성가실 정도로 시끌벅적했다.

여관 1층의 술집에는 많은 모험가들이 드나들었다. 그런 모험가들 중 9할이 「셰리 럼버잭이잖아!」, 「천재 정령술사야!」, 「우와, 진짜 본인이네!」 하며 떠들어댔다. 셰리는 모험가들 사이에서 꽤 유명인 같았다. 「너, 의외로 대단한 녀석이구나」 하고 말하자 「뭐가 의외라는 거야?!」 하며 나를 때렸다. 말 뿐만 아니라 주먹도 빠르다니, 딴죽의 귀재네.

하지만 나는 점점 그런 셰리에게 익숙해졌다. 그리고 내가 놀리면 꼭 딴죽을 날려준다는 점은 꽤 기뻤다. 실비아는 고지식하고, 유카리는 냉담하며, 에코는 귀엽다. 그래서 우리 팀에는 적당한 딴죽 멤버가 없으니, 어찌 보면 부족한 면을 보완해주는 존재일지도 모른다.

"……아, 맞다."

느긋하게 쉬던 나는 불쑥 셰리와의 승부를 깜빡하고 있었다는 것을 떠올렸다.

나는 침대에 드러누운 상태에서 앙골모아를 소환했다.

"―짐의 세컨드여. 실로 오래간만이구나. 응?"

화났다. 이야기 상대 삼아 불러냈다가 매너모드 상태에서의 「파직!!」에 화가 나서 송환한 후로 계속 방치해뒀기 때문이리라.

앙골모아는 볼을 부풀린 채 나를 향해 얼굴을 내밀었다.

……누워 있는 상황에서 미인이 이렇게 다가오자, 약간 이상한 기분이 들었다.

"진짜 미안. 여러모로 바빴어."

"……그러했느냐. 뭐, 일단은 이야기를 들어주겠노라."

이야기해봐라, 라는 의미 같았다. 일부러 나에게 말을 한 것은 『일체감』을 통한 공유가 아니라 내 말을 통해 직접 이야기를 듣고 싶기 때문일까? 아니면 내가 오늘 하루 종일 지껄여댔던 것을 알면서 괴롭히는 건가?

나는 납득이 되지 않지만, 그래도 앙골모아에게 설명을 했다.

"호오, 노미데스와 만난 게냐."

"테라라는 이름으로 사역되고 있었어. 좀 종잡을 수 없는 인상이었지."

"그럴 게다. 원래 그런 느낌의 계집이었지."

"그러고 보니…… 네가 그녀의 아버지를 죽였지? 만나도 괜찮겠어?"

"죽이지 않았다. 소멸시켰을 뿐이니라."

"맞다. 그랬지."

"후하하, 걱정하지 말거라. 문제될 건 없다. 그 녀석은 대정령이 됐다면서 기뻐했을 정도니까 말이니라."

"……정말?"

"정말이니라."

테라 씨, 의외로 매정한 정령인지도 모르겠네.

"그래. 그럼 만나도 괜찮겠네."

"음. 그 셰리라는 계집도 겸사겸사 놀라게 해주자꾸나."

앙골모아는 그렇게 말하며 장난스러운 미소를 머금었다. 이 녀석도 고귀한 외모와 달리 장난기가 넘치는걸.

"뭣하면 지금 바로 가볼래? 옆방에 있어."

"……뭐?"

내가 그 말을 한 순간, 앙골모아의 표정이 변했다.

"왜 그래?"

"옆방이라고 했지? 그건 왼쪽 방인 게냐?"

왼쪽 방은 셰리, 오른쪽 방은 내 팀 멤버 세 사람의 방이다.

"왼쪽 방에서는 아무런 기운도 느껴지지 않느니라."

방에 아무도 없다? 이렇게 늦은 시간에 도대체 어디에 간 것일까?

……응? 잠깐만. 뭔가가 마음에 걸렸다. 그건 바로 셰리가 낮에 했던 말이다. 길드 공헌도로 승부하자, 라고 그녀는 말했다. 그리

고 승부를 하기로 한 날은 모레다.

왜 내일이 아닌 걸까?

애초에, 불쑥 생각난 듯한 그런 어처구니없는 승부를 제안한 이유는 뭐지? 왜 셰리는 나에게 계속 시비를 걸었을까? 왜 우리를 따라온 거지? 왜 승부를 하고 싶어 하는 걸까?

……혹시, 진짜 목적이 따로 있는 것이 아닐까?

"질투일 게다."

앙골모아가 지적했다. 그렇다. 질투인가. 납득이 되지 않는 건 아니다.

셰리는 나를 질투하고 있다. 아마도 정령술사로서, 말이다. 그 질투심을 없애기 위해서는 어떻게 해야 할까. 그런 생각의 결과가 『동행』이다. 그렇다면, 그 목적은 내 존재의의를 빼앗는 것이 아닐까. 즉, 이 배드골드에서 나의…….

"―윽! 그 녀석, 진짜로 그럴 속셈인 거야?!"

"음, 틀림없겠지."

"우와~, 젠장!! 진짜 성가신 여자네!"

나는 머리를 감싸 쥐었다. 셰리의 목적을 깨닫고 말았다.

무모하다. 너무나도 무모하다. 이대로 두면, 아마, 그 녀석은 **죽는다.**

으으으으~…….

"크아아! 젠장! 빌어먹을, 피곤해 죽겠는데!"

나를 꿈나라로 상냥히 인도해주고 있던 침대에서 벌떡 일어선 나는 그대로 방을 뛰쳐나갔다.

"후후, 짐의 세컨드여. 불평을 늘어놓으면서도 주저 없이 나서는 점은 실로 멋지구나."

◇◇◇

세컨드보다 먼저 프롤린 던전을 공략한다. 그것이 내 작전이다. 그렇게 되면, 나를 인정할 수밖에 없으리라. 나를 높게 평가할 수밖에 없을 것이다.

아버님도 어머님도, 세컨드도, 다들 나를 바라봐줄 것이다. 다들 내 곁을 떠나지 않을 것이다.

세컨드의 주위에 존재하는 그 시끌벅적함이 바로 내 것이 된다. 그러면 쓸쓸하지 않을 것이다.

나는 변한다. 그 녀석을 향한 질투심을 발판 삼아, 변하고 말겠다.

"테라, 가자."

"……예, 마스터~."

테라는 참 착한 애야. 너만은 어릴 적부터 항상 내 곁에 있어줬어.

배배 꼬였고, 콧대가 높은 데다, 매정한 소리만 늘어놓는, 내 곁에…….

"……저기, 공략이 끝나면 말이야."

"예."

"내가 동료가…… 되라고, 그 녀석에게 말 못한다면…… 그때는,

옆에서 도와줄 거지?"

"예~!"

◇◇◇

몸에 닿는 차가운 밤바람이 나를 점점 냉정하게 만들었다.

만약 그 바보가 보스에게 도달하지 못하고 골렘과 싸우고 있다 치자. 그렇다면 따귀라도 때린 후에 억지로라도 데리고 돌아가면 된다. 문제는 보스까지 도달했을 경우다.

프롤린 던전의 보스인 『미스릴 골렘』은 특수한 기믹을 지닌 것으로 유명했다.

골렘과의 괴롭고 힘든 싸움 끝에 겨우 보스가 있는 곳에 도달해 보니, 그곳에는 이제까지 싸웠던 골렘을 더욱 크게 부풀린 듯한 마물이 있다. 그 마물을 본 순간, 다들 생각한다— 『아아, 이 녀석도 골렘과 마찬가지로 물리 공격이 안 통하겠네』 하고 말이다.

그것은 착각이다. 골렘은 물리 공격이 잘 통하지 않는다. 마술로 공격하거나 압도적으로 강력한 물리 공격을 펼치는 것이 올바른 공략법이다. 하지만 미스릴 골렘은 다르다. 물리뿐만 아니라 마술도 잘 통하지 않는다.

사전 정보 없이 처음으로 미스릴 골렘을 상대한 플레이어는 『마술 위주로 싸우면 돼』라는 실로 안이한 생각을 하며 《불 속성·3형》을 날린다. 그러면 당연히 대미지가 들어가지 않는다. 그리고 플레이어를 타깃으로 삼은 미스릴 골렘이 돌진을 해온다. 마술 시전 직후의 경직 때문에 움직일 수 없는 틈에 그대로 짓밟히며 허무하게 죽을 수밖에 없는 것이다.

미스릴 골렘을 향해 처음으로 마술을 펼친 순간, 살해당하는 것이 약속되고 마는 것이다.

그렇다면 어떻게 하면 될까. 간단하다. 미스릴 골렘에게 통하는 레벨의 물리 공격 스킬을 익힐 때까지, 프롤린 던전에 들어가지 않으면 된다.

셰리가 강력한 물리 공격력을 지녔을까? 아마 그렇지 않을 것이다. 그녀는 정령을 이용해 전투를 벌이는, 매우 비효율적인 정령술사다. 굳이 따지자면 「즐겜파」라고 할 수 있다.

던전 안의 골렘을 쓰러뜨릴 수 있겠지만, 미스릴 골렘은 해치울 수 없다. 정령술사인 한, 그것은 절대 피할 수 없는 덫이다.

일전에 모험가 길드의 주최로 진행된 「프롤린 집단 공략」은 실패로 끝났다고 한다. 원인은 명백했다. 미스릴 골렘에게 통하는 물리 공격 스킬을 지닌 모험가가 참가하지 않았기 때문이다. 그리고 미스릴 골렘에게 마술이 통하지 않는다는 정보 또한 아직 알려지지 않았으리라.

그러니 셰리도 알 리가 없다. 일분일초를 다투는 상황이다. 한시라도 빨리 그녀를 따라잡아아 한다.

"서두르자."

나는 프롤린 던전에 도착하자마자, 세븐스테이오를 내버려둔 채 그대로 몸을 날렸다.

"(길 안내는 짐에게 맡기거라)"

아무래도 앙골모아는 노미데스의 기운을 감지할 수 있는 것 같았다. 그렇다면, 셰리는 아직 살아있다. 나는 염화로 안내를 받으면서 《비차검술》로 골렘을 해치웠다. 최대한 표적으로 잡히지 않도록, 최소한의 전투만 치르도록, 속도를 중시하며 서둘러 나아갔다.

"후하하, 이딴 조무래기는 상대조차 되지 않는 게냐!"

그 일방적인 전투를 보고 텐션이 상승한 듯한 앙골모아는 기분 좋은 듯이 그렇게 말했다.

"오래간만이 전투이구나! 피가 끓는다는 것은 이럴 때를 두고 하는 말이니라!"

소리 높이 웃고 있는 앙골모아는 대마왕 그 자체였다.

"너도 좀 있다 나서야 하니까, 미리 준비를 해둬."

"알았노라!"

왜 내가 이런 한밤중에 그딴 여자를 위해 이렇게 필사적으로 뛰어야 하는 거냐고 생각하면서, 나는 골렘을 해치우며 서둘러 던전을 나아갔다.

나는 어릴 적부터 친구가 없었다.

원인은 알고 있다. 바로 내 성격이다. 이렇게 매몰찬 소리만 늘어놓는 백작 영애에게는 아무도 다가가지 않을 것이다. 하지만 어쩔 수 없다. 나는 백작의 딸이며, 이런 성격을 타고 났으니까 말이다. 고치고 싶다 해서 고칠 수 있다고는 생각하지 않는다.

하지만, 솔직히 말해 쓸쓸했다. 외톨이라, 쓸쓸했다. 그런 당연한 사실을 어린 나이에 느꼈지만, 성격상 그것은 어찌할 수 없다는 것을 깨달았다.

내가 정령술을 익히자고 생각한 계기는 버젓하지 못한 이유 때문이었다.

유일무이한 친구. 나한테서 절대 떨어질 수 없는 존재. 그것이 바로 흙의 대정령 테라.

나는 정령을 이용해, 마음속의 쓸쓸함을 메웠다. 지금 생각해보면, 그것은 해선 안 되는 짓이었다.

쓸쓸함을 견디다 못해, 타인의 손을 잡았다면 좋았을지도 모른다. 하지만 나에게는 테라가 있다. 그래서 견딜 수 있었다. 아니, 견디고 말았다.

어릴 적부터 그렇게 자라오면서 자존심만 커졌고, 성격을 더욱 배배 꼬였으며, 결국 고집쟁이에, 콧대만 높고, 툭하면 질투를 하며, 마음속 생각을 전부 입에 담은 나머지, 적만 잔뜩 만든 끝에, 스스로 만든 껍질 안에 틀어박히는…… 매일같이, 테라와 단둘뿐인 세계로 도망쳤다. 그것이 버릇이 되었나.

이제 와서는 어쩔 수 없는, 바꿀 수도 없는, 버릇이다. 나 같은 것을 세간에서는 사회 부적응자라고 부를지도 모른다. 뭐, 천재 정령술사니까, 백작 영애니까, 용모가 수려하니까, 모험가 랭크도 A니까, 부적응자든 뭐든 상관없다. 나는 혼자서 살아갈 수 있다. 지금까지도 그렇게 혼자서 살아왔다.

그렇다. 혼자서 살아왔다. 그래서…… 그런 기분 좋은 느낌을, 전혀 알지 못했다.

내 문제 많은 성격을 받아주는 사람과 이야기를 나눈 것이, 그렇게 기분 좋을 줄이야……

어때…… 뭐, 어떠냔 말이야! 인간 친구를 원하는 게 뭐 어떠냔 말인데! 16년 인생 속에서 처음으로 만난 상대야! 절대, 절대 포기하지 않을 거야! 찍소리도 못하게 만들어주겠어! 나를 인정하게 만들 거야!

"테라! 오른쪽에 한 마리 더 있어!"

"예, 마스터~."

내 지시에 따라, 테라는 흙 속성 마술을 펼쳤다. 다가오는 골렘에게 마술로 만든 바위가 노도처럼 날아가더니, 골렘의 몸을 그대로 분쇄했다. 역시 나의 테라는 최강의 정령이야.

"자아, 계속 가자…… 어라?"

"이건~……."

커다란 돔 형태를 한 공간이 눈앞에 나타났다. 그곳의 중심에는 올려다봐야 할 만큼 거대하고 푸르스름한 빛을 뿜고 있는 바위가 있었다.

"—마스터! 물러나세요!"

테라가 고함을 질렀다. 나는 테라의 절박한 목소리를 처음 들은 나머지, 무심코 걸음을 멈췄다.

"뭐, 뭐야⋯⋯?!"

땅이 울리는 듯한 굉음이 들리더니, 거대한 바위가 움직이기 시작했다.

그 바위는 아까 전의 세 배나 될 듯한 크기로 점점 부풀어— 아니, 일어섰다는 것을 눈치챘다.

"⋯⋯고, 골렘⋯⋯?!"

골렘이 이렇게 크다고?! 들은 적도 없어!

"이곳의 보스예요, 마스터! 이길 수 없어요! 도망치죠!"

보스. 그렇다. 이 녀석이 보스인 건가.

"⋯⋯테라. 싸우자."

"마스터!"

이 녀석만 해치우면⋯⋯ 나는, 변할 수 있을 듯한 느낌이 들었다. 바보 취급을 당해도 좋아. 그래도 나는 이미 결심했어.

"테라! 흙 속성·5형, 준비!"

"⋯⋯큭⋯⋯!"

테라를 억지로 내 말에 따르게 했다. 내가 펼치려는 마법은 최근에 익힌 가장 강력한 마술이다. 지금 쓸 수 있는 내 최강의 공격이야.

"쐬!!"

아직 내 존재를 눈치채지 못한 거대 골렘을 향해, 테라가 《흙 속성·5형》을 날렸다. 그 직후, 대정령의 힘에 의해 증폭된 마술진이 주위 일대로 퍼져나가더니— 대지가 쪼개졌다. 산처럼 거대한 바위 덩어리가 땅속에서 얼굴을 내밀더니, 거대 골렘을 감싸듯 압박했다. 그 중에 빨려 들어가듯, 암석이 마치 운석처럼 쏟아졌다. 이런 공격을 당한다면, 아무리 거대 골렘이라도 절대 버텨낼 수 없을 거야!

"해치웠지?!"

흙먼지가 시야를 뒤덮은 가운데, 나는 무심코 그렇게 외쳤다.

프롤린의 보스를 쓰러뜨렸다. 세컨드보다 먼저 프롤린을 공략했다! 이걸로, 이걸로……!

"—어?"

쑤욱—. 흙먼지 속에서, 우리를 향해 걸어오는 거대 골렘이 모습을 드러냈다.

골렘은, 멀쩡했다. 테라는 마술 시전 직후의 경직 상태다. 나는 완전히 무방비했다.

……크다. 너무나도. 나는 아마 저 골렘의 손보다도 작을 것이다.

아.

"어…… 으윽!!"

걷어차였다. 아마도. 숨을 쉴 수 없다. 아무것도 들리지 않는다. 몸이 움직이지 않는다. 너무나도, 아팠다.

……어, 몇 초나 흘렀지? 나, 여기에 뭘 하러 온 거야? 무거운 눈꺼풀을 떠봤다. 나를 향해 육박하는 거대 골렘의 모습이 눈에 들어왔다.

"—! ——!!"

테라가 고함을 지르고 있었다. 그리고 슬픈 표정으로 내 앞에 섰다.

아아…… 나를 감싸주려는 거구나. 무리야. 저 골렘은 아까 마술을 맞고도 멀쩡하잖아. 이길 수 있을 리가 없어. 이 녀석은 대체 뭐야. 아아~, 내가 바보였어. 어처구니없는 바보. 구제할 길 없는 바보. 최악이야.

……참, 감상에 젖을 때가 아니지.

"(고마워)"

입은 만족스럽게 움직일 수 없지만…… 전해졌으면 좋겠다. 바보멍청이에, 외톨이에, 아무 짝에도 쓸모없는 나에게 어울려줘서 고마워, 라는 마음이 말이야.

잘 가, 테라.

《송, 환—

"　"

—다음 순간에 일어난 일을, 나는 평생 잊지 못할 것이다.

바람처럼 나타난 『일곱 빛깔 아우라를 몸에 두른 남자』가, 거대 골렘의 팔을 검 하나로 막아냈다.

놀랍게도, 그는 바위로 된 팔을 튕겨냈다. 거대 골렘을 힘으로 이긴 것이다.

수많은 잔상을 남기며, 마치 순간이동을 한 것처럼 거대 골렘에게 접근한 그는 추격타를 날렸다. 그것은 《비차검술》이었다. 일규 검사인 오라버니가 쓰는 모습을 본 적이 있었다. 하지만 그가 사용한 《비차검술》의 위력은 비정상적이었다. 너무나도 강했다. 게다가,

정령술사인 그가 어째서 【검술】을 쓰는 것일까? 그리고 저 흉흉한 아우라는 대체 뭘까?

나는 몸의 고통을 잊은 채, 눈앞의 광경에 몰입했다.

……레벨이, 다르다. 같은 인간이라는 게 믿기지 않았다.

그는, 혼자서, 그것도 【검술】만으로, 저 거대 골렘을 압도하고 있다.

저 자가 나와 같은 A랭크 모험가? 웃기지도 않네. 말도 안 되잖아. 천재 정령술사? 백작 영애? ……그게 어쨌다는 건데? 싶을 정도야.

"마스터~. 이제 괜찮아요. 살았어요~."

테라는 눈물을 흘리면서 나에게 다가왔다. 아아, 송환에 실패했구나.

미안해, 테라. 못난 마스터라서, 정말 미안해.

……나, 대체 뭐가 하고 싶었던 걸까. 나야말로 자기 분수를 몰랐던 거야?

바보. 바보. 나는, 정말, 구제불능의, 바보…….

"앙골모아, 가자."

"알았느니라, 짐의 세컨드여."

이곳까지 오는 도중에 모은 경험치를 전부 《정령 빙의》에 쏟아부었다. 그러자 랭크가 11급까지 올라갔다. 그나마 쓸 만한 레벨이

된 것이다.

"어이쿠, 위험해 보이는구나."

앙골모아가 말했다. 윽, 셰리의 목숨이 위험한 거냐!

"지금 쓰겠어! 빙의!"

"후하하! 알았느니라!"

보스가 있는 곳에 거의 인접한 나는 《정령 빙의》를 사용했다.

앙골모아는 순식간에 일곱 줄기 빛으로 변했다. 그리고 내 몸에 녹아들었다.

"─우왓."

어마어마하다. 그렇게 표현할 수밖에 없었다.

그야말로 『전지전능』한 존재가 된 듯한 감각이 나를 휘감았다. 《정령 빙의》 11급이라면, 빙의 시간은 120초, 재사용 쿨타임은 440초다. 효과는 모든 스테이터스 2.5배다. 9단까지 올리면 빙의시간 300초, 쿨타임 250초, 모든 스테이터스 4.5배가 된다.

……생각해보면, 이 세상에서의 《정령 빙의》가 지닌 효과는 그것만이 아닐 듯한 느낌이 들었다. 이제까지의 생각을 하는 데 걸린 시간은 1초도 채 되지 않았다. 맙소사. 너무 강력하다. 빙의된 정령이 앙골모아이기 때문일까?

셰리는 벽 쪽에 있었다. 코피를 흘리며 쓰러져 있었다. 유심히 보니 눈물을 흘리고 있었으며, 테라 씨가 셰리의 눈앞에서 필사적으로 그녀의 이름을 부르고 있었다.

그 모든 것이 보이고, 들렸다. 시력과 청력도 대폭 강화된 것 같

앉다.

남은 시간은 약 100초. 나는 미스릴 골렘의 앞에 나선 후, 그 바위 주먹을 《금장검술》로 막아냈다. 스킬 효과는 전방위 범위 공격이지만, 실제로는 전방위 대응 스킬이기도 했다. 뫼비온에서는 타이밍을 맞춰 스킬을 발동시켰을 때, 물리 공격이 격돌하면서 단순히 공격력이 더 뛰어난 쪽이 이기는 시스템이다.

금장은 그것을 전방위로 가능하기 때문에 「대응」이라는 용도로 쓸 경우에 매우 효율적이다.

"설마—?!"

등 뒤에서 테라 씨의 깜짝 놀란 목소리가 들렸다. 내가 몸에 두른 일곱 빛깔 아우라를 보고, 앙골모아가 빙의되었다는 것을 눈치챈 걸까?

괜한 생각을 하면서 싸우고 있을 때, 미스릴 골렘이 점점 약해졌다.

충분한 공격력만 갖추고 있다면, 단조로운 공격 패턴만 지닌 이 녀석은 손쉽게 해치울 수 있는 부류의 보스다. 그러기 위해서는 충분히 익숙해질 필요가 있지만 말이다. 슬프게도, 이 세상의 사람들은 익숙해지기 전에 죽어버리고 말지.

"(빙의가 곧 풀릴 것이니라!)"

전투 도중에 앙골모아의 당황한 듯한 목소리가 들렸다. 너, 내 생각을 읽을 수 있지? 그렇다면 당황할 필요가 눈곱만큼도 없다는 걸 알 거 아냐.

그 직후, 《정령 빙의》가 종료됐다. 미스릴 골렘은 아직 죽지 않았다.

하지만 전혀 문제될 것은 없다. 미스릴 골렘의 공격 패턴은 단조롭기 그지없다. 《정령 빙의》를 쓰지 않은 나의 스테이터스로는 약간 부족한 느낌이 없지 않아 있지만, 그래도 맞서 싸울 수 없는 수준은 아니다. 솔직하게 말해 버프 따위는 필요 없다. 그런데도 사용하는 건, 안정성의 확보와 시간 단축을 위해서다.

"대단해……."

테라 씨는 중얼거렸다. 대단한 건가. 이 정도는 누구라도 할 수 있다. 타이틀전 출전자 레벨이라면 누구나 통과한 길이라고. 혹시 이 세상은 좀 다른 걸까.

그런 생각을 하는 사이, 쿨타임이 끝났다. 나는 《정령 소환》에 이어 바로 《정령 빙의》를 발동시켰다.

"(설마 같은 전투 중에 짐을 다시 불러내 빙의시킬 줄이야……)"

재차 소환된 앙골모아는 약간 얼이 나간 것 같았다. 그래선 곤란하다. 이것을 일상적으로 여기게 되어야 한다. 나는 그런 생각을 하면서 미스릴 골렘을 마구 공격했다.

……앗. 죽었네. 빙의시간을 3초 정도 남기고 피니시했습니다~.

"휴우."

주위를 둘러보니, 적은 없었다. 바로 그때, 두 번째 《정령 빙의》가 해제됐다. 이제부터 440초 동안, 나는 앙골모아를 소환할 수 없다.

이야, 역시 《정령 빙의》는 좋다! 압도적이었다. 진짜 기분이 끝내주네. 버릇이 될 것만 같다.

"—세컨드 씨. 구해주셔서 정말 감사합니다~."

내가 여운에 잠겨 있을 때, 테라 씨가 입을 열었다.

"하아, 대체 무슨 생각이야? 내가 눈치 못 챘다면 너희는 죽었을 거라고."

나는 무심코 생색을 내는 듯한 말을 입에 담았다. 잠이 들려던 순간에 이 녀석들 때문에 일어나야 했으니, 이 정도 말은 해도 되겠지?

테라 씨는 내 불평을 듣더니, 송구하다는 듯이 고개를 푹 숙였다. 그런데 셰리가 의식을 잃어도 정령은 송환되지 않는구나. 이것은 꽤 가치 있는 정보일지도 모른다.

"아, 맞다. 이걸 먹여야지."

나는 문득 그렇게 중얼거린 후, 얼굴이 피범벅이 된 셰리가 눈이 까뒤집힌 상태로 바보처럼 쩍 벌리고 있는 입에 고급 포션을 억지로 부어넣었다. 의식은 돌아오지 않았지만, 눈이 정상으로 돌아왔으니 아마 이제 괜찮을 것이다.

"……저기~. 이 애는, 실은 착한 애예요."

내가 그런 셰리를 보고 한숨 돌렸을 때, 테라 씨가 영문 모를 소리를 늘어놓았다.

딱히 대화를 피할 이유가 없었기에, 나는 테라 씨와 잠시 이야기를 나누기로 했다.

"실은 나쁜 애가 아니라는 건 알고 있어. 하지만 남들보다 성격이 좀 꼬였고 단락적인 바보에, 외톨이일 뿐이야."

"예~······. 말하신 대로예요. 이 애는 어릴 적부터 저 말고는 친구가 없었어요."

"그랬겠지."

"아마 이 애는 세컨드 씨가 마음에 든 걸 거예요. 하지만 그런 감정을 느낀 건 태어나서 처음이라, 어쩌면 좋을지 모르는 거라고 생각해요~."

"······잠깐만 있어봐. 그럼 뭐야? 내 관심을 끌려고 이런 짓을 벌였다는 거야?"

"예~. 그 외에도 부모님에게 인정받기 위해서~ 같은 이유도 있겠지만~, 아마 그게 가장 큰 이유일 거예요~."

"허."

"허~?"

"허어어어어엇소리 말라고!! 네가 제대로 감독하란 말이야!!"

"저는 정령이라서요~. 마스터의 뜻에 거역할 수 없거든요~."

이 녀석, 뭐야?! 사람 되게 짜증나게 만드네!

"죄송해요~! 그래도 이 애를 싫어하지는 말아주세요~."

"아, 싫어하지는 않아. 아니긴 한데······."

성가시다. 정말 성가시다. 그리고 테라, 너는 좀 싫어.

······아, 그래. 이참에 선생님께 왕림해주십사 요청을 드려야겠다. 《정령 소환》이다.

"(음? 흠흠. 그래. 알았느니라)"

역시 앙골모아다. 일체감을 구사해 순식간에 상황을 파악했다.

"―오래간만이니라, 노미데스."

".............히익······ 아."

내 눈앞에 느닷없이 정령대왕이 나타났다. 테라 씨는 공포에 질린 표정을 지으며, 두 걸음 정도 물러났다.

······어라라? 들었던 이야기와 좀 다르잖아?

"왜 그러지? 왜 아직도 서, 있, 는, 게, 냐, ?"

앙골모아가 그렇게 말한 순간, 검붉은 번개가 뻗어나가서 테라씨의 두 팔과 두 다리를 지면에 옭아맸다. 지면에 넙죽 엎드리게 만든 것이다.

······흙의 대정령이, 지면에 넙죽 엎드린 채, 우리를 향해, 고개를 숙이고 있었다. 충격적인 광경이었다.

"잠깐만 있어봐. 이게 아니라고."

"아닌 게냐? 그거 미안하구나."

당황한 내가 지적하자, 앙골모아는 잘 모르겠지만 복종 마술 같아 보이는 것을 해제했다. 그러자 테라 씨는 지면에 털썩 주저앉더니, 믿기지 않는다는 눈길로 우리를 쳐다보았다.

"응? 아, 그래. 그럼 짐이 직접 의문에 답해주겠노라."

바로 그때, 일체감을 통해 뭔가를 눈치챈 듯한 앙골모아가 입을 열었다.

"정령과 그 주인은 점점 일체화되느니라. 상성이 좋을수록, 함께 보낸 시간이 길면 길수록 말이지. 놈의 여식은 저기 있는 계집에게 끌려 다닌 거겠지. 동정 때문인지, 혹은 동경한 건지는 모르겠지만 말이니라. 명령을 거역할 수 없었다는 건 변명에 지나지 않아. 함께 도망치며 서로의 상처를 핥아준 결과에 지나지 않느니라."

"……."

테라 씨는 부르르 떨며 고개를 숙였다.

"너는 주인을 죽일 뻔 했다. 있어서는 안 되는 일이지. 대정령일 자격이 없노라."

"잠깐만 있어봐. 점점 일체화된다면, 더 주인의 말에 따르기 쉬워지는 거 아냐?"

"그렇지 않으니라. 한쪽이 일방적으로 끌려 다녀선 안 되지. 일체화가 된다는 건 서로를 이해하는 것이니라. 저 녀석은 주인을 지나치게 보듬어주기만 했어."

"……하긴, 좀 불쌍하긴 하잖아."

친구를 만들지 못하는 쓸쓸한 어린이를 보고, 보듬어주지 말라는 건 무리잖아. 상식적으로 생각하라고.

"음? 짐의 세컨드여. 저 녀석한테 화가 났던 것이 아닌 게냐?"

"그게, 네 말을 들으니 동정심이 샘솟네."

"그러하냐. 그렇다면 무죄방면해주도록 하마. 후하하!"

어.

"그래도 괜찮은 거야?"

"사소한 문제를 과장해서 표현했을 뿐이니라. 짐은 다른 정령의 주종 관계에는 눈곱만큼의 흥미도 없지. 장난삼아 좀 괴롭혀줬을 뿐이니라."

앙골모아는 그렇게 말한 후, 웃음을 터뜨렸다. 우와아, 이 녀석은 진짜 성격이 더럽네. 그럼 아까 그건 대체 뭐였던 거냐고.

"……돌아가자."

나는 어이없어 하면서 아직 정신을 차리지 못한 셰리를 안아든 후, 프롤린 던전을 나섰다.

이 녀석의 옷이 좀 축축하다 싶더니, 오줌을 지렸잖아. 나는 땅이 꺼져라 한숨을 내쉰 후, 팀 한정 통신으로 실비아를 깨워서 셰리의 옷을 갈아입힐 준비를 해두라고 말했다.

이 바보, 정신이 들면 각오 단단히 해두라고…….

"—헉?!"

벌떡 몸을 일으켰다. 3초 후, 여기가 배드골드의 여관이라는 것을 깨달았다.

어라? 나, 대체 어떻게 된 거시?

"마스터~!"

테라가 내 품속으로 뛰어들었다. 아아, 그래. 나…….

"테라…… 미안해. 나 때문에……."

테라를 휘말리게 했다. 주인과 정령은 일심동체다. 바보 같은 주인 때문에 테라는 죽을 뻔 했다. 그렇게 필사적으로 말렸는데, 내가 관두지 않았기 때문이다.

프롤린 던전을 공략한다는 생각이 떠올랐을 때만 해도 정말 좋은 아이디어라며 들떴지만, 실제로는 그림의 떡이었다. 실현 자체가 불가능한 어리석은 생각이었다. 눈앞의 이익에 휘둘린 끝에, 나는 모든 것을 잃을 뻔 했다.

"사과하지 마세요, 마스터~. 제가 일찍 조언을 드렸어야 했어요……."

테라는 그렇게 말했다. 나는 무심코 침대에서 뛰쳐나왔다.

"아냐! 너는 잘못한 게 없어! 전부 내가 멋대로 벌인 일이야! 테라는 아무 잘못 없어!"

나는 그렇게 외치면서 문득 위화감을 느꼈다. 어, 몸이 가볍네? 게다가, 왠지 치마가…….

"아뇨, 저는 알고 있었어요~……. 마스터가 세컨드 씨에게 호의를 가지고 있다는 것을요."

"무쓴 쏘리 하는 꼬야?!"

호의?! 내가?! 그 녀석한테?! 농담하지 마!!

"이렇게 얼굴을 붉히고 있다는 게 가장 명백한 증거예요~."

"아, 아냐! 말도 안 돼!"

"그럼 왜 그런 무리를 한 거죠? 프롤린을 공략하려 한 거예요? 왜 세컨드 씨와 함께 이 마을에 온 건가요~?"

"그, 그건……."

나는 대답하지 못했다. 왜냐고…… 어? 나, 왜 그런 짓을 한 거지……?

"그게, 호의라는 것이에요. 마스터."

호의? 이게? 인정받고 싶다, 나를 바라봐줬으면 한다, 그리고 더 이야기를 나누고 싶다는 마음이, 호의인 거야?

"……."

……아아, 그래……. 이게, 좋아한다는 거구나.

"일찌감치 지적해드려야 했어요. 그랬으면 마스터가 죽을 뻔하지도 않았을 테고~…… 이런, 창피를 당하지도~……."

……응?

"어? 잠깐만. 뭐? 창피?"

그러고 보니 나를 구해준 사람은 세컨드야. 확실히 그건 창피한 일이긴 해. 하지만 테라가 이렇게 자책할 정도의 창피는 아냐. 나중에 제대로 사과한 후, 뻔뻔한 소리일지도 모르지만, 괜찮다면, 저기, 으음…… 아니, 그게 아니다. 친구가 되어줬으면 한다거나, 운 좋으면…… 그런 생각을 할 때가 아니다.

……하지만 진짜 멋있기는 했어. 일곱 빛깔 아우라에, 순간이동에, 정령술사에게는 불가능한 위력의 검술에…… 진짜 소름이 돋을 정도였다니깐. 위기 상황에 바람처럼 나타나서, 절대 못 이길 줄 알았던 적을 해치우다니…… 저, 저기 말이야? 바, 반하지 말라는 게?! 무리거든?! 안 그래?!

아, 아아아, 아니, 지금 신경 쓸 건 그게 아니잖아!

"내, 내가 무슨 창피를 당했다는 거야……?"

나는 어마어마하게 불길한 예감이 들었다. 미묘하게 느껴지는 위화감, 이건 혹시…….

"마스터가 코피를 줄줄 흘리며 쓰러져 있을 때, 세컨드 씨가 나타나서 구해주셨어요~. 세컨드 씨가 의식이 없는 마스터에게 포션을 먹이니 상처가 순식간에 회복됐고~, 그 후에 이곳까지 옮겨주셨는데~……."

포션을 먹였구나. 중상이었던 나를 치료해줄 수준의 즉시 회복 포션은 꽤 고가일 텐데 말이야. 나중에 따로 답례를 해야겠네. 아니, 그것보다 코피를 흘렸다니…… 좀 부끄러워. 어라, 옷도 꽤 더러워―.

"……………………."

어, 라……? 나, 원래 이런 치마를 입고 있었나?

"실은 마스터~, 그때 오줌을 지렸어요~…… 우후후!"

" "

자, 잘못 들은 걸까?

"……테, 테라? 방금, 뭐라고 했어?"

"오줌을, 지렸어요~!"

○uck!!!!!!

◇◇◇

"저…… 저기, 그게, 으음……!"

다음날 새벽. 격렬한 노크 소리에 잠에서 깨서 무슨 일인가 싶어 문을 열어보니, 얼굴을 새빨갛게 붉힌 셰리가 문 앞에서 거동수상

자처럼 꾸물거리고 있었다.

"이, 이거 받아……!"

셰리는 갑자기 뭔가를 난폭하게 건넸다. 유심히 보니 그것은 편지 같았다.

"미, 미안해! 그리고 고마워! 또 보자!"

정수리에서 연기가 피어오르고, 울상을 지었으며, 눈 또한 빙글빙글 돌고 있는 셰리가 같은 쪽 손발을 같이 내밀면서 양철 인형 같은 걸음걸이로 사라졌다. 세로롤 머리카락이 그 움직임에 맞춰 흔들리고 있었다.

"세컨드 씨, 이 은혜는 절대 잊지 않겠어요. 대왕님에게도 그렇게 전해주세요~."

미소를 지으며 그렇게 말한 테라 씨는 깊이 고개를 숙인 후, 셰리를 쫓아갔다.

……저 녀석들, 대체 왜 저러는 거야?

영문 모를 갑작스러운 작별 후, 나는 일단 편지를 읽어보았다.

편지에는 「사죄, 감사, 또 보고 싶다」라는 점에 대한 장황설이 적혀 있었다. 아까 헤어질 때 이미 말했잖아요? ……하고 딴죽을 날리고 싶었다. 정말 어이없는 상황이다.

츤데레 외톨이인 셰리 아가씨답지 않은 솔직한 편지를 보며 고개를 갸웃거린 후, 나는 나시 삼자리에 들었다.

"작전 회의를 하자."

"예이~!"

점심 식사를 하면서, 평소와 마찬가지로 앞으로의 방침을 정하는 회의를 개최했다. 평범한 회의가 아니라 일부러 작전 회의라고 표현한 것은, 그렇게 하면『작전을 좋아하는』에코가 기뻐하기 때문이다.

아, 그러고 보니 셰리는 결국 레냐드로 돌아간 것 같았다. 그리고 여관 측에서 셰리가 나에게 건네주라며 맡겨둔 물건이라, 금화가 가득 자루를 넘겨줬다. 200만CL 정도 들어 있었다. 신세를 진 것에 대한 답례라고 한다. 의외로 예의를 차리는 녀석이다. 으음…… 시끄러운 녀석이 줄어서 평화로워진 느낌도 들지만, 한편으로 좀 쓸쓸하기도 했다. 뭐, 다시 만나자고 했으니, 언젠가 또 만날 것이다. 지금이라면 그 녀석의 헛소리도 들어줄 만 할 것 같았다.

자아, 그럼 회의에 집중해볼까.

"우선 실비아. 앞으로의 네 방침을 알려주겠어."

"음, 기다리고 있었다."

실비아는 요즘 들어 급격히 성장하고 있는 만큼, 스스로의 육성에 대해 매우 의욕적이었다. 이미 습득한【궁술】스킬은 전부 랭크가 높으며,【마술】도 1, 2, 3형 전부 랭크가 높다. 또한【마궁술】의《복합》도 곧 고랭크에 들어선다. 이대로 육성을 이어가면 머지않아 모든 스킬이 9단에 이를 것이다.

참고로【마궁술】의 스킬은《복합》말고도《상승(相乘)》과《유격(溜擊)》이 존재한다. 양쪽 다 화력을 발휘하기 위한 공격 스킬이며,

마궁술사라면 꼭 익혀야만 하는 스킬이다.

"실비아는 모든 스킬을 9단까지 올리는 것을 목표로 삼도록 해. 그리고 마궁술의 상승과 유격도 익혀. 여유가 생긴다면 용마궁술과 용왕궁술도 습득하는 거야."

"자, 잠깐만 있어봐라. 일전에 세컨드 님이 자기 입으로 용마와 용왕은 쓰레기 스킬이라고 말했던 걸로 기억한다만……."

"그래. 다루기 어려운 스킬이고, 소비도 어마어마한데다, 필요 경험치도 많아. 솔직히 말해 쓰레기야. 하지만 그건 육성 초반일 때의 이야기야. 상급자가 되면, 꼭 익혀둬야 해. 그리고 유효 활용해야 하지. 무엇보다, 타이틀 획득을 위해서는 모든 스킬을 9단까지 올려야만 하거든. 그 두 스킬의 습득이 전제 조건이라 할 수 있다고."

"호오, 타이틀 획득을 위해…… 타이틀 획득을 위해?!"

어, 이 리액션은 오래간만인걸.

"대체 누가 말이냐?!"

"너야."

"내가?!"

"최종적으로는 궁술의 타이틀, 『귀천장』 획득이 목표지."

"귀, 귀천장……."

언젠가 내가 탈취하게 되겠지만 말이다.

"자, 이걸로 끝. 다음은 에코에고~."

"응~!"

나는 얼이 나간 실비아를 방치해둔 채, 에코에게 방침을 전달했다.

"에코는 우선 용왕방패술의 습득을 우선시해. 그걸 습득하면 초단까지 팍팍 올리자. 그 후에는 여유가 있으면 다른 방패술 스킬을 전부 익혀서 타이틀을 노리자고."

"알았어렷~!"

"잘은 모르겠지만, 아무튼 알았다는 소리지?"

나는 에코의 턱을 쓰다듬어줘서 벌어진 입을 다물게 했다. 이 애, 진짜로 이해한 걸까?

"그럼 마지막으로 유카리."

"예, 주인님."

내가 유카리의 이름을 입에 담자, 그녀는 기다렸다는 듯이 대답을 하며 소리 없이 나에게 접근했다. 좀 섬뜩하네.

"음…… 유카리는 이대로 대장장이 스킬을 9단까지 올린 후, 부여마술을 습득해서 9단까지 올리도록 해."

"부여마술, 말인가요?"

"그래. 장비품에 특수한 효과를 부여하는 스킬이야. 이걸 9단까지 올리면, 무시무시한 일이 벌어져."

"무시무시한 일이……."

유카리는 내 말을 듣고 눈을 반짝이더니,「알았습니다. 맡겨만 주세요」하고 말하며 고개를 끄덕였다. 대장장이 스킬에 부여마술에 비서 업무에 내 시중 등, 유카리에게 너무 많은 일을 맡긴 듯한 느낌이 들었지만, 그녀는 이렇게 기뻐하는 것을 보면 분명 괜찮으리라.

"그런데, 주인님의 방침은 어떻게 되십니까?"

갑자기 질문이 들어왔다. 그래. 내 예정도 밝혀두는 편이 좋을까.

"나는 첫 번째로 용마검술과 용왕검술을 습득할 거야. 두 번째로는 정령 빙의를 고랭크까지 올릴 생각이지. 세 번째로는 변신 스킬을 익히겠어. 그리고 네 번째로…… 뭐, 이건 때가 되면 알려줄게. 그리고 다섯 번째로는 마인을 찾아가서 4형 마도서를 볼 거야. 여섯 번째로는 검술, 마술, 소환술의 타이틀 획득을 할 예정이지."

"……잠깐만 있어봐라. 딴죽 걸 곳이 너무 많지 않느냐."

"변신~?"

"전망이 너무 구체적이라 무시무시하군요……."

습득 예정인 《변신》 스킬을 익히기 위해서는 좀 성가신 퀘스트를 수행해야 한다. 하지만 용마, 용왕에 비하면 차라리 나은 편이다.

《변신》은 《정령 빙의》와 마찬가지로 버프 스킬이다. 일시적으로 자신의 스테이터스를 대폭 상승시킬 수 있다. 이것을 익히면, 나는 겨우 『준비』가 끝난다. **어떤 표적**을 노릴 준비가 말이다.

"뭐, 아무튼 프롤린에서 경험치를 벌면서, 겸사겸사 미스릴로 떼돈을 벌자는 거야. 이제부터 약 두 달 동안은 프롤린과 여관을 왕복하는 생활을 하게 될 테니, 잘 부탁해."

내가 그렇게 말하자, 다들 믿음직스럽게 고개를 끄덕였다. 불쌍한 미스릴 골렘 씨는 이 순간, 불쌍하게도 대량으로 사냥당하는 것이 확정됐다. 참 불쌍하게 됐네.

"하지만 겸사겸사 떼돈을 벌자는 건 세컨드 님 다운 생각이군."

"이대로 수십억CL을 벌어서 호화로운 저택을 사는 거군요. 겸사 겸사 말이죠."

"힘내자~! 오~!"

에코가 갑자기 구령을 하자, 다들 「오~!」 하고 외쳤다. 그렇게 우리들, 퍼스티스트의 작전회의는 종료됐다.

여관 밖. 한참 떨어진 곳에서 세컨드 일행이 이야기를 나누는 모습을 몰래 관찰하는 이가 두 명 있었다. 열여섯이란 나이에 A랭크 모험가가 된 천재 정령술사, 백작 영애 셰리 럼버잭과 그녀의 정령이었다. 얼굴이 아직도 벌건 셰리는 멀찍이서 세컨드 일행을 바라보고 있었다. 편지를 건네준 「후」가 신경 쓰였던 것이다. 세컨드가 1층 술집에서 식사를 시작하고 약 한 시간 동안, 그녀는 여기서 계속 그를 관찰하고 있었다. 세간에서는 이런 이를 스토커라고 부른다.

"마스터~, 누가 다가와요~."

"뭐?"

그녀가 사역하는 흙의 대정령 테라가 누군가의 접근을 알려줬다.

"저, 저기! 셰리 럼버잭 님이시죠?!"

모습을 드러낸 이는 적갈색 장발을 지닌 장신의 남성이었다. 그는 몸을 최대한 굽히며 저자세를 취했다.

"뭐야? 대뜸 말을 거는 건 실례 아냐? 너, 대체 누구야?"

셰리는 여전히 날카로운 어조로 그렇게 말하며 그 남자를 노려보았다. 그러자 그는 당황하며 한걸음 물러서더니, 고개를 숙이며 입을 열었다.

"죄, 죄송합니다! 저는 셰리 님의 광팬인 세렴이라고 해요! 열아홉 살에 모험가 랭크 C인, 아직 수행 중인 정령술사죠!"

그는 자신의 이름이 세렴이라 말했다. 연거푸 고개를 숙이며 자신을 낮추는 그 모습은 소심해 보였으며, 그런 태도로 상대방의 기분을 좋게 해주려는 듯한 분위기를 지녔다.

하지만, 셰리에게는 통하지 않았다. 그녀는 항상 『자신의 상대방의 위에 서는 건 당연』하다는 생각을 가지고 있었기에, 항상 「그 이상」을 요구했다. 무릎을 꿇는다거나 신발을 핥는 것 같은 언동을 말이다. 하지만 상대방이 실제로 그런 행동을 취하더라도 「기분 나빠!」 하고 말하며 독설을 퍼붓기 때문에, 그녀에게 말을 걸어봤자 좋을 것은 하나도 없다.

"시끄럽네. 그래서 뭐? 나 지금 바쁘거든?"

셰리는 열중하고 있던 행위를 ^{스토킹} 방해받아서 언짢았다. 그녀는 『이 야기가 길어질 것 같으면 그냥 무시해버리자』 하고 생각하기 시작했다.

"저는 흙의 대정령을 가까이에서 꼭 보고 싶었어요! 이야, 장난 아니네요! 님페와 비교해보면, 아우라의 차원이 달라요!"

"아우라가 없는 정령이라 죄송합니다, 주인님."

세렴은 어느새 정령을 소환했다. 님페란 이름을 지닌 바람의 정령이었다. 한편, 셰리는 그냥 무시해버리기로 결심했다. 테라에게 「뒷일을 맡길게」라는 의미가 담긴 시선을 보냈다.

"어머. 당신은 혹시 바람의~……."

"예. 저는 바람의 정령 님페입니다. 노미데스 님을 뵙게 되어 영광이에요."

"그래? 나도 만나서 기뻐~."

님페와 테라는 의기투합하더니, 정령 토크를 이야기꽃을 피웠다. 세럼은 셰리에게 이런저런 질문을 했다가 무시당했고, 그렇다고 정령 토크에 끼지는 못했기에 우왕좌왕했다.

"그러고 보니, 어젯밤에 대왕님을 뵀어."

"대, 대왕님을요?!"

테라가 별생각 없이 한 말에 님페는 경악하며 고함을 질렀고, 그 바람에 세럼이 대화에 낄 여지가 생겼다.

"대왕이라고요? 혹시 정령의 대왕을 말하는 건가요?!"

세럼은 흥미롭다는 듯이 그 말에 반응을 보였다.

"응. 정령대왕 앙골모아…… 정령계의 정점이야. 엄~청 무서운 분이지."

"저는 아직 뵌 적이 없습니다. 저 같은 말단 정령에게 있어서는 하늘 위에 존재시죠."

"그, 그런 엄청난 정령이 존재하나요?! 어어어, 어디에 계시죠?!"

"세컨드 씨라는 분이 사역하고 있어~. 바로 저기에—."

"뭐어엇?!"

셰리는 갑자기 고함을 질렀다.

그녀는 무시하는 척 하면서도, 남들의 대화를 듣고 있었던 것이다.

정령대왕 앙골모아— 흙의 대정령보다도 위대한, 정령계의 정점이다. 그런 엄청난 존재와 테라는 언제 만났던 거지? 같은 생각을 하고 있을 때, 세컨드란 말이 귀에 들어왔던 것이다.

"……저, 저기, 테라? 왜 말해주지 않은 거야? 세컨드가 그, 그런 엄청난 정령을 사역하고…… 있다니……."

흙의 대정령을 사역하고 있다는 걸 자랑했던 자신이 얼마나 한심해 보였을까……. 셰리는 온몸을 부들부들 떨었다. 귀까지 새빨개졌다.

자신이 유일하게 인정하는 상대인 세컨드라서 망정이지, 만약 세컨드 이외의 인물이 정령대왕을 사역하고 있다면 그녀는 또 질투심에 사로잡힌 끝에 폭주했을지도 모른다. 호의와는 다른 방향으로 말이다.

"깜빡했어요~."

"그~~~렇게 중요한 걸 깜빡하면 어떻게 해!"

"죄송해요, 마스터~."

"하아…… 정말. 이제 됐어……."

정령대왕을 사역하는 정령술사. 셰리는 그런 상대한테 이기는 건 무리라고 생각하며 납득했다.

물론 그녀는 약간 질투를 느끼고 있었다. 하지만, 기쁨이 더 앞서고 있었다. 자신이 유일하게 인정한 상대가 강하다는 것은, 그녀에게 있어 기쁜 일이기도 한 것이다.

"……어? 그런데 아까 전의 비호감 장발은 어디 간 거야?"

"비호감 장발은 저쪽에 있어요~."

"윽!"

세럼은 님페와 함께 세컨드가 있는 여관 1층 술집을 향해 걸어가고 있었다. 아마 정령 마니아인 그는 테라 때와 마찬가지로, 정령대왕을 보여 달라는 부탁을 할 생각일 것이다.

"도, 도도도, 도망치자, 테라!"

세컨드에게 여기 있다는 걸 들키게 생겼다고 여긴 셰리는 배드골드 마을에서 도망치기로 결심했다.

"예~, 마스터~."

그런 셰리의 뒤를 따르는 테라의 입가에는 어찌된 건지 기쁨의 미소가 어려 있었다.

◇◇◇

회의를 마치고 술집을 나서자, 기쁜 나쁜 장발이 다가왔다.

"세, 세컨드 님 맞으시죠?!"

이 녀석, 뭐야? 내 이름을 어째서 알고 있는 거지?

"그래."

"역시 그랬군요! 저는 정령술사인 세럼이라고 합니다! 셰리 님의 소개로, 세컨드 님을 알게 됐어요!"

흐음. 셰리에게 소개를 받은 건가.

"저는 바람의 정령 님페라고 합니다. 세컨드 님께서 대왕님의 주인이라는 말을 듣고, 일개 바람의 정령에 불과한 불민한 몸이오나, 실례를 무릅쓰고 인사를 드리고자 이렇게 찾아뵙게 되었사옵니다."

약간 이상한 일본어를 쓰는 정령이 불쑥 다가왔다. 에메랄드빛 단발을 지닌 성실해 보이는 여자 정령, 님페다. 이 녀석은 정령강도가 17000 정도였을 것이다.

"무슨 볼일이지?"

"그게, 저기…… 부디, 정령대왕님을 말이죠. 보여주셨으면 해서……."

장발 남자는 손을 비벼대며 그렇게 말했다. 이런 녀석들은 『비위 좀 맞춰주면 만사 오케이』라고 생각하는 것 같아서 딱 질색이다.

—응? 팀 한정 통신이 들어왔다.

보낸 이는 유카리다. 그 내용은— 「암살에 조예가 있는 듯하니, 경계하시길」……?

……어, 라라? 이 세럼이란 남자가? 암살에 조예? 거짓말이지?

"어때요? 좀 안 될까요?"

붉은 머리카락을 쓸어 넘기고 경박하게 히죽거리며 손을 비벼대고 있는 세럼의 모습은 수상한 가게의 호객꾼 같았다. 도저히 암살자로는 보이지 않았다. 정령술사가 맞는지도 의심스럽지만, 사람은 겉만 보고 판단하면 안 된다는 것을 예전부터 알고 있었다. 이렇게 소인배인 척 하며 접근하는 것이 암살의 테크닉일지도 모른다. 아니, 틀림없다. 전혀, 전혀 믿기지 않지만, 분명 그럴 것이다.

뭐, 됐다. 좋아. 세럼 군이 암살자라고 치자. 그렇다면, 이 녀석의 목적은 뭘까?

그것은 도통 알 수가 없었다. 앙골모아를 본다고 해서, 이 녀석에게 어떤 득이 있을까? 짐작조차 안 되네.

"왜 그렇게 보고 싶어 하는 거야?"

알 수 없기에 물어본다. 그것이 나의 스타일이다. 그것은 상대가 암살자이든 아니든 상관없다.

세럼은 한순간 어리둥절한 표정을 지은 후, 입을 열었다.

"흙의 대정령님께서 엄청 무서운 분이라고 말씀하신, 정령계의 정점! 일개 정령술사로서 그 분을 만나 뵙고 싶어 하는 건 지극히 자연스러운 일이니까요! 이런 기회는 평생 한 번 찾아올까 말까 하다고요!"

확실히 납득이 되는 대답이야. 네가 진짜 정령술사라면 말이지.

"……"

으음. 아, 좋은 생각이 났다.

"알았어. 보여줄게."

"저, 저, 정말인가요?! 감사합니다!"

유카리를 힐끔 쳐다보니, 「괜찮겠습니까?」 하고 말하는 듯한 표정을 짓고 있었다. 괜찮아요~.

나는 《정령 소환》으로 앙골모아를 소환했다. 그리고 즉시…….

"(무릎을 꿇려)"

염화로 지시를 내렸다.

"(알았느니라)"

앙골모아는 현현하자마자 검붉은 뇌광을 쏴서, 세럼을 지면에 옭아맸다.

"큭…… 우왓! 뭐, 뭐하는 거예요?!"

세럼은 두 손 두 발과 머리를 지면에 대며, 그 자리에서 넙죽 엎드렸다. 그리고 어찌된 건지 님페도 같은 자세를 취하고 있었다.

……이건 대체 어떤 방식인 걸까. 이 기술을 전투 중에 써먹을 수 있다면 완전 최강일 것 같은데 말이다.

"(정령대왕인 짐의 특권, 지배의 번개이니라. 하지만 겁먹은 정령과 그 주인에게만 통용되기 때문에, 쓸 수 있는 경우가 한정되지)"

아하. 겁먹은 녀석의 머리를 강제적으로 숙이게 만들어, 더욱 겁먹게 만드는 건가. 악랄하네……. 역시 앙골모아답게 성격이 더러운 기술이다.

"대, 대왕님. 이렇게 뵙게 되어 영광입니다."

지면에 고개를 댄 님페가 떨리는 목소리로 그렇게 말했다. 왠지 좀 불쌍해 보였다. 슬슬 고개를 들게 할까.

"고개를 들라."

일체감은 정말 끝내준다. 내가 그런 생각을 했을 뿐인데, 앙골모아는 두 사람이 고개를 들게 했다. 세럼은 당혹감과 공포에 흥분이 섞인 표정을, 님페는 경외심에 찬 표정을 짓고 있었다.

"오오. 정령대왕님은…… 지, 진짜 끝내주네요……!"

세럼은 눈을 치켜뜨더니, 감탄을 터뜨렸다. 그것은 앙골모아를 보고 싶어서 나에게 접근했다는 말을 믿게 만드는 데 충분한 리액션이었다.

하지만, 그 교묘한 연기를 꿰뚫어본 이가 두 명이나 있었다.

"(······이 남자, 좀 이상하구나. 님페를 통해 조사하겠노라. 잠시만 기다리거라, 짐의 세컨드여)"

"주인님. 저 남자, 도망칠 기회를 엿보고 있습니다."

앙골모아는 염화로, 유카리는 귓속말로 그렇게 말했다. 이 둘은 진짜 도움이 된다니깐.

"—으극!!"

그런 생각을 하고 있을 때, 갑자기 파직 하는 강력한 번개에 맞은 님페가 그 자리에서 무너지듯 쓰러졌다.

"뭐, 뭐하는 거예요?!"

세럼은 당황했다.

"움직이지 마라, 이 무례한 놈아."

"크으극!!"

앙골모아가 지배의 번개로 세럼을 제압했다. 이 대왕, 진짜 하고 싶은 대로 다 하네.

"(알아냈느니라. 이 녀석은 말베르 제국의 간자구나. 캐스탈 왕국의 모험가들을 염탐하고 다니는 것 같다)"

"흐음!"

나는 반가운 단어를 듣고 탄성을 터뜨렸다.

말베르 제국— 뫼비온에서는 「무투파 국가」로 유명했다. 침략 전쟁에 환장한 강국이란 인상을 지녔으며, 언젠가 캐스탈 왕국과도 전쟁을 벌이게 되어 있다.

그런 곳의 간자가 나에게 말을 건 것이다. 단순한 정찰일까. 아니면 권유일까. 잘 모르겠지만, 그다지 좋은 이유일 것 같지는 않았다.

"이, 이게 뭐하는 거죠……? 제, 제가 혹시 눈에 거슬리는 짓을 했나요……?"

세럼은 겁먹은 표정을 지었다. 앙골모아에게 말해서 고개를 들게 하자, 그는 울먹거리면서 희미하게 떨고 있었다. 이것이 연기라면 정말 대단했다. 역시 제국이다. 부리는 개도 1류 같았다.

나는 말베르 제국을 그렇게 싫어하지 않는다. 음험한 꼼수는 배제하는 실력주의의 국가답게, 정정당당하게 힘으로 승부해서 주변 국가를 타도해 강국이 된 그 방식은 세계 1위가 되려는 나와 어딘가 비슷했다.

……좋다. 이쯤에서 언젠가 세계 1위가 될 남자의 이름을 절대 잊지 못하도록 각인시킨 후에 돌려보내자. 그렇게 생각한 나는 히죽거리며 입을 열었다.

"수고가 많은걸, 제국의 개."

말베르 제국에 있어서의 가상 적국을 조사하기 위해, 이 캐스탈 왕국에 잠입하고 벌써 석 달이 지났다. 셰리 럼버잭의 정령을 가까이에서 관찰한 것은 큰 행운이었다.

역시 천재 정령술사라 불릴 만 했다. 흙의 대정령, 저것은 꽤나 성가시다. 언젠가 벌어질 전쟁에서의 권유 후보로 삼아도 될 것이다.

하지만 저 성격은 문제다. 정령술사 중에는 정령에게 의지하기만 하는 심약한 자가 많다는 통계는 조사 과정에서 확인했지만, 그녀는 정반대다. 만약 흙의 대정령이 소환되어 있지 않은 상황에서 말을 걸었다면, 아마 관찰은 실패로 끝났을 것이다.

뭐, 하지만 지금은 그녀보다 우선해야 할 거물이 있다. 정령대왕이다. 설마 실존할 줄은, 그리고 만날 수 있을 거라고는 생각도 못 했다.

정령계의 정점을 사역한 자가 가상 적국에 있다는 사실이 판명됐으니, 가만히 있을 수는 없다. 상대방에 대해 조사한 후, 귀환해서 대응책을 검토할 필요가 있다.

다행인 것은 셰리 럼버잭을 통해 그 자에게 접근할 기회를 얻었다. 이 기회를 놓칠 수는 없다.

"세, 세컨드 님 맞으시죠?!"

나는 바보천치를 연기하며 접근했다. 정령대왕의 사역자인 세컨드는 절세의 미남이었다. 그는 아름다운 눈매로 나를 쳐다보더니, 「그래」 하고 차가운 목소리로 대답했다. 그것만으로도 얕봐서는 안 될 상대라는 것을 알 수 있었다. 조면인 상대와도 쓸데없이 대화를 나누지 않는다고 하는, 그 철저한 경계심에는 경탄을 금할 수 없었다.

그는 언뜻 보기에는 빈틈투성이 같지만, 정령대왕을 사역한 남자가 처음 보는 인간 앞에서 빈틈을 보일 리가 없다. 아마 내 공격을 유인하고 있는 것이리라. 하지만 지금 내 목적은 암살이 아니라 조사다.

그 후로 우리는 대화를 몇 마디 나눴다. 아무래도 나를 상당히 경계하고 있는 것 같았다. 하지만 정령대왕은 꼭 봐둬야만 한다. 나는 필사적으로 물고 늘어졌다.

"왜 그렇게 보고 싶어 하는 거야?"

갑자기 그런 질문을 받았다. 왜 보고 싶어 하냐고? 나는 이미 자신의 정령을 보여줬다. 이제 와서 내가 정령술사라는 점을 의심하지는 않을 것이다. 그런데도 「왜」라는 질문을 던진 의미는 뭘까? 알 수 없다. 어쩌면 내 정체가 들통 난 것일까? 아니, 그럴 리가…….

"일개 정령술사로서 그 분을 만나 뵙고 싶어 하는 건 지극히 자연스러운 일이니까요!"

나는 당연한 말을 당연하다는 점을 약간 강요하며 입에 담았다. 그 순간, 세컨드의 얼굴에서 표정이 사라졌다.

실수한 건가……?! 나는 당황했다. 역시 방금 질문에는 나를 시험해보려는 의도가 있는 거야! 그럼, 설마……. 이 세컨드라는 남자는 겨우 수십 초 만에 나의 본업이 정령술사가 아니라는 것을 꿰뚫어본 것일까? 말도 안 된다. 암살자도 아니고, 정령술사가 그런 관찰안을 지녔을 리가 없다. 하지만, 실제로 나는 현재 궁지에 몰려 있다…….

"알았어. 보여줄게."

……뭐야? 뜻밖의 한 마디였다. 나는 한 박자 늦게 기뻐하는 연기를 했다. 만약 방금 그것이 세컨드가 나를 흔들기 위해 한 말이라면, 나는 어리석게도 가장 큰 빈틈을 드러내고 만 것이다.

하지만 결과적으로 정령대왕을 내 눈으로 직접 볼 수 있게 됐다. 이 목적을 이룰 수만 있다면, 다소의 실수에는 눈을 감아도 될 것이다. 그 만큼 큰 공적인 것이다. 이제 님페에게 기억을 시킨 후, 제국에 정보를 전달하기만—.

"큭……?!"

몸이 멋대로 움직였다. 뭐가 어떻게 된 거지?!

님페까지도 손으로 지면을 짚고 있었다. 정령을 무릎 꿇리다니?! 말도 안 된다!!

"—고개를 들라."

맑고 중성적인 목소리가 들렸다. 나는 자유로워진 고개만 움직여서 앞을 바라보았다.

……이, 이 자가 정령대왕. 미, 믿기지 않는다. 저, 정신이 이상해질 것만 같다. 이건, 위험하다. 이, 이런 정령이 존재하다니…….

내가 얼이 나가 있는 사이, 님페가 기절했다. 겨우 한 방에 말이다. 저항조차 하지 못했다.

"뭐, 뭐하는 거예요?!"

"움직이지 마라, 이 무례한 놈아."

"크으윽!!"

빠져나가기 위해 저항하려 했지만, 몸이 꼼짝도 하지 않았다. 다

틀렸다. 정령대왕은 이렇게 압도적인 존재인 건가. 이 사실은 반드시 제국에 알려야 한다. 이 대왕이란 존재는 단독으로도 제국에게 있어 위협이 될 수 있는 것이다. 그러기 위해서는 어떻게든 이 위기에서 빠져나가야만 한다!

"이, 이게 뭐하는 거죠⋯⋯? 제, 제가 혹시 눈에 거슬리는 짓을 했나요⋯⋯?"

박진감 넘치는 연기였다. 나는 이 세상에 태어난 후로 지금까지 쭉 말베르 제국의 첩보원으로서 항상 스스로를 갈고닦았다. 그 실력주의인 제국에서도 1류에 속한다. 그런 내가, 이렇게, 이렇게—!

"수고가 많은걸, 제국의 개."

세컨드는, 그렇게 말하며 웃었다.

머릿속이 새하얗게 되더니, 곧 눈앞이 시꺼멓게 변했다.

이 남자는 처음부터 눈치채고 있었던 건가⋯⋯?! 왜?! 어떻게?! 말도 안 된다! 정령대왕이 뭔가를 한 것인가? 하지만 저 둘은 단 한 마디도 대화를 나누지 않았다. 그렇다면 저 다크엘프가 알려준 건가? 하지만 내가 제국의 간자라는 것을 꿰뚫어볼 만한 요소는 전혀 없었다. 왜 들통 난 거지?! 설마 마음을 읽는 건가⋯⋯? 젠장, 영문을 모르겠어!

⋯⋯아아. 그래도 딱 하나만은 알 수 있다. 나는 졌다. 내가 가장 자신 있어 하는 분야로 말이다. 이 남자는 나보다 한두 수는 우위였다. 그것이 전부다. 내 운명은 여기서 다했다. 최후의 저항 삼아— 나는 애원했다.

"져, 졌어…… 죽기 전에, 하다못해, 가족에게 편지를 쓰게 해줘."

이 사실을 어떻게든 제국에게 보고해야 한다. 나는 그것이 나에게 주어진 최후의 사명이라 여겼다.

"응? 착각을 하고 있나 본데, 나는 너를 죽일 생각 없어."

…………뭐? 무슨, 소리를 하는 거지……?

"나를…… 죽이지 않을 거라고?"

"그래. 마음대로 해. 뭣하면 우리를 따라오겠어? 우리는 이제 프롤린 던전을 공략하러 갈 거야."

"──."

나는 경악했다. 이 남자, 인간으로서 중요한 무언가가 명백하게 결여되어 있다……!!

처음부터 내가 제국의 간자라는 것을 알면서도 일부러 대면했고, 멋대로 굴게 두면서 시험했을 뿐만 아니라, 농락하며 가지고 놀았다!

저 자에게서 느껴진 비정상적인 여유는, 이것이 저 자에게 있어 『유희』에 지나지 않기 때문이다!

나는 말베르 제국의 첩보원이다! 목숨을 걸고 줄다리기를 했단 말이다! 그걸 알면서, 어째서 유희 삼아 즐길 수 있지? 왜 저렇게 여유가 넘치지?! 무, 무시무시한 자다……!

"사, 사양, 하지!"

목소리가, 몸이 떨렸다. 더는 연기를 할 수 없다.

"그래? 그럼 돌아가라고."

구속에서 풀려난 나는 힘이 들어가지 않는 다리로 겨우 몸을 일으킨 후, 정신을 잃은 님페를 송환시키고 천천히 물러났다. 공포 때문에 이 남자에게 등을 보일 수가 없었다. 장난 삼아 내 등에 공격을 날릴지도 모른다. 이 남자라면, 그러고도 남는다.

"너희 보스에게는 이렇게 전해. 세계 1위의 남자, 세컨드는 만베르 제국의 방식을 마음에 들어 한다고 말이야."

우리의 보스— 즉, 황제에게 전하라는 것이다. 그 말이 의미하는 바는……

"……알았다. 꼭 전하지."

세계 1위의 남자, 세컨드.

나는 이 무시무시한 남자를 절대 잊지 않겠다고 마음속으로 맹세하며, 캐스탈 왕국을 떠났다.

◇◇◇

"괜찮겠습니까?"

세럼이 사라진 후, 유카리가 나에게 바로 물었다. 이대로 놔줘도 괜찮은 건지, 묻는 건가.

"물론이지."

"하지만 제국의 간자라니…… 용케 알아내셨군요."

"앙골모아가 알아냈거든."

완전히 복종하는 정령에게서는 기억을 읽어낼 수 있다는 것은 나중에 알았다. 그리고 저급 정령이라면 조종할 수도 있다고 한다.

정령계의 지배자는 정말 대단하네, 하고 생각했다.

"그건 그렇고, 꽤 좋은 인상을 준 것 같지 않아?"

"예?"

"……뭐?"

내가 그렇게 말한 순간, 유카리만이 아니라 실비아도 「이 녀석, 제정신인가」 하고 말하는 듯한 눈길로 쳐다보았다.

"아, 몰랐어? 나, 실은 제국을 꽤 좋아해."

뭐, 이 세상의 제국이 내가 아는 제국과 다를 가능성도 있지만 말이다.

"짐의 세컨드여. 짐도 제국을 좋아하느니라."

"그렇지? 제국은 멋지잖아."

"음, 멋지지."

앙골모아와 둘이서 공감하고 있을 때, 유카리의 실비아는 「이 녀석, 진짜 어처구니없네」 하고 말하는 듯한 눈길을 머금었다.

"주인님. 눈치 못 채신 것 같으니 알려드리는 겁니다만, 방금 행동은 지나치게 거만하셨습니다."

"제국을 좋아한다면서 제국의 간자를 정신적으로 박살내서 쫓아낸 걸로 모자라, 황제에게 시비도 걸었지 않느냐. 진짜 악랄하기 그지없는 짓거리다."

꾸중을 듣고 말았다. 확실히 일리가 있기는 했다.

"그래. 뭐, 됐어. 프롤린에나 가자."

아까부터 「가자~ 가자~」 하며 내 허리에 매달려 있는 에코에게

「오래 기다렸지?」 하고 말하며 쓰다듬어준 후, 나는 마구간을 향해 걸음을 옮겼다.

"정말 개의치 않는 구나……."

"뭐, 주인님답기는 하군요."

실비아의 어이없어 하는 목소리와 유카리의 체념 섞인 목소리가 뒤편에서 들려왔다. 하지만 그런 소리를 하면서도 나를 따라와 주니까, 나는 저 두 사람이 좋아한다.

이제부터 약 두 달 동안, 퍼스티스트는 프롤린 던전에서 경험치를 마구 벌며 미스릴을 수집할 것이다. 제국 같은 걸 신경 쓸 때가 아닌 것이다.

자아, 던전을 향해 출발하자. 기다리라고, 세계 1위. 내가 꼭 다시 차지해주겠어.

한담2 소문

배드골드 마을. 모험가 길드의 옆에 있는 술집에 모인 모험가들이 이런 이야기를 나눴다.

"그 소문 들었어?"

"응? 어떤 소문 말이야?"

"『프롤충』 말이야."

"아~! 들었어. 진짜 어이가 없더라고."

체격이 좋은 남자의 말에, 키가 큰 남자가 관심을 보였다.

"예의 『악마를 거느린 자』란 남자가 마스터지?"

"그뿐만이 아냐. 모험가 랭크 A 도달 왕국 최단기간 기록 보유자인 4인조에, 프롤린 던전을 팀 단독으로 공략하는 걸로 모자라, 실력은 바로 그 셰리 럼버잭이 인정할 정도라잖아. 모험가, 상인, 대장장이 이 세 길드가 간섭조차 못할 정도로 무서워한다는 소문이 있어."

"뭐? 말도 안 되잖아."

"게다가 프롤충이기까지 한 거지. 완전 괴물이야."

"……저기, 나는 그 프롤충이라는 게 무슨 뜻인지 몰라. 프롤린을 공략한 엄청난 녀석이 있다는 이야기는 들었지만 말이야."

"진짜 몰라? 프롤충이라는 건 말이지? 프롤린의 무시무시한 놈들이란 뜻이라고."

"그건 또 무슨 소리야?"

"듣자하니, 매일 프롤린을 다섯 번은 공략한다는 것 같아."

"우와, 어이가 없네! 그런 별명이 붙을 만도 한걸……"

"그 녀석들을 흉내 내다 뒈진 모험가도 몇 명 있다는 것 같아."

"바보네~. 그딴 짓을 흉내 내는 게 쉬울 리가 없잖아."

"우리는 병등급 던전을 공략하면서도 매번 가슴을 졸이는데, 을등급을 하루에 몇 번이나…… 오줌을 지릴 거라고."

"맞아."

푸하하, 하고 웃었다. 그 두 사람은 곧 A랭크에 곧 올라설 숙련된 B랭크 모험가다.

"역시 세상에는 차원이 다른 녀석이 있는 거야."

"타이틀전에 나오는 녀석들처럼 말이야?"

"그래. 프롤충의 네 사람도 머지않아 그 무대에 서겠지."

"에이, 말도 안 돼! 나는 세 번 보러 갔었는데, 그 정도로는 어림없다고."

"아, 그러고 보니 너……."

"응?"

"그 귀여운 아가씨의 팬이었지~! 그 활 쓰는 엘프 누님 말이야. 이름이, 으음~."

"시끄러워! 아냐! 나는 그저 궁술의 최고봉을 보고 싶어서 간 거라고!"

"멍청아, 옛날 옛적에 다 들통 났거든?! 이 속물아!"

"그런 게 아니라고!"

술판이 드잡이질로 바뀐 가운데, 남자들의 밤은 깊어갔다…….

"어서 오십시오, 아가씨."

럼버잭 백작 가문의 저택. 가신인 포레스트가 배드골드에서 돌아온 셰리를 평소처럼 맞이했다.

"금방 또 나갈 거야."

"……알겠습니다."

셰리는 「아무 일 없었으니 그냥 내버려둬」 하고 말하듯 손을 가볍게 저어서 포레스트를 쫓아낸 후, 준비를 시작했다.

무슨 준비냐면— 그것은 바로 던전 공략 준비다.

세럼과 만났던 그 날, 셰리는 배드골드에서 도망치기로 결심했다. 하지만 그 후로 며칠 동안 배드골드에 머물렀다.

대체 무엇을 위해서. 그야 물론 스토킹을 하기 위해서다.

그녀는 분석했다. 세컨드의 모든 것을 말이다. 그리고 오늘, 그 결과가 나왔다.

"나에게 부족한 것은 지식량, 수련도, 그리고 경험지야."

세컨드에게 있고, 자신에게 없는 것. 거꾸로 말하자면, 그것만 있으면 세컨드를 따라잡을 수 있다고 여겨지는 요소.

"하지만~, 위험하지 않을까요~."

흙의 대정령 테라는 던전 공략을 착착 준비하고 있는 자신의 주인이 걱정되는지, 그렇게 말했다.

"바보네. 나도 일전의 일로 학습했거든? 일반적으로 보자면 위험하기는 하겠지만, 나는 그 녀석을 보고 눈치챘어. 위험이란, 말하자면 『무지에서 비롯된 외통수』인 거야."

"무지, 인가요~?"

"응. 던전 안에서 일어날 수 있는 위기를 전부 망라하고, 지식으로서 그것을 머릿속에 집어넣는 거야. 그에 따른 대처법을 하나하나 작성해서 몸에 밸 때까지 수도 없이 반복하는 거야. 그러면 철저한 리스크 관리가 가능해. 외통수에 직면할 리가 없는 거야."

"……그런 게, 정말 가능할까요~?"

"가능하고 말고를 떠나, 그 녀석이 해냈으니까 나도 반드시 해내야만 해!"

셰리는 준비를 마친 후, 저택을 나섰다. 그녀가 향한 곳은 상업도시 레냐드에 있는 모험가 길드다. 셰리가 안에 들어가자, 모험가들이 웅성거렸다. 셰리는 배드골드에서도 꽤 유명했지만, 홈그라운드인 레냐드에서는 모르는 사람이 없을 정도의 유명인이다.

"흥, 기분이 썩 나쁘지는 않네."

"우후후~."

셰리는 혼잣말을 중얼거렸다. 테라는 그 말을 듣더니, 셰리의 변화를 느끼고 기쁨에 찬 미소를 머금었다.

예전의 셰리였다면 모험가들이 떠드는 소리를 듣고 「시끄러워!」하고 외쳤을 것이다. 하지만 지금은 딱히 신경 쓰이지 않았으며, 그저 조용히 코웃음을 칠 뿐이었다. 셰리는 자기보다 압도적으로 뛰어난 존재를 가까이에서 본 덕분에 마음에 여유가 생긴 거라고, 테라는 생각했다.

"저기, 그루팀 던전에 대해 좀 알고 싶거든? 그 던전에 대해 잘 아는 사람을 좀 모아주지 않겠어?"

"아, 예! 잠시 시간을 주시겠어요?!"

"좋아. 그럼 내일 아침에라도 모아줄래?"

"예, 그러겠어요!"

셰리는 길드 직원에게 그렇게 말한 후, 인근 여관에 방을 잡았다. 고급스러운 방은 아니었다. 침대와 테이블과 의자가 있을 뿐인, 평범한 1인실이다.

테이블 위에는 어디서 가져온 건지는 몰라도 병등급 던전『그루팀』의 구조가 그려진 지도가 있었다. 그녀는 그것을 굳은 표정으로 살피며 생각에 잠겼다.

"우후, 우후후."

테라는 주인의 변화를 느끼며 더욱 기쁨을 느꼈다.

"테라, 기분 나쁘게 왜 그래?"

"그야~ 마스터가 병등급 던전을 고르고~, 모험가한테서 정보 수집을 하더니~, 직접 방까지 잡았잖아요~. 저는, 너무너무~ 기뻐요~!"

"시, 시끄러워! 그, 그러면 안 되는 거야?!"

"아뇨~. 앞으로도 계속 이래주세요~."

자신의 수준에 맞는 던전을 골랐고, 다른 모험가에게 의지했으며, 저택으로 돌아가지 않고 여관에 묵었다. 예전의 셰리였다면 있을 수 없는 일의 온퍼레이드다. 그렇다. 예를 들자면—「병등급 던전 같은 건 갈 의미가 없어!」, 「조무래기 모험가한테 의지하는 건 굴욕이야!」, 「감히 나를 기다리게 해? 지금 바로 불러 모으란 말이야!」, 「왜 내가 이런 싸구려 여관에 묵어야 하는데?!」— 예전 같으면 이런 반응을 보였을 것이다.

그런데, 이렇게 단기간에 이 만큼이나 변했다. 그 정도로 필사적인 것이다. 그렇게 소중히 여기던 자존심을 버리고, 세컨드를 따라잡기 위해 필사적인 것이다.

그리고 그 자존심을 버리면, 그것이 얼마나 한심한 것인지 이제와서 깨닫게 되는 것이다.

크나큰 성장이다. 셰리의 언니 격인 존재로서, 셰리가 어릴 적부터 쭉 함께 지내왔고, 쭉 지켜봐왔던 테라가, 이 성장을 기쁘게 여기지 않을 리가 없다.

"우후후후~."

"……하아, 멋대로 해……."

테라가 미소를 잃지 않자, 셰리는 결국 체념했다. 이리하여, 두 사람의 병등급 던전 공략 생활의 막이 올랐다.

그 후, 두 사람은 어떻게 됐을까. 그것은 별개의 이야기다. 단 하나 분명한 것은, 저 두 사람이 더욱 크게 성장했으리라는 점이리라.

◇◇◇

상업도시 레냐드. 모험가 길드의 옆에 있는 술집에 모인 모험가들이 이런 이야기를 나눴다.

"그 소문 들었어?"

"어떤 소문 말이야? 요즘 도는 소문이 한두 가지여야지."

"『그루엔』 말이야."

"아~! 셰리 님 말이구나."

"그래, 셰리 님. 진짜 대단하다니깐!"

"2주 전부터 매일 한 번은 공략하고 있다던데, 오늘 드디어 세 번이나 공략했다더라고."

"그래. 젊고 귀여운 천재 정령술사에 백작 영애, 게다가 그루팀 엔젤이잖아! 완전 무적이라고!"

"……맞다~. 너는……."

"아니거든? 빠돌이 같은 건 아니라고. 나는 그저 그녀의 정령술사로서의 실력을 순수하게 평가…… 응? 그러는 너야말로 너무 잘아는 거 아냐?"

"뭐?! 아, 아니, 나도 정령술을 쓰니까……."

"거짓말 마! 너는 검이 주무기잖아!"

"그러는 너는 도끼잖아!"

"시끄러워, 이 자식아! 빠돌이인게 뭐 어쨌냐고!"

"아, 인정했지? 인정한 거지? 이 스토커 자식아!"

"뭐?! 너도 마찬가지잖아!"

"아냐! 나는 어디까지나 테라 님의 팬이라고!"

"그게 더 기분 나쁘거든?!"

남자들의 밤은 이어져갔다…….

에필로그 갈구해 마지않는 표적

착실히, 쌓여갔다.

미스릴이, 경험치가, 점점 쌓여 갔다.

프롤린 던전을 반복해서 돌면서, 나는 일종의 달성감에 가까운 말로 표현 못할 기쁨을 느끼고 있었다.

과거에 지니고 있던, 그 영광에, 차츰차츰, 확실하게 다가가고 있는 것이 느껴졌다.

아직, 부족하다. 이정도로는, 안 된다.

빨리, 《변신》을 습득하고 싶다. 최소한의 준비를 마치고, 스타트 지점에 서고 싶다.

서둘러야 한다. 하루 최소 다섯 번, 컨디션이 좋을 때는 예닐곱 번 돌자. 아무튼, 지금은 서두르고 싶다.

시간이 없기 때문이 아니다. 조바심을 억누를 수가 없다. 더는, 참을 수가 없는 것이다.

세계 1위가 되기 위해, 꼭 손에 넣어야만 하는 소중한 퍼즐 조각.

그녀와, 다시 만나는 순간이—

◇◇◇

　폐허로 변해버린 성의 가장 깊숙한 곳, 지하 깊은 곳에 만들어진 대도서관 안쪽에는 검은 늑대 한 마리가 있었다.

　그녀는 이 성의 주인이 아니다. 하지만, 이 성에서 가장 강하고, 무시무시하며, 또한 고독한 존재라고, 단언할 수 있다.

　……아니, 어쩌면 이 세상 모든 마물 중에서 가장 강한 존재일 가능성마저 있다. 그 정도로 비정상적이고, 이질적인, 이형의 존재가, 이 지하 대도서관에 숨어 있다.

　암흑과 흑염을 다루는 검은 털 늑대 마물. 그녀의 이름은— 암흑 늑대. 그 남자가, 갈구해 마지않는 상대.

　해후의 순간은, 머지않았다—.

특별편 약해빠진 자

세컨드가 이끄는 팀 퍼스티스트가 프롤린 던전을 돌기 시작하고 일주일 정도 지났을 즈음이었다.

하루에 다섯 번이나 공략을 할 만큼 정신이 나간 집단은 그들 말고는 없었지만, 그래도 프롤린을 공략해서 일확천금을 거머쥐려고 하는 모험가들이 다소 있었다.

공략 도중에 다른 공략 팀과 마주치는 일도 종종 있었다. 하지만 세컨드는 그들을 계속 무시했다. 아니, 무시 이외의 선택지는 없었다. 왜냐하면 그런 조무래기들을 신경써봤자 득 될 것이 없기 때문이다. 퍼스티스트의 목적은 단 하나, 프롤린을 고속으로 반복 공략해서 경험치를 벌면서, 필요한 만큼의 미스릴을 확보하는 것이다. 모험가들과 친해지는 것이 목적이 아닌 것이다.

하지만 때로는 신경을 쓸 수밖에 없는 상황에 직면했다. 바로 눈앞에서 누군가가 목숨을 잃으려 할 때다. 이럴 때 무시하면 꿈자리가 뒤숭숭할 것 같기에, 도와줬다. 주로 실비아가 말이다.

그리고 오늘도 평소와 마찬가지로 던전 공략 도중에, 남성 모험가 4인조가 골렘에게 살해딩하려 하는 상황을 봤고, 실비아가 타고 난 정의감을 유감없이 발휘해《비차궁술》로 그들을 구해줬다.

거기까지라면 평소와 다를 게 없지만······.

"방해하지 말라고."

남자 넷은 고맙다는 말도 하지 않을 뿐만 아니라, 짜증 섞인 표정으로 그딴 소리를 지껄이며 사라졌다. 왜 저런 태도를 취하는 것일까. 이유는 짐작이 안 되지만, 그들의 얼굴에서는 숨길 수 없는 『초조함』이 묻어나고 있었다.

"……인상 나빠~."

평소 그런 말을 잘 하지 않는 에코조차도 한 소리 할 만큼 태도가 나빴다.

"딱히 고맙다는 말을 들으려고 도와준 건 아니지만, 이건 좀……."

실비아도 이해가 되지 않는다는 투로 그렇게 말하더니, 입술을 삐죽 내밀며 「하아」 하고 한숨을 내었다.

"보아하니 곧 죽겠네."

세컨드는 멀어져가는 남자들의 등을 쳐다보며 그렇게 말했다. 그것은 저들이 골렘과 싸우는 모습을 보고 느낀 솔직한 감상이었다. 세컨드로서는 그들이 아까 한 말은 제쳐두더라도, 『자신의 주제에 맞지 않는 던전』을 돌고 있는 이유가 궁금했다.

"저들을 구해줄 방법은 없겠느냐?"

실비아가 갑자기 그렇게 말하자, 세컨드는 어이없다는 표정으로 대꾸했다.

"네가 저 팀에 들어가 주는 게 어때?"

"……바보 같은 소리를 했구나. 미안하다."

실비아는 세컨드의 지적을 듣더니, 바보 같은 생각을 했다고 생각하며 자조했다.

타인을 구하려 한다면, 그에 걸맞은 각오가 필요하다. 실비아는 세컨드처럼 기사단이나 클라우스 제1왕자를 적으로 돌리거나, 자신의 팔을 자르는 등의 행동을 할 자신이 없다.

"빨리 나아가자. 오늘 안에 한 번 더 돌아야 해."

아무튼, 지금은 던전 공략을 우선해야 한다. 확고한 남자의 등을 쫓고 있기에, 자신 또한 확고할 수 있다. 실비아는 「음」 하고 대답한 후, 세컨드의 뒤를 따랐다.

그로부터 며칠 후, 휴일의 일이다.

퍼스티스트의 네 사람은 배드골드 마을에서 쇼핑을 하거나 맛있다고 소문이 난 가게에서 식사를 하며, 기본적으로 함께 휴가를 보낸다. 이 날도 네 사람은 함께 점심을 먹은 후, 오후에는 중심가에서 쇼핑이라도 하자는 이야기를 나눴다.

"어, 저들은……."

점심 식사를 마치고 중심가를 걷고 있을 때, 실비아가 무언가를 발견했다. 그녀의 시선은 일전에 프롤린 던전에서 구해줬던 4인조 남자를 향하고 있었다. 하지만…… 어딘가 이상했다.

"……인상이 나쁜 녀석들이군. 괜히 도와줬던 건가."

실비아는 미간을 찌푸리며 무심코 그렇게 말했다. 그 정도로 그들의 행동은 심각했다.

술병을 손에 쥐고 떠들어대는 남자들을 길 가는 사람들이 비켜서 지나다니고 있었다. 그리고 그 네 사람의 중심에는 한 청년이 있었다.

"저 남자들에게 둘러싸인 인물은 눈에 익군요. 수인 소환술사인 카피토란 자입니다."

"소환술사?"

"예. 주인님과는 다르게, 마물을 사역하는 타입의 소환술사죠."

소환술사는 크게 세 종류로 나뉜다. 세컨드처럼 정령을 사역하는 타입, 카피토처럼 마물을 사역하는 타입, 혹은 양쪽 다. 세컨드는 머지않아 『양쪽 다』가 될 예정이다.

"유카리가 아는 걸 보면, 저 청년은 유명인인 건가?"

"아뇨, 유명하다고 할 정도는 아닙니다. 하지만 실력이 확실해서 모험가 길드에서는 꽤 높이 평가되고 있었기 때문에, 일단 기억해 뒀습니다."

"그랬구나. 역시 유카리야. 하지만 내 눈이 이상한 건가? 실력이 확실하다는 청년이 왜 조무래기 모험가 4인조한테 두들겨 맞고 있는 거지?"

"……예. 말씀대로 이상하군요. 왜 반격하지 않는 걸까요?"

불가사의한 광경이었다. 유카리의 조사에 따르면, 저 카피토란 소환술사 청년은 인상이 나쁜 남자 4인조에게 밀릴 리가 없는 실력자다. 하지만 실제로는 저 네 사람에게 둘러싸인 채 어깨를 얻어 맞거나, 저들에 의해 바닥을 뒹굴고 있었다. 일방적으로 당하고 있는 것이다.

"거들먹거리지 말라고. 이 시골 촌놈 수인 자식아. A랭크 모험가라고 뻐기는 거냐?"

"어이, 대꾸 좀 해보라고. 혼자서는 아무것도 못하는 비겁한 자식아."

"마물을 못 꺼내면 진짜 아무 짝에도 쓸모없는 거냐! 이딴 게 A랭크 모험가? 웃기지도 않네."

"완전 비실이잖아. 이렇게 가는 팔로 뭘 할 수 있는데? 비겁하고, 조무래기에, 약해빠진 데다, 꼬리까지 달린 놈이 말이야. 그딴 놈이 용케 A랭크가 됐잖아. 아앙?"

―느닷없이 폭언이 들려왔다. 그 순간, 세컨드 일행은 눈치챘다.

카피토는 맞서지 않는 것이 아니라, 맞설 수 없는 것이다.

이렇게 사람들이 많은 장소에서 마물을 소환했다간, 아무리 소환술사라도 큰 문제가 된다. 게다가 소환술사는 마물을 불러내지 않으면 무력한 존재다. 저항할 수단이 없다.

즉, 저 네 남자는 카피토가 반격을 못하는 것을 알면서 저렇게 괴롭히고 있는 것이다.

자기들보다 강하지만 저항할 수 없는 상대를 둘러싸서 괴롭히며, 울분을 풀고 있는 것이다. 보고 있어봤자 기분 좋은 광경이 아니다. 실비아는 발끈했고, 에코는 불안을 느끼며 고개를 숙였으며, 유카리는 차가운 표정을 지었다. 그리고 세컨드는 그저 방관하기만 했다.

"……."

카피토는 묵묵히 참았다. 그는 지금 무슨 생각을 하고 있을까. 실비아는 짐작이 됐다. 자신에게 힘이 있다면, 마물에게 의지하지 않고도 저항할 힘이 있다면, 하고 생각하며 한탄하고 있을 게 틀림 없다. 힘이 없기 때문에 제3기사단 상층부의 비리를 막지 못했던 과거의 그녀와 마찬가지인 것이다.

"으윽!"

어깨를 세차게 밀쳐진 카피토는 그대로 지면에 쓰러졌다.

"어차피 진흙 범벅이 되어본 적 없지? 응? 잘나신 소환술사님~."

"전투도 전부 마물에게 맡기고, 그 뒤에 몰래 숨어있을 뿐이잖아."

"우리처럼 자력으로 싸우는 남자의 고생을 알 리가 없지. 너무 불공평한 거 아냐?"

남자들은 쓰러진 카피토에게 발로 흙을 끼얹었다. 그리고, 손에 쥔 술병을 뒤집어서 내용물을 뿌렸다. 몸을 웅크린 카피토는 수분을 얻어서 진흙이 된 흙으로 범벅이 됐다.

카피토는 이제 몸을 일으킬 기력도 없었다. 자기 자신이 너무 한심해서 견딜 수가 없는 것이다. A랭크 모험가인데, 실력이 뛰어난 소환술사인데, 이딴 녀석들에게 둘러싸였을 뿐인데 몸이 움츠러들고, 부들부들 떨며, 저항조차 못하는 자기 자신이…….

"으……."

에코는 신음을 흘리며 세컨드의 옷자락을 움켜쥐었다. 바로 그때, 실비아가 참다못해 입을 열었다.

"더는 두고 볼 수 없다. 내가 나서겠어."

실비아가 확고한 어조로 그렇게 말하자, 세컨드는 묵인했다.

"이놈들! 저항하지 못하는 자에게 뭐하는 거냐! 부끄러운 줄 알아라!"

실비아가 고함을 지르자, 남자들은 한꺼번에 실비아를 돌아보며— 다음 표적을 찾았다는 듯이 히죽거렸다.

"어이어이. 누구인가 했더니 일전에 괜한 짓을 했던 여자잖아."

"뭐야? 이번에는 우리의 교육을 방해하려는 거냐?"

도발적인 발언이었다. 실비아는 그대로 그 말에 걸려들었다.

"교육……? 이게 교육이라고?!"

머리에 힘줄이 돋아난 실비아가 고함을 질렀다.

"안 그래? 마물에게 의지하기만 해선, 모험가 짓은 못해먹거든."

"지금처럼 이러지도 저러지도 못하는 상황에 처할 수 있잖아? 던전에서 이런 상황이 되어도 그딴 소리를 할 수 있을까?"

"이 녀석에게 소환 이외의 재주가 있다면 우리한테 이렇게 당하지는 않을걸?"

"그러니 교육이라고. 우리는 이 녀석에게 무력감이라는 걸 가르쳐주는 거지."

남자들은 그럴 듯한 말을 늘어놓았다. 실비아도 반론을 하지 못했다. 그래서 기분이 좋아진 건지, 남자들은 실비아의 뒤편에 있는…… 세컨드를 다음 타깃으로 삼았다.

"뭐야. 거기 너도 교육을 받고 싶냐?"

세컨드는 절세의 미남이라 해도 과언이 아닌 용모를 지녔으며,

미인 두 명과 귀여운 여자아이를 데리고 있었다. 술에 취한 거친 남자들이 그를 보고 입을 다물고 있을 리가 없다.

"쪼끄마한 수인에 다크엘프를 자랑하듯 데리고 다니는 거냐. 불쌍한 조무래기니 긁어모아서 영웅 놀이나 하며 거들먹거리는 거지?"

"딱 보니 좋은 집 도련님이네. 돈도 많아 보이는걸. 저 여자들도 노예가 분명해."

"그럼 노예한테 싸우게 하고 자기는 구경만 하는 거냐? 하는 짓거리는 소환술사님이나 별 차이가 없네~."

"어이, 화살쟁이. 너도 저런 변변찮은 남자와는 빨리 헤어지는 편이 좋을걸? 이용만 당하다 버려질 거라고. 뭣하면 우리 팀에―."

"―닥쳐라!!"

실비아는 활을 겨누며 고함을 질렀다. 동료가 모욕을 당했는데도 입을 다물고 있을 만큼, 그녀의 정의감은 무르지 않았다.

"헤헷, 왜 흥분하는 거야? 여기는 마을 한복판이라고."

"어이구, 무서워라. 사람한테 그딴 걸 겨누면 어떻게 해?"

"빨리 그 흉흉한 걸 치워. 아니면 기사를 부른다?"

"누가 나쁠까? 모험가의 마음가짐을 가르쳐주려고 하는 우리와, 느닷없이 활을 쏴재낀 여자 중에서 말이지."

그러자 남자들은 갑자기 서있는 위치를 바꾸더니, 여전히 히죽거리면서 그렇게 말했다.

"……젠장."

실비아는 활을 치울 수밖에 없었다. 확실히 먼저 폭력을 행하는 쪽의 패배다. 이것은 그런 승부이기도 한 것이다. 원래 제3기사단 소속의 기사였던 그녀는 그 썩어빠진 사실을 잘 알고 있었다.

"약해. 너무 약해빠졌잖아, 실비아."

"예. 반론을 할 자신이 없었다면 나서지 않는 편이 좋았을 겁니다."

"실비아, 약해~."

실비아가 고개를 푹 숙인 채 돌아오자, 동료들은 그렇게 말했다. 그러자 발끈한 실비아는 「그럼 어떻게 하면 됐단 말이냐」 하고 말하며 머리를 감싸 쥐었다.

"저라면 비명을 지를 틈도 주지 없으며 꽁꽁 묶은 후, 소리 없이 뒷골목으로 끌고 가서…… 없애버렸을 겁니다."

"……내가 잘못했어."

유카리가 그런 무시무시한 발언을 하자, 실비아는 바로 정신을 차렸다.

"그럼 왜 그러지 않은 거지?"

"공교롭게도 저는 당신처럼 정의감을 지니지는 않았으니까요. 게다가, 주인님께서 원하신다면 그렇게 했겠지만…… 그렇지는 않은 것 같군요."

"세컨드 님이? 세컨드 님은 화가 나지 않은 것이냐?"

실비아가 묻자, 세컨드는 침묵을 깼다.

"뭐, 화가 나기는 하지만 실비아와는 이유가 달라."

"뭐? 동료가 비방을 당했지 않느냐."

"그건 괜찮아."

"괘, 괜찮은 것이냐?"

"하지만……."

세컨드는 천천히 그 남자들을 향해 걸어갔다. 그에게 해줄 말이 한 마디 있었던 것이다.

"여어, 도련님. 작전 회의는 끝났냐?"

"우리에게 교육을 당하러 온 건가 본데?"

남자들은 웃음을 터뜨렸다. 그들은 B랭크 모험가다. 꽤 실력이 있기 때문에, 평범한 모험가는 막을 수 없다. 게다가 모험가 길드은 모험가 간의 다툼에는 기본적으로 참견하지 않는다. 이 배드골드 마을에서 저 네 남자의 폭거를 막을 수 있는 자는 손으로 꼽을 수 있는 숫자뿐일 것이다. 게다가 이곳은 많은 사람들이 지나다니는 중심가이기 때문에, 폭력으로 해결하려 했다간 오히려 자기 입장만 난처해질 것이다.

"『악마를 거느린 자』를 알아?"

하지만 자기 입장 같은 것은 전혀 개의치 않는 남자에게 있어서는 아무런 의미도 없다.

"푸하하하! 너, 그 소문을 진짜로 믿는 거냐?!"

세컨드로부터 그 말을 들은 순간, 남자들은 박수를 치며 웃음을 터뜨렸다. 사람에 따라서는 절대 떠올리고 싶지 않다고 생각하며 얼굴이 새파랗게 질렸을 그 말을, 비웃은 것이다.

"……윽."

그리고 얼굴이 새파랗게 질린 남자가 이 자리에 한 명 있었다.

진흙 범벅이 된 채 쓰러져 있는 소환술사 카피토다.

그는 세컨드를 알아봤다. 배드골드에 사는 소환술사라면, 그 정보를 모를 리가 없다. 그렇기에, 그는 우려했다. 이렇게 사람들로 우글거리는 장소에서, 세컨드가 그 악마를 다시 소환한다면, 드디어 잦아들어가기 시작한 소문이 다시 대대적으로 퍼질 것이다.

……카피토는, 고민했다. 지금 자신이 일어서서 나선들, 대체 무엇을 할 수 있을까. 할 수만 있다면, 자신을 돕기 위해 나선 은인에게 그 은혜를 갚고 싶다.

하지만, 아무것도 할 수 없다. 왜냐하면 그는 마을 안에서 마물을 소환할 각오가 없었다. 게다가 함부로 소환할 수 없는 이유도 있었다. 그의 마물은 거대했다. 세컨드라면 그 점을 알더라도 「그게 어쨌는데?」 하고 대꾸할 문제지만 말이다.

"—나와, 앙골모아."

그리고 세컨드는 결국 《정령 소환》을 발동시켜서, 불러내고 말았다— 앙골모아를 말이다.

"어."

남자 넷은 그 정령대왕의 모습을 보자마자 경악했다.

격의 차이가, 그야말로 명백했던 것이다. 상대는 같은 눈높이에서 마주봐도 되는 존재가 아니라는 것을, 순식간에 이해할 만큼 압도적인 신성힘을 지녔다. 수많은 성령의 정점에 군림하는 대왕이란 존재 그 자체의 박력이, 그들을 무릎 꿇게 했다.

"부복하라."

앙골모아가 침묵을 깬 순간, 남자들인 휘몰아친 바람에 의해 지면에 쓰러졌다.

『부복케 하는 바람』…… 그것은 앙골모아가 처음 소환됐을 때 선보였던, 정령대왕 특유의 기술이다. 남자들은 온몸이 굳어버린 채, 한 마디도 하지 않으며, 그저 지면에 넙죽 엎드려 있을 수밖에 없었다.

앙골모아를 보면서 「편리한 기술이네」 하고 중얼거린 세컨드는 남자들을 향해 고개를 돌리더니, 천천히 입을 열었다.

"소환술사는 비겁하고, 약해빠졌으며, 스스로는 아무것도 못하는 조무래기라고?"

그것은 저 남자들이 한 말이다. 카피토를 둘러싸고, 으스대며 지껄여댄, 소환술사의 약점이다.

남자들은 온몸으로 식은땀을 흘렸다. 설마 눈앞에 있는 남자까지 소환술사일 줄은, 그것도 『악마를 거느린 자』 본인일 거라고는 생각도 못했다. 그리고 그가 마음만 먹는다면, 자신들은 지금 이 자리에서 살해당할지도 모른다. 그렇게 생각하는 것이 지극히 자연스러웠다.

"그 말이 맞을지도 모르지."

하지만 세컨드의 입에서는 뜻밖의 말이 흘러나왔다. 이 자리에 있는 모든 이들이 그 말을 듣고 얼이 나갔다.

"소환술밖에 못 쓰는 자는 너희가 말한 것처럼 약해빠졌어. 그건 맞는 말이야. 하지만 비겁하지는 않고, 조무래기도 아니지. 제대로

알지도 못하면서 멋대로 지껄여대기는. 아아, 열 받네."

……세컨드는 분노하고 있었다. 이 자리에 있는 이들 중 그 누구도, 이해하지 못할 이유로 말이다.

그는, 뫼비우스 온라인에 관해 잘 알지도 못하면서 멋대로 지껄여대는 남자들 때문에 분노한 것이다. 게임에 진심으로 임하지도 않고, 대충 즐기기나 하는 주제에, 게임에 대해 다 아는 것처럼 우쭐대는 저 불성실한 태도 때문에 화가 난 것이다.

예를 들자면, 10년 이상 열심히 무언가를 해온 사람 앞에서, 겨우 한 달 해온 사람이 으스대면서 엉터리 지식을 늘어놓는 듯한, 그런 말로 표현 못할 짜증이 느껴졌다.

"프롤린의 골렘조차도 못 잡는 녀석들이, 소환술사에 대해 뭘 안다는 거지? 진짜로 소환술사로서 대성하고 싶어 하는 자가, 진흙탕을 굴러본 적이 없을 것 같아? 자신의 약점이기 때문에, 누구보다 그 진흙탕을 구를 수밖에 없는 이가 바로 소환술사야."

자기 자신이 표적이 되었을 때의 대책을 죽을힘을 다해 짜는 이가 바로 소환술사—인 것이다.

세컨드의 말을 듣고 깜짝 놀란 이는 바닥을 기고 있는 남자들만이 아니다. 퍼스티스트의 멤버도, 그리고 누구보다 카피토가, 눈을 치켜뜨며 그의 말에 귀를 기울이고 있었다.

"자기 자신의 육성이 뜻대로 되지 않아서 느끼는 스트레스를 타인에게 풀 짬이 있다면, 조무래기 마물이라도 사냥해."

그 후에 이어진 말은 남자들의 정곡을 찔렀다.

일확천금을 노리며 프롤린을 공략하려 했지만, 뜻대로 되지 않았다. 지금까지 B랭크 모험가 팀으로 순조롭게 성과를 올려왔던 그들도, 요즘 들어 제자리걸음만 계속 하고 있어 초조했다. 그래서 고생하고 있는 자신들을 제치며 나아간 다른 모험가들을 질투하는 것이다. 마물에 의지해 편하게 랭크를 올린 것처럼 보이는 소환술사는 말할 것도 없을 것이다.

어쩔 수 없는 일이다. 그들도 인간이니 당연히 질투를 할 것이며, 술기운에 난폭해지기도 한다. 이 세상은 죽으면 그대로 끝이다. 게임과 다르게 현실인 것이다. 무모한 짓은 목숨 아까운 줄 모르는 자들만 하며, 평범한 감각을 지닌 자라면 결국 따라가지 못하게 된다. 그것이 정상이다. 그래서 이 네 남자들은 올바른 감각을 지녔다고 할 수 있다. 하지만, 세컨드는 그것을 도저히 이해할 수 없었다. 이해할 수 있을 리가 없다. 그는 원래 세계 1위였던 남자니까 말이다.

"린프트파트 던전에 가보는 게 어때?"

조무래기 마물이라도 사냥하라는 말은 도발이 아니다. 말 그대로의 의미다. 「프롤린 던전은 너희에게는 이르니, 사냥터의 랭크를 낮춰라」라는 뜻에서 한 말이다.

"왜 모르는 걸까."

어째서 이렇게 단순한 것도 눈치채지 못하는 걸까. 세컨드는 한숨을 내쉬며 중얼거렸다. 거기에는 결코 이해할 수 없는 감각이, 넘어설 수 없는 벽이, 세계의 격차가 존재했다.

게임이 아닌 세계에서, 그것을 이해하라는 것이 무리다. 하지만 그의 말은 옳다. 아니, 정론 그 자체다. 어처구니없게도, 양쪽 다 옳은 것이다.

"이딴 놈들이 있다는 건 알고 있었지만…… 답답하네, 젠장."

세컨드는 뒤통수를 긁적이면서, 앙골모아에게 「부복케 하는 바람」의 해제를 명했다. 그 직후, 남자들은 「히익」 하고 비명을 흘리면서 엉덩방아를 찧은 채 1미터 정도 물러섰다.

지금도 서로가 느끼고 있는 감각에 차이가 발생하고 있다. 남자들은 『살해당할 거야!』 하고 생각했을 것이 틀림없다. 하지만 세컨드는 저 네 사람이 순순히 자신의 말을 들어줬으면 해서, 그저 그런 이유로 앙골모아를 소환했던 것이다.

"히이이익!"

"앗, 어이! 내 말 들은 거야? 린프트파트로 가라고!"

남자들이 비명을 지르며 냅다 도망치자, 세컨드는 그들을 향해 조언을 해주듯 그렇게 외쳤다.

세컨드의 목적은 시종일관 똑같았다. 풋내기 티 풀풀 내고 있는 남자들에게 약간 강제적으로 조언을 해준 것이다. 그 결과, 이 자리에 있는 이들은 아무것도 이해하지 못한 채, 그에게 휘둘렸다. 뭐, 그것도 어제오늘 일은 아니지만 말이다.

"……좋아. 가자."

하지만 당사자인 세컨드는 태연한 표정으로 다시 쇼핑을 하러 갔다. 유카리는 약간 질렸다는 듯한 미소를 지은 후, 그의 뒤를 따랐다. 에코 또한 환하게 웃으며 유카리의 반대편에 서서 세컨드의 손을 잡았다.

"저, 저기, 세컨드 님. 저 소환술사에게는 아무 말도 해주지 않는 것이냐?"

그렇게 걸음을 내딛는 세컨드를 허둥지둥 쫓아온 실비아는 뒤편을 손가락으로 가리키며 그렇게 물었다.

세컨드는 고개를 갸웃거리더니, 곧 태연한 어조로 이렇게 말했다.

"자신의 약점을 극복할 생각조차 하지 않는 약해빠진 자에게 해줄 말은 없어."

이 책을 구매해주셔서 감사합니다! 여러분 덕분에 『전 세계 1위의 서브 캐릭터 육성일기』 줄여서 「세계서브」 제2권을 발간하게 된, 사와무라 하루타로입니다.

자아, 우선 마로 선생님이 그려주신 2권의 일러스트에 관해 이야기 드립니다. 한 마디로 말해 「신은 존재했다!」입니다. 여러분은 표지를 보셨는지요? 그야말로 신이라는 말 밖에 떠오르지 않습니다. 캐릭터가 살아있어요. 저 표지 안에서 살고 있어요. 색명을 불어넣는 건, 신의 위업이죠. 특히 앙골모아의 디자인은 절말 필설로 형용할 수가 없군요! 브릴리언트! 끝 모를 재능이 느껴집니다. 마로 신이시여, 감사하옵니다…….

다음은 마에다 리소 선생님께서 그리고 계신 코미컬라이즈 판에 관해 이야기할까 합니다. 「여기에도 존재했다!!」라는 말이 떠오르는 군요. 캐릭터가 세계 안에서 움직이고, 웃고, 싸우고 있어요! 뭐랄까, 제 주변에 신이 두 분이나 계셨다는 것을 미리 알려줬으면 좋겠어요. 심장에 무리가 갈 것 같다고요. 마에다 신이시여, 감사하옵니다…….

아아. 저는 원래 무신론자였습니다만, 아무래도 저 두 분을 모시는 이신교에 입교할 수밖에 없을 듯합니다. 아, 삼신교이려나요. 독자 여러분 또한 저에게 있어 신이나 다름없으니까요. 여러분이 계시지 않다면, 저는 살아갈 수 없을 테죠. 항상 감사하고 있습니다. 감사하옵니다. 감사하옵니다…….

그럼 신 여러분, 부디 「세계서브」를 앞으로도 잘 부탁드립니다!

안녕하십니까. 근로청년 번역가 이승원입니다.

『전 세계 1위의 서브 캐릭터 육성일기』 2권을 구매해주셔서 진심으로 감사드립니다.

5월이 되었는데도 집안에서 생활해야 하는 시기가 이어지고 있습니다.

하루 중 대부분의 시간을 작업실에 틀어박혀 지내는 강제 통조림형(^^) 인간인 저도 바람 쐬러 나가고 싶어지네요.

하지만 여러 상황이 여의치 않은지라 어쩔 수 없이 외출을 자제하고 있습니다.

저와 마찬가지이실 독자 여러분께서, 이 책을 보시며 조금이라도 힐링이 되시길 진심으로 빕니다!

그럼 본편에 관한 이야기를 해볼까 합니다.

스포일러가 포함되어 있을 수도 있으니 본편을 읽지 않으신 분들은 유의해주시길!

이번 2권은 주인공 세컨드가 본격적으로 세계 1위가 되기 위해 노력하는 여정이 그려지고 있습니다.

실비아, 에코, 유카리라는 동료들을 얻고 팀을 결성한 세컨드는 동료들과 자신의 성장을 위해 최단 루트로 노력하고 있습니다.

그 과정에서 유카리의 신뢰를 얻고, 앙골모아라는 정령 또한 얻게 됩니다.

단순한 정령이 아니라 어엿한 동료라 할 수 있는 앙골모아를 얻은 덕분에 한층 더 세계 1위에 가까워진 세컨드. 정령술사인 셰리와도 친분을 쌓은 그의 다음 목표는 세계 1위가 되기 위해 꼭 필요한 퍼즐 조각인 그녀입니다.

수수께끼에 쌓여 있는 그녀의 존재가 밝혀진 3권도 고대해주시길!

그럼 이만 줄이겠습니다.

L노벨 편집부 여러분, 언제나 재미있는 작품을 맡겨주셔서 감사합니다. 앞으로도 최선을 다하겠습니다.

빈혈로 쓰러진 지인이여. 빈혈에 쇠고기가 좋다고 해서 사주기는 했다만, 너무 레어로 먹은 거 아닌가 걱정돼. 진짜로 피뚝뚝~ 상태였다고……

마지막으로 언제나 제게 버팀목이 되어주시는 어머니와 『전 세계 1위의 서브 캐릭터 육성일기』를 읽어주신 모든 분들에게 진심으로 감사드립니다.

암흑늑대를 손에 넣기 위해 세컨드의 분투가 그려지는 『전 세계

1위의 서브 캐릭터 육성일기』3권 역자 후기 코너에서 다시 뵙겠습니다!

2020년 5월 중순
역자 이승원 올림

전 세계 1위의 서브 캐릭터 육성 일기 2
~페인 플레이어, 이세계를 공략 중!~

초판 1쇄 발행 2020년 6월 20일

지은이_ Harutaro Sawamura
일러스트_ Maro
옮긴이_ 이승원

발행인_ 신현호
편집부장_ 윤영천
편집진행_ 김기준 · 김승신 · 원현선 · 권세라 · 유재슬
편집디자인_ 양우연
국제업무_ 정아라 · 전은지
관리 · 영업_ 김민원 · 조은걸 · 조인희

펴낸곳_ (주)디앤씨미디어
등록_ 2002년 4월 25일 제20-260호
주소_ 서울시 구로구 디지털로 26길 111 JnK디지털타워 503호
전화_ 02-333-2513(대표)
팩시밀리_ 02-333-2514
이메일_ lnovelpiya@naver.com
L노벨 공식 카페_ http://cafe.naver.com/lnovel11

MOTO · SEKAI 1I NO SUBCHARA IKUSEI NIKKI Vol.2 ~HAI PLAYER, ISEKAI WO KORYAKU CHU！~
©Harutaro Sawamura, Maro 2019
First published in Japan in 2019 by KADOKAWA CORPORATION, Tokyo.
Korean translation rights arranged with KADOKAWA CORPORATION, Tokyo.

ISBN 979-11-278-5581-9 04830
ISBN 979-11-278-5446-1 (세트)

값 9,800원

고블린 슬레이어 외전 2 악명의 태도 상권

카규 쿠모 지음 | lack 일러스트 | 박경용 옮김

　　　　—시작이 무엇이었는지, 그것을 아는 자는 없다.
　　　어쨌든지 《죽음》이 온 대륙에 흘러 넘쳤다.
　　　　따라서 그 시절의 왕이 포고를 내렸다.
　　『《죽음》의 근원을 찾아내, 이를 봉하라』.
　《죽음의 미궁[덧말: 죽음의 미궁 '던전 오브 더 데드]》.
사신의 아가리 그 자체인 나락의 웅덩이로 사람들이 모여들어,
　　　　　어느샌가 성채도시가 생겼다.
　　모험가들은 여기서 동료를 모아,
미궁에 도전하고, 싸우고, 재화를 얻고, 때로는 죽는다.
　　　　　　당신은 모험가다.
　　악명 높은 《죽음의 미궁》의 소문을 듣고서,
그 가장 깊은 곳에 도전하고자, 이 성채도시를 찾아왔다.

「고블린 슬레이어」 외전 제2탄!
이것은, 카규 쿠모가 그리는, 재와 청춘의 이야기.

BOOKS

라이트노벨의 새로운 빛! L북스의 신간은 매월 20일에 발매됩니다. http://cafe.naver.com/lnovel11

고블린 슬레이어 1~12권

카규 쿠모 지음 | 칸나츠키 노보루 일러스트 | 박경용 옮김

"나는 세상을 구하지 않아. 고블린을 죽일 뿐이다."
그 변경의 길드에는 고블린 토벌만 해서
은 등급까지 올라간 희귀한 모험가가 있다…….
모험가가 되어 처음 짠 파티가 괴멸하고 위기에 빠진 여신관.
그때 그녀를 구해준 자가 바로 고블린 슬레이어라 불리는 남자였다.
그는 수단을 가리지 않고, 수고도 마다치 않으며 고블린만을 퇴치한다.
그런 그에게 여신관은 휘둘려 다니고, 접수원 아가씨는 감사하며,
소꿉친구인 소치기 소녀는 기다린다.
그런 가운데 그의 소문을 듣고서 엘프 소녀가 의뢰를 하러 나타났다─.

압도적 인기의 Web 작품이 드디어 서적화!
카규 쿠모 × 칸나츠키 노보루가 선물하는 다크 판타지, 개막!
TV 애니메이션 방영작!

라이트노벨의 새로운 빛! L북스의 신간은 매월 20일에 발매됩니다. http://cafe.naver.com/lnovel11

©KUROKATA 2018
Illustration : KeG
KADOKAWA CORPORATION

치유마법의 잘못된 사용법 1~9권

쿠로카타 지음 | KeG 일러스트 | 송재희 옮김

평범한 고등학생 우사토는 귀갓길에 우연히 만난 학생회장 스즈네,
같은 반 친구인 카즈키와 함께 갑자기 나타난 마법진에 삼켜져
이세계로 전이하게 된다.
세 사람은 마왕군으로부터 왕국을 구하기 위한 『용사』로서 소환된 것이지만
용사 적성을 가진 이는 스즈네와 카즈키뿐, 우사토는 그저 휘말린 것이었다!
하지만 우사토에게 희귀한 속성인 『치유마법사』의 능력이 있다고 밝혀지며
사태는 180도 바뀌게 되고, 우사토는 구명단 단장이라는 여성, 로즈에게 납치되어
강제로 구명단에 가입하게 된다.
그곳에서 우사토를 기다리고 있던 것은 험악한 얼굴의 농료늘,
그리고 『치유마법의 잘못된 사용법』을 구사하는
지옥훈련으로 채워진 나날이었다—.

상식 파괴 「회복 요원」이 펼치는
개그&배틀 우당탕 이세계 판타지, 당당히 개막!!

©Rui Tsukiyo, Reia 2019
KADOKAWA CORPORATION

세계 최고의 암살자,
이세계 귀족으로 전생하다 1~2권

츠키요 루이 지음 | 레이아 일러스트 | 송재희 옮김

세계 제일의 암살자가 암살 귀족의 장남으로 전생했다.
그가 이세계에서 맡은 임무는 단 하나.
【인류에게 재앙을 가져온다고 예언된 《용사》를 죽이는 것】.
그 고귀한 임무를 완수하기 위해 암살자는 아름다운 종자들과 함께
이세계에서 암약한다.
현대에서 온갖 암살을 가능케 했던 폭넓은 지식과 경험,
그리고 이세계 최강이라고 칭송받는 암살자 일족의 비술과 마법.
그 모든 것이 상승효과를 낳아 그는 역사상 견줄 자가 없는 암살자로
성장해 나간다.
"재밌군. 설마 다시 태어나서도 암살하게 될 줄이야."

전생한 「전설의 암살자」가 한계를 돌파하는
어쌔신즈 판타지!!

라이트노벨의 새로운 빛! L북스의 신간은 매월 20일에 발매됩니다. http://cafe.naver.com/lnovel11